D0616416

Tahar Ben Jelloun

Partir

Gallimard

Tahar Ben Jelloun est né à Fès en 1944. Il s'installe à Paris dès 1971, publie ses poèmes chez Maspero et voit son premier roman, *Harrouda*, édité par Maurice Nadeau aux Éditions Denoël en 1973. Poète et romancier, auteur notamment de *L'Enfant de sable* et de sa suite *La nuit sacrée*, qui a obtenu le prix Goncourt en 1987, Tahar Ben Jelloun collabore régulièrement à divers journaux européens — *La Repubblica, L'Espresso, Aftonbladet* (Suède) —, souvent sur des questions liées au monde arabe et musulman et à l'immigration ; il est également chroniqueur au quotidien barcelonais *La Vanguardia*.

Mon ami camerounais Flaubert dit « j'arrive » pour partir et « nous sommes ensemble » quand il quitte quelqu'un. Une façon de conjurer le sort. Dans ce roman, ceux qui partent ne pensent pas revenir et, quand ils quittent une personne, c'est pour toujours. Flaubert, qui avait étudié en classe quelques pages de Madame Bovary, *m'a promis de lire tout le roman le jour des grandes vacances, quand il arrivera.*

1

Toutia

À Tanger, l'hiver, le café Hafa se transforme
en un observatoire des rêves et de leurs consé-
quences. Les chats des terrasses, du cimetière et
du principal four à pain du Marshan se réunissent là comme pour assister au spectacle qui
se donne en silence et dont personne n'est dupe.
Les longues pipes de kif circulent d'une table à
l'autre, les verres de thé à la menthe refroi-
dissent, cernés par des abeilles qui finissent par
y tomber dans l'indifférence des consommateurs
perdus depuis longtemps dans les limbes du
haschisch et d'une rêverie de pacotille. Au fond
d'une des salles, deux hommes préparent minutieusement la potion qui ouvre les portes du
voyage. L'un sélectionne les feuilles et les hache
selon une technique rapide et efficace. Ni l'un ni
l'autre ne relève la tête. D'autres, assis sur des
nattes, le dos au mur, fixent l'horizon comme
s'ils l'interrogeaient sur leur destin. Ils regardent la mer, les nuages qui se confondent avec
les montagnes, ils attendent l'apparition des

premières lumières de l'Espagne. Ils les suivent sans les voir et parfois les voient alors qu'elles sont voilées par la brume et le mauvais temps.

Tout le monde se tait. Tout le monde tend l'oreille. Peut-être fera-t-elle une apparition ce soir, leur parlera, leur chantera la chanson du noyé devenu une étoile de mer suspendue au-dessus du détroit. Il a été convenu de ne jamais la nommer. La nommer, c'est la détruire et en outre provoquer une succession de malédictions. Alors ils s'observent et ne disent rien. Chacun entre dans son rêve et serre les poings. Seul le maître du thé, patron du lieu, et ses serveurs sont en dehors du coup, préparant et servant les boissons avec discrétion, allant et venant d'une terrasse à une autre sans déranger le rêve de personne.

Les hommes présents là se connaissent mais ne se parlent pas. Ils viennent pour la plupart du même quartier et ont juste de quoi payer le thé et quelques pipes de kif. Certains ont une ardoise sur laquelle ils inscrivent leurs dettes. Comme s'ils s'étaient concertés, ils n'ouvrent pas la bouche. Surtout pas à cette heure-ci de la journée et en cet instant délicat où tout leur être est tendu vers le lointain, épiant le moindre froissement des vagues ou le bruit d'une vieille barque rentrant au port. Il leur arrive d'entendre en écho un appel au secours. Ils se regardent et ne bronchent pas. Les conditions sont réunies pour qu'elle apparaisse, pour qu'elle livre quelques-uns de ses secrets. Ciel clair, ciel presque blanc se reflétant dans une mer limpide devenue source de lumière. Silence au café, silence sur les visages. L'instant précieux est peut-être arrivé : elle va parler !

Il leur arrive d'y faire allusion, surtout quand la mer rejette les cadavres de quelques noyés. Ils disent, elle s'est encore enrichie et nous doit bien un geste ! Ils l'ont surnommée « Toutia », un mot qui ne veut rien dire, mais entre eux ils savent que c'est l'araignée tantôt dévoreuse de chair humaine, tantôt bienfaitrice parce que transformée en une voix leur apprenant que cette nuit n'est pas la bonne et qu'il faut remettre le voyage à une autre fois.

Comme des enfants, ils croient à cette histoire qui les berne et les fait dormir le dos calé contre le mur rêche. Dans les grands verres de thé froid, la menthe verte est devenue noire. Les abeilles se sont toutes noyées dans le fond. Ils ne boivent plus ce thé qui a décanté au point de devenir amer. Avec la cuiller ils sortent les abeilles une à une, les étalent sur la table et se disent, pauvres petites bêtes noyées, victimes de leur gourmandise !

Comme dans un rêve absurde et persistant, Azel voit son corps nu mêlé à d'autres corps nus gonflés par l'eau de mer, le visage déformé par l'attente et le sel, la peau roussie par le soleil, ouverte au niveau des bras comme si une bagarre avait précédé le naufrage. Il le voit de plus en plus distinctement dans une barque peinte en blanc et en bleu, une barque de pêcheur s'éloignant avec une lenteur démesurée vers le milieu de la mer, car Azel a décidé que la mer qu'il voit face à lui a un centre et ce centre est un cercle vert, un cimetière où le courant s'empare des cadavres pour les mener au fond, les déposer sur un banc d'algues. Il sait que là, dans ce cercle précis, existe une frontière mobile, une sorte de ligne de séparation entre deux eaux, celles calmes et plates de la Méditerranée et celles véhémentes et fortes de l'Atlantique. Il se bouche le nez car, à force de fixer ces images, il a fini par sentir l'odeur de la mort, une odeur suffocante qui rôde, lui donnant la nausée. Quand il ferme les yeux, la mort se met à danser autour de la table où il a l'habitude de s'installer tous les jours pour regarder le coucher du soleil et compter les premières lumières qui scintillent en face, sur les côtes espagnoles. Ses amis le rejoignent et jouent aux cartes sans dire un mot. Même si certains sont aussi obsédés que lui par l'idée de partir un jour du pays, ils savent, pour l'avoir entendu une nuit à travers la voix de « Toutia », qu'ils ne devraient pas se perdre dans des images propageant la douleur.

Il ne dit pas un mot sur son projet ni sur son rêve. On le sent crispé, malheureux, et on le dit ensorcelé par l'amour d'une femme mariée. On lui attribue des aventures avec des étrangères, on le soupçonne de les fréquenter dans le but qu'elles le sortent du Maroc. Il nie évidemment et préfère en rire. Mais l'idée de prendre le large, d'enfourcher un cheval peint en vert et d'enjamber la mer du détroit, cette idée de devenir une ombre transparente, visible le jour seulement, une image voguant sur les flots à toute vitesse, ne le quitte plus. Il la garde pour lui, n'en parle pas à sa sœur Kenza et encore moins à sa mère, qui s'inquiète de le voir perdre du poids et fumer trop.

Lui aussi a fini par croire à l'histoire de celle qui doit apparaître et les faire traverser un par un cette distance qui les sépare de la vie, la belle vie, ou la mort.

2

Al Afia

Chaque fois qu'Azel quitte ce silence où aucune présence ne s'impose, il a froid. Quelle que soit la saison, son corps est secoué par un léger tremblement. Il sent le besoin de s'éloigner de la nuit, il refuse d'y entrer. Il marche dans la ville, ne parle à personne, s'imagine tailleur, couturier d'un genre à part, reliant les ruelles étroites aux larges avenues avec un fil blanc comme dans cette histoire que lui racontait sa mère quand il avait du mal à s'endormir. Il voulait savoir si Tanger était une djellaba d'homme ou un caftan de mariée, mais la ville avait tellement grossi qu'il avait renoncé à son idée.

Cette nuit de février 1995, il décida d'abandonner le travail de couture, persuadé que Tanger n'était plus un habit mais une de ces couvertures de laine synthétique que les émigrés rapportent de Belgique. La ville était dissimulée sous ce tissu qui maintenait la chaleur sans pour autant chasser l'humidité. Elle n'avait plus de forme, plus de centre, mais des places pas tout à fait rondes d'où les voitures ont délogé les paysannes venues du Fahs vendre leurs fruits et légumes.

La ville changeait et les murs se fissuraient.

Il s'arrêta devant le Whisky à Gogo, un pub rue du Prince-Héritier tenu par un couple d'Allemands. Il hésita un instant avant de pousser la porte. Il était de ces hommes convaincus que tout ce qui leur arrive est dans l'ordre écrit des choses, écrit peut-être pas dans le grand Livre céleste, mais écrit quelque part. Ce qui doit arriver arrive. Sa liberté était des plus réduites. Malgré ce que sa mère lui disait, il lui arrivait de lutter contre cette fatalité par l'action. Il s'amusait à changer le trajet qu'il avait l'habitude de prendre juste pour contrarier cette idée reçue. Cette nuit, en s'arrêtant un instant devant la porte du pub, il eut un pressentiment, une sorte de désir fou d'aller au-devant de son destin.

Il régnait dans le pub un calme étrange. Des hommes buvaient autour du bar. Une fausse blonde les servait. À la caisse se tenait l'un des deux Allemands. Il ne souriait jamais.

Dans la salle sombre, des hommes seuls devant leur bouteille de whisky. Tout était sinistre et glauque. Azel s'arrêta quand il vit, assis au bar, un homme trapu buvant une limonade. Il était de dos, un dos large comme un carré, une nuque épaisse. Il le reconnut et se dit *mala pata!* C'était le caïd, le terrible, le puissant, l'homme silencieux et sans cœur. Il était surnommé Al Afia (le feu). Il était connu pour son activité de passeur, celui qui remplissait des barques de clandestins décidés à brûler l'océan. Ils mettaient le feu à leurs documents pour ne pas être renvoyés chez eux en cas d'arrestation.

Al Afia ne s'encombrait pas de sentiments. Cet homme des montagnes du Rif avait toujours fait du trafic. Enfant, il accompagnait son oncle la nuit au moment où des barques venaient à Al-Hoceima chercher la marchandise. Il était chargé de faire le guet. Fier d'avoir des jumelles qu'il maniait avec dextérité comme un chef d'armée scrutant l'horizon. Son père était mort dans un accident de camion. Il l'avait peu connu. L'oncle l'avait pris sous sa tutelle et avait réussi à en faire un de ses lieutenants de confiance. À la disparition de son protecteur, il lui avait donc succédé tout naturellement. Il était le seul à connaître tous les rouages, les bonnes personnes à voir en cas de difficulté, les contacts en Europe dont il mémorisait les numéros de téléphone, les familles qu'il fallait prendre en charge parce que le père, l'oncle ou le frère étaient en prison. Il n'avait peur de personne et ne s'intéressait qu'à ses affaires. On disait de lui qu'il connaissait tant de secrets qu'il était un véritable coffre-fort ambulant. Après avoir bu quelques bières, Azel s'adressa à lui en criant, prenant les gens à témoin : regardez ce gros ventre, c'est celui d'un pourri, regardez sa nuque, elle montre assez combien cet homme est méchant, il achète tout le monde, normal, ce pays est un vrai marché, ouvert vingt-quatre heures sur vingt-quatre, tout le monde se vend, il suffit d'avoir un petit peu de pouvoir, ça se monnaye, et ça coûte pas cher, à peine le prix de quelques bouteilles de whisky, une soirée avec une pute, mais pour les gros coups, ça peut aller loin, de l'argent passe de main en main, tu veux que je ferme les yeux, précise-moi le jour et l'heure, t'auras pas de problème, mon frère, tu veux une signature, une petite griffe en bas de cette feuille, pas de problème, passe me voir, ou si tu préfères pas te déranger, envoie ton chauffeur, celui qui n'a qu'un œil, il n'y verra que du feu, ouais, mes amis, c'est ça le Maroc, y en a qui triment comme des fous, ils travaillent parce qu'ils ont décidé d'être intègres, ceux-là, ils travaillent dans l'ombre, personne ne les voit, personne n'en parle alors qu'on devrait les décorer, parce que le pays fonctionne grâce à leur intégrité, et puis il y a les autres, ils sont légion, ils sont partout, dans tous les ministères, car dans notre pays bien-aimé, la corruption, c'est l'air que l'on respire, oui, nous puons la corruption, elle est sur nos visages, dans nos têtes, elle est enfouie dans nos cœurs, en tout cas dans vos cœurs, si vous ne me croyez pas demandez au ventre pourri, là, le chauve, le coffre-fort blindé, la caisse à secrets, celui qui sirote une limonade parce que Monsieur est un bon musulman, il ne boit pas d'alcool, il part souvent à La Mecque, oui, il est haj et moi je suis cosmonaute, je suis dans les fusées, je m'évade dans l'espace, j'ai plus envie de vivre sur cette terre, dans ce pays, tout est faux, tout le monde s'arrange, et moi je refuse de m'arranger, j'ai fait des études de droit dans un État qui ignore le droit tout en faisant semblant de faire respecter les lois, tu parles, ici, il faut respecter les puissants, c'est tout, le reste, tu te démerdes... quant à toi, Mohamed Oughali, tu n'es qu'un voleur, un *zamel*... un *attaye*...

Azel criait de plus en plus fort. Un des flics au bar, dans un état d'ébriété avancé, s'approcha d'Al Afia et lui glissa dans l'oreille : laisse-le-moi, il sera poursuivi pour atteinte à la sûreté de l'État, l'État... ta, ta, ta...

Al Afia devait faire taire le petit excité. Ses hommes de main lui obéissaient d'un signe de la tête. Il regarda en direction d'Azel. Deux hommes s'en emparèrent et le jetèrent dehors en le rouant de coups. L'un d'eux lui dit :

— Décidément, tu fais tout pour énerver le patron, on dirait que tu cherches à rejoindre ton copain !

Le copain d'Azel était son cousin germain Noureddine, qu'il considérait comme son frère et qu'il destinait à sa sœur Kenza ; il s'était noyé lors d'une traversée nocturne où les hommes d'Al Afia avaient surchargé le rafiot. Vingt-quatre noyés en cette nuit d'octobre où la tempête fut une excuse à la non-intervention de la Guardia Civil d'Almería.

Al Afia avait nié en bloc avoir reçu l'argent alors qu'Azel était présent lorsque Noureddine lui avait versé la somme de vingt mille dirhams. Cet homme avait plusieurs morts sur la conscience, mais avait-il seulement une conscience? Ses affaires florissaient dans plusieurs domaines. Il vivait dans une immense maison à Ksar es-Seghir, sur la côte méditerranéenne, une sorte de bunker où il entassait des sacs en jute pleins à craquer de devises. On disait qu'il était marié à deux femmes, une Espagnole et une Marocaine. Elles vivaient dans le même espace. Personne ne les avait jamais vues. Et comme le trafic du kif ne lui suffisait pas, il remplissait donc tous les quinze jours de vieilles embarcations de pauvres bougres qui donnaient tout ce qu'ils avaient pour passer en Espagne. On ne le voyait jamais la nuit du départ. C'était un de ses hommes, garde du corps, casseur, chauffeur, qui supervisait le chargement. Ce n'était jamais le même. Il avait ses rabatteurs, ses indicateurs et aussi ses flics. Il les appelait « mes hommes ». De temps en temps, les autorités de Rabat envoyaient une patrouille de l'armée pour arrêter des embarcations et leurs passeurs. Les flics de Tanger n'étaient surtout pas mis au courant. Ce fut ainsi qu'Al Afia eut quelques-uns de ses hommes de main arrêtés et mis en prison. Tant qu'ils étaient à la prison de Tanger, il s'en occupait comme si c'étaient ses enfants, leur assurait un repas par jour et finançait leur famille. À la prison de Tanger, il avait ses entrées, connaissait le directeur et surtout les gardiens qu'il arrosait même quand il n'avait pas de copains détenus entre leurs murs.

Il était passé maître dans les méthodes de corruption, avait parfaitement assimilé le tempérament des uns et des autres, leurs faiblesses et leurs besoins, jouait sur tous les tableaux et ne négligeait aucun aspect de la personnalité de chacun. On aurait dit qu'il avait un doctorat en quelque science improbable. Al Afia ne savait lire que les chiffres. Pour le reste, il avait des secrétaires compétentes et très fidèles avec lesquelles il parlait rifain et quelques mots d'espagnol. Il passait aux yeux de tous pour un homme généreux, « le cœur sur la main », « la grande maison », « la demeure du Bien », etc. À l'un il offrait un voyage à La Mecque, à un autre un terrain ou une voiture étrangère (volée évidemment), à un autre encore une montre en or en lui disant : « C'est un petit bijou pour ta femme », il prenait en charge les frais de clinique pour ses hommes et leur famille, et, à tous, il offrait à boire tous les soirs au pub devenu peu à peu son quartier général.

3

Azel et Al Afia

Entre Azel et Al Afia la guerre était déclarée depuis longtemps. Bien avant la mort de Noureddine, Azel avait décidé de partir une nuit, et avait déjà payé le passeur. Mais, à la dernière minute, le voyage avait été annulé et Azel n'avait jamais été remboursé. Il savait qu'à lui seul il ne pouvait rien contre ce monstre, un homme si craint, si aimé ou plutôt protégé par ceux qui vivaient de sa générosité. De temps en temps, surtout après avoir bu quelques bières, il se défoulait en l'insultant et en le traitant de tous les noms. Al Afia faisait mine de ne pas l'entendre jusqu'à cette nuit où il l'appela de son vrai nom et le qualifia de « zamel », c'est-à-dire d'homosexuel passif. La honte suprême! Cet homme si puissant, si bon, se mettrait à plat ventre pour se faire sodomiser! C'était trop, le petit avait dépassé les limites. Il fallait lui donner une bonne leçon :

— Espèce d'intellectuel, tiens, prends, t'as de la chance, ici on n'aime pas les mecs, sinon, ça fait longtemps qu'on t'aurait enfilé! Tu craches sur ton pays, tu en dis du mal, t'inquiète pas, la police se chargera de te faire dissoudre dans de l'acide.

Azel avait fait des études de droit. Il avait obtenu une bourse de l'État parce qu'il avait eu son bac avec mention. Ses parents ne pouvaient pas lui payer d'études. Il comptait sur son oncle qui avait un cabinet d'avocat à Larache pour l'employer. Après une affaire compliquée où l'oncle perdit sa clientèle, le cabinet fut fermé. En fait, c'était parce qu'il refusait de faire comme tout le monde qu'il perdit la plupart de ses clients, qui lui firent une mauvaise réputation : « Ne va pas chez maître El Ouali, il est intègre, avec lui pas d'arrangement, résultat, il perd tous ses procès ! » Azel comprit que son avenir était compromis et que sans piston il ne trouverait pas de travail. Ils étaient nombreux dans son cas. C'est ainsi qu'il prit part au sit-in des diplômés chômeurs devant le Parlement à Rabat. Au bout d'un mois où rien n'avait changé, il reprit le car de la CTM pour Tanger et décida de quitter ce pays. Il imagina même un accident de l'autocar où il perdrait la vie et en finirait ainsi avec une situation sans issue. Il se voyait mort, pleuré par sa mère et sa sœur, il entendait les copains le regretter : victime du chômage ; victime de l'incurie du système ; c'était un garçon brillant, bien éduqué, fin, généreux, il a fallu qu'il monte dans ce maudit car aux pneus lisses, conduit par un diabétique qui a perdu connaissance dans un virage... le pauvre Azel, il n'a pas vécu, il a tout fait pour s'en sortir, tu vois, s'il avait réussi à embarquer pour l'Espagne, il serait aujourd'hui un brillant avocat ou un professeur d'université!

Azel se frotta les yeux. Il se leva et demanda au conducteur s'il ne souffrait pas de diabète.

— Que Dieu m'en préserve! J'ai, grâce à Dieu, une santé de fer et je mets ma vie entre les mains de Dieu. Pourquoi me demandes-tu ça?

— Juste pour savoir. J'ai lu dans le journal qu'un Marocain sur sept est diabétique...

— Mais rassure-toi, il ne faut pas croire ce que publient les journaux.

Quitter le pays. C'était une obsession, une sorte de folie qui le travaillait jour et nuit. Comment s'en sortir, comment en finir avec l'humiliation? Partir, quitter cette terre qui ne veut plus de ses enfants, tourner le dos à un pays si beau et revenir un jour, fier et peut-être riche, partir pour sauver sa peau, même en risquant de la perdre... Il y pensait et ne comprenait pas comment on en était arrivé là; cette obsession devint vite une malédiction. Il se sentait persécuté, maudit et voué à survivre, sortant d'un tunnel pour déboucher dans une impasse. Son énergie, sa force physique, son corps bien bâti se dégradaient jour après jour. Certains camarades calmaient leur désespoir en se donnant à la religion et devenaient rapidement des piliers de mosquée. Mais ça ne l'avait jamais tenté. Il aimait trop les filles et la boisson. On l'avait contacté, lui proposant même du travail et des voyages. Celui qui lui parlait ne portait pas de barbe, il évoquait avec lui dans un français châtié l'avenir du Maroc, précisant « un Maroc rendu à l'islam, à la probité, à l'intégrité et à la justice ».

L'homme avait un tic, il clignait nerveusement des yeux tout en se mordant la lèvre inférieure. Azel comprimait un rire, faisant semblant de l'écouter. Il l'imagina tout nu en train de courir dans le désert. Cette image s'imposa à lui. L'homme était ridicule. Azel ne faisait plus attention à ce qu'il disait. Il n'avait que faire de cette morale, lui qui trouvait la plupart de ses plaisirs dans les interdits de la religion. Il repoussa fermement l'offre et comprit que son interlocuteur n'était autre qu'un recruteur pour des causes douteuses. Il aurait pu céder et se faire un peu d'argent, mais il fut pris de peur, un pressentiment, se rappelant l'histoire d'un voisin enrôlé dans un groupe de militants religieux qui disparut sans plus jamais donner le moindre signe de vie. C'était l'époque où on partait en Libye puis en Afghanistan pour lutter contre l'athéisme des communistes russes.

Six mois plus tard, le recruteur revint à la charge. Il l'invita à dîner « juste pour parler ».

Azel n'arrivait pas à prendre au sérieux cet homme qui, malgré sa nervosité, réussissait à attirer vers la religion des « égarés ». Cependant, il était intéressé par sa méthode, par la logique de son discours et cherchait à savoir qui était derrière ce mouvement. Mais le recruteur n'était pas dupe. Il anticipait les questions et y répondait non sans malice. Il se confia à Azel comme s'il était l'un de ses vieux amis :

— J'ai fait des études de lettres, j'ai même soutenu une thèse à la Sorbonne ; en rentrant au Maroc, j'ai enseigné la littérature française puis on m'a nommé inspecteur. J'ai circulé dans le pays, j'ai vu ce que des gens comme toi n'ont pas vu, j'ai entendu le Maroc profond et majoritaire ; personne ne m'a lavé le cerveau, je ne suis pas un égaré, non, je sais ce que je fais et ce que je veux. Les partis politiques ont lamentablement échoué, ils n'ont pas su entendre ce que leur disait le peuple. Ils sont passés à côté. J'en veux particulièrement aux socialistes, qui ont cru à l'alternance, qui ont joué le jeu du pouvoir et n'ont rien fait pour que les choses changent. Le roi s'est servi d'eux et ils se sont laissé faire.

Il marqua un temps d'arrêt, regarda Azel dans les yeux, posa sa main sur son épaule, se mordit la lèvre sans cligner cette fois-ci des yeux et poursuivit :

— Personne parmi les dirigeants ne respecte le message de l'islam. Ils l'utilisent mais ne l'appliquent pas. Notre projet est justement de faire quelque chose de différent. Nous savons ce que la population désire : vivre dans la dignité.

Il s'arrêta, se moucha bruyamment comme s'il voulait masquer ses tics. Là, Azel le fixa et de nouveau le vit tout nu dans un hangar poursuivi par un colosse noir. Il courait en appelant au secours. L'homme le rattrapait, lui donnait une paire de gifles tout en riant aux éclats.

Le recruteur continuait à développer ses thèses rabâchées de partout. Azel, pendant ce temps, s'évadait en pensée. Il était maintenant installé à la terrasse d'un des grands cafés de la Plaza Mayor à Madrid. Il faisait beau, les gens étaient souriants, une jeune touriste allemande lui demandait son chemin, il l'invitait à prendre un verre... La voix du recruteur se fit soudain plus forte et le ramena à Tanger :

— Il est intolérable qu'un malade qui s'adresse aux hôpitaux de l'État soit abandonné parce que l'hôpital est sans moyens. C'est pour cela que nous intervenons concrètement dans les lieux où l'État est défaillant. Notre solidarité n'est pas sélective. Il faut que ce pays soit sauvé ; trop de compromissions, trop de corruption, trop d'injustice et d'inégalités. Je ne prétends pas régler tous les problèmes mais nous ne restons pas les bras croisés à attendre que le gouvernement se mette au service des citoyens. Je suis nourri par la culture française, la culture du droit et de la loi, la culture de la justice et du respect des autres. J'ai trouvé dans l'islam, dans ses textes sacrés et aussi dans les textes de la culture arabe de l'âge d'or ce qui rejoint cette lumière. Je voudrais que tu ouvres les yeux et que tu donnes un sens à ta vie.

Il répéta plusieurs fois cette phrase, se doutant du peu d'intérêt qu'avait Azel pour son discours.

— Je sais, tu es comme beaucoup de tes camarades obsédés par l'idée de partir, de quitter ce pays. C'est une solution de facilité et c'est aussi la plus risquée. L'Europe ne veut pas de nous. L'islam lui fait peur. Le racisme est partout. En émigrant tu crois avoir résolu ton problème, mais une fois là-bas, si toutefois tu arrives à bon port, ton pays, sa culture, sa religion te manqueront. Nous sommes contre l'émigration, légale ou clandestine, car nos problèmes, nous devons leur trouver des solutions ici et maintenant, nous ne comptons pas sur les autres pour les résoudre à notre place. Encore une fois, je ne prétends pas que la religion réglera tout. Non, la religion, c'est une confiance qu'on acquiert, une confiance en soi, c'est elle qui t'ouvre les portes.

L'homme avait maîtrisé ses tics et Azel l'écoutait un peu plus attentivement. Il ne pouvait pour autant s'empêcher de penser à la vie qu'il pourrait avoir loin d'ici. Et puis l'image de son ami disparu, Mohamed-Larbi, s'imposa soudain à lui avec force. Cela ne servirait à rien d'évoquer avec le recruteur le sort de cet homme probablement enrôlé dans une organisation islamiste. Azel avait envie de boire un verre de vin, mais le restaurant n'en servait pas aux Marocains. De toute façon, le recruteur l'aurait mal pris. Azel voulait le provoquer, lui dire que la religion ne doit pas se mêler de politique, qu'on devrait améliorer les conditions de vie des gens sans les obliger à hanter les mosquées. Et puis, le recruteur lui proposa de donner des cours sur le droit dans une école privée dont il était le directeur. Il fut tenté d'accepter malgré le maigre salaire. Il se ravisa lorsqu'il lui fit comprendre que de temps en temps il l'enverrait en mission dans des pays où les Marocains n'ont pas besoin de visa. Son désir d'émigrer était plus fort que tout. En se quittant, ils se promirent de rester en contact, puis le recruteur ajouta :

— Si jamais tu réussis à tromper la vigilance des Espagnols, préviens-moi, je te mettrai en relation avec des amis sûrs, là-bas.

De nouveau, Azel le vit nu dans un hammam entre les mains d'un masseur.

4

Noureddine

La nuit qui suivit, Azel ne trouva pas le sommeil. Pourquoi cette obsession de quitter le Maroc? D'où venait cette idée? Pourquoi était-elle si têtue, si violente? Il avait peur de ses propres pensées et balançait entre ce désir incontrôlable de partir et les propositions du recruteur qu'il n'arrivait pas à rejeter définitivement. L'insomnie donnait à ces élucubrations des proportions effrayantes. Il se leva sans déranger la famille qui dormait, et se mit au balcon qui donnait sur le cimetière du Marshan. Une belle lumière argentée éclairait la mer au point de la transformer en un miroir blanc. Il comptait les tombes et cherchait celle de Noureddine. Il n'arrivait pas à imaginer ce qu'était devenu ce corps superbe que l'eau de mer avait défiguré. C'était lui qui s'était occupé de retrouver le cadavre de son cousin et ami. Parmi les corps mutilés, peut-être mangés par les requins, celui de Noureddine était encore intact, enflé. Autour, les familles pleuraient, certaines n'étaient même pas au courant de cette tentative de traversée. Azel vit aussi deux femmes et un enfant, recouverts d'un drap blanc. C'est alors que le gouverneur entra dans la morgue, énervé et assez affecté. Il hurlait : Plus jamais ça ! Venez là, vous, et filmez ces cadavres ! Il faut que tout le Maroc voie cette tragédie ! Il faut que ça passe au journal du soir. Et tant pis si cela coupe l'appétit aux gens ! Y en a assez ! Basta ! Y en a marre ! Il faut que ça s'arrête. Le Maroc perd sa sève, sa jeunesse ! Où est le préfet ? Faites-le venir tout de suite ! On va boucler les côtes !

Azel n'avait rien oublié de cette scène ni des odeurs suffocantes dégagées par ces corps nourris, il y avait quelques jours encore, du rêve d'une vie meilleure. Il n'oublierait jamais non plus les yeux blancs de Noureddine, ni sa main droite fermée sur une clé. Petit, Azel avait une peur terrible de la mort et de tout ce qui y avait trait. Il repérait de loin les laveurs de morts pour ne pas leur serrer la main ni manger dans le même plat qu'eux. Il détestait cet encens du paradis qu'on brûle autour des corps. Il avait même toujours refusé de voir le visage d'un défunt. C'était plus fort que lui, une peur irrationnelle, une sorte de phobie le hantait. Le jour de l'enterrement de son grand-père, il avait alors dix ans, il courut se réfugier chez les voisins, persuadé que la mort était contagieuse et que son ombre viendrait la nuit l'emporter sous son manteau. En s'occupant de Noureddine, il oublia pour la première fois sa peur. Il fit toutes les démarches administratives pour le récupérer, le ramener chez lui. La nouvelle avait totalement paralysé ses parents, qui pleuraient et refusaient d'admettre ce qui était arrivé. Kenza, vêtue de blanc, n'avait pas le droit d'assister à l'enterrement. Les femmes devaient rester à la maison. C'était la tradition. Elle hurlait sa peine, pleurant à la fois son cousin et son fiancé, affligée par son propre sort. Il fallait enterrer Noureddine le jour même à cause de la décomposition avancée du corps. L'efficacité d'Azel surprit tout le monde. Les « tolbas », les lecteurs du Coran, réunis dans le petit salon, lisaient en silence le Livre et psalmodiaient ensemble quelques prières. Avant le cimetière, le cortège s'arrêta à la mosquée du quartier ; un homme à la voix forte dit « Janâzatou Rajoul », « funérailles d'un homme ». On récita la prière devant le corps bien serré dans son linceul blanc, orné d'une broderie vert et noir. Quelques minutes plus tard, il fut porté par Azel et trois autres amis jusqu'à la tombe. Les tolbas entamèrent les prières de l'adieu, le corps fut déposé dans un trou assez étroit, vite recouvert de dalles, de ciment et de terre. Tout se passa très vite. La famille distribua aux tolbas et aux mendiants du pain et des figues sèches. Azel se rangea parmi les parents pour recevoir les condoléances. Il pleurait. Certains l'encouragèrent à renoncer à sa colère pour prendre le chemin de la sagesse et de la patience. Pour lui ce n'était rien de plus qu'une formule convenue, comme on en dit dans ces occasions-là. Il n'était pas question d'oublier son ami et surtout de ne pas trouver le moyen de le venger d'une façon ou d'une autre.

Il fuma une cigarette et revint dormir sur la pointe des pieds. Il recommença à se poser des questions sur la brusque disparition de Mohamed-Larbi, un copain vraisemblablement recruté par des islamistes. C'était impossible, répétait pourtant le père de Mohamed-Larbi. Son fils, affirmait-il, était un mécréant, il ne faisait pas le ramadan, se saoulait souvent, c'était même un drame pour la famille et les voisins. Justement, lui expliquait un officier de police, c'est exactement ce genre de type qui les intéresse. Ils ont leurs méthodes pour le convaincre. Et quand il est avec eux, ils l'envoient faire un stage dans un pays musulman, le Pakistan ou l'Afghanistan, lui donnent un passeport et des visas, faux évidemment, mais il ne le sait pas, une fois arrivé de l'autre côté, une autre équipe, plus dure, s'en occupe, les choses deviennent plus claires, faire la révolution pour nettoyer les pays musulmans des mécréants locaux et étrangers, le tout prend de trois à six mois, le lavage de cerveau ne se fait pas immédiatement, ils prennent leur temps et surtout appliquent les techniques les plus sophistiquées, ce sont des experts, bien structurés, bien organisés, ils ne font pas n'importe quoi, nous savons tout ça grâce à des repentis, des gens qui leur ont échappé, qui tout d'un coup ont pris conscience de ce qui se passait, mais que faire? Nous sommes vigilants, mais ces gens jouent sur la foi, l'irrationnel, la faiblesse de caractère, notre seul atout c'est de reconnaître les faux documents, mais leurs recrues ne passent pas par des aéroports, ils choisissent des moments de cohue au port, la nuit, et dans certains cas glissent un billet ou deux dans la main du policier ou du douanier, et le tour est joué, je sais, je ne devrais pas vous dire ça, mais c'est la vérité, l'allié principal des islamistes c'est la corruption qu'ils prétendent combattre, c'est grâce au bakchich qu'ils arrivent à tromper la vigilance de la police des frontières. Ton fils réapparaîtra un jour, barbu, tu ne le reconnaîtras pas, il aura changé, alors préviens-nous, tu rendras service à ton pays...

Mohamed-Larbi était un garçon inquiet, rebelle et surtout désespéré. Il avait été arrêté lors des émeutes de Beni Makada et avait passé quelques jours dans les locaux de la police. C'était un lycéen tranquille mais qui piquait parfois des colères contre la situation du pays, insultait les gouvernants autant que les opposants, qu'il traitait d'incapables. Azel était convaincu qu'il avait été enrôlé dans un groupe islamiste et qu'il se trouvait aujourd'hui dans une quelconque «armée de libération». Il l'aimait bien pourtant, le traitait souvent de « tête brûlée » et regrettait de l'avoir négligé les derniers temps avant sa disparition.

Pour vivre, Azel dépendait de sa sœur, qui travaillait comme infirmière dans une clinique. Elle faisait des heures supplémentaires dans le privé, la clinique qui l'employait ne la payant pas assez. Le patron, un chirurgien, petit de taille, maniaque, avec le tic de l'avare, celui qui consiste à parler tout le temps d'argent, que ce soit pour le prix des tomates ou celui d'un scanner, donnait à Kenza le salaire minimum en lui disant : « Tu apprends le métier. » Il gagnait en une journée ce que gagnaient en une année ses employés. Ça ne l'empêchait pas de faire ses cinq prières, de programmer la visite des lieux saints au printemps et un pèlerinage tous les deux ans. Pour toute intervention chirurgicale, il se faisait régler d'avance en espèces. Il était aussi réputé pour la dextérité de ses mains que pour sa rapacité. On racontait même que pour l'amour de l'argent il avait trahi son meilleur ami. Il n'en dormait pas moins avec le sourire béat du satisfait. Kenza n'avait pas le choix. Elle préférait cette situation qui la fatiguait à la dérive de sa collègue et amie, Samira, qui avait rejoint un réseau de prostitution qui taisait son nom. Elle partait en voyage avec des hommes qu'elle ne connaissait pas, participait à des soirées où elle prenait des risques. Au début, tout était merveilleux, tout était brillant et facile. On lui demandait de danser, jamais de coucher. Ça l'arrangeait. Mais peu à peu tout cela commença à déraper. Que de fois elle se réfugia chez Kenza, battue, violée, apeurée !

Azel avait renoncé à chercher du travail, du moins en suivant la méthode classique, lettre de motivation accompagnée d'un C.V. Cela n'aboutissait à rien. Il prospectait tous azimuts, aussi bien dans l'administration que dans le milieu des affaires, mais il n'avait pas les épaules assez solides pour s'aventurer dans ce monde de requins. Tout compte fait, Azel était un doux, un gentil, pas un violent. Le pauvre ! Il ne savait pas qu'il faisait fausse route. Personne ne l'avait prévenu : les salauds vont au paradis après avoir créé l'enfer ! Son idée fixe était là et le poursuivait partout : partir ! Il y tenait, s'y accrochait. En attendant il vivotait, essayait de revendre des voitures d'occasion, faisait le courtier pour un agent immobilier, il lui était même arrivé de faire la queue devant le consulat de France pour le compte d'un homme aisé qui le payait deux cents dirhams pour les cinq heures d'attente. Il parvenait à se faire un peu d'argent, de quoi s'acheter des cigarettes vendues en contrebande, s'offrir à crédit des habits de marque... Quant aux filles, c'était son ami El Haj, un vague cousin de Noureddine, qui se chargeait de glisser un billet de cent dollars entre les seins de chacune.

5

El Haj

El Haj et Azel entretenaient une relation étrange et insolite. Ils n'avaient ni le même âge ni les mêmes intérêts. El Haj était fasciné par ce jeune homme dont il connaissait l'histoire et qu'il cherchait à aider. El Haj était aussi repoussant physiquement qu'Azel était séduisant. Azel plaisait, avait avec les filles des rapports épisodiques mais clairs : il s'agissait de sexe, pas d'autre chose. Pour lui, tomber amoureux était un luxe, d'autant qu'à Tanger il n'y avait pas de lieu où emmener une fille ne serait-ce que pour prendre un verre. Il fallait une voiture, de l'argent, une situation. Tout ce que les étrangers avaient et qu'il n'avait pas dans cette ville qui l'agaçait et l'attirait. El Haj l'accueillait chaleureusement dans sa belle maison de la Montagne. Il aimait la fête. Comme certains hommes du Rif, il avait connu l'époque de l'argent facile et des affaires sans risques. Contrairement à ses amis, il avait tout arrêté et décidé de profiter de la vie et de s'amuser. Marié, sans enfant — il ne pouvait en avoir —, sa femme le laissait dans la grande maison et passait une partie de l'année dans son Rif natal. Tous les deux ans, il l'emmenait faire le pèlerinage à La Mecque. Cela suffisait pour la contenter, en échange, elle ne le dérangeait pas. À Tanger, il aimait organiser des dîners avec des amis et chargeait Azel d'inviter des filles. L'agent immobilier pour lequel Azel faisait des petits boulots l'avait introduit dans un bon réseau où l'on aimait s'amuser, boire, danser, baiser éventuellement et recevoir quelques cadeaux ou carrément de l'argent. Ce n'était pas méchant ni crapuleux. Les filles faisaient de vagues études, certaines se disaient secrétaires ou au chômage, d'autres, jeunes divorcées, aimaient la vie mais manquaient de moyens, d'autres entraînées dans ces soirées par leur grande sœur disaient vouloir s'initier à la vie, elles étaient jeunes et naïves, jolies et plaisantes, issues souvent d'un milieu modeste, mais parfois aussi d'un milieu plus aisé. Le réseau, qui comprenait plusieurs catégories de filles, était dirigé par Khaddouj « la qawada », une femme d'une quarantaine d'années qui recrutait aussi bien au hammam que chez Warda, son amie coiffeuse. Avec le succès du téléphone portable et surtout grâce à un forfait qui permettait, à la fin du crédit, de recevoir les appels durant six mois, les filles étaient joignables à n'importe quelle heure du jour et de la nuit. Pour Azel, elles ne se prostituaient pas, elles étaient juste des « cas sociaux ». C'était l'expression favorite d'El Haj, qui avait toute une théorie sur la question : Dans notre pays bien-aimé, fréquenter une femme ne peut avoir que deux buts : ou bien tu comptes l'épouser et là tu es foutu, ou bien tu veux en faire ta maîtresse attitrée, alors là, il faut avoir les moyens, parce qu'elles sont exigeantes, elles réclament un appartement meublé, un salaire à la fin du mois, des cadeaux de temps en temps, ce qui est normal, bien sûr, mais qui n'a rien à voir avec ce qu'on veut, nous, car nous, en vrai, on cherche quoi ? On cherche à passer du bon temps avec de jolies frimousses à qui on file quelques billets à la fin de la soirée, t'es pas enchaîné, t'es pas engagé, tu seras jamais cocu, tu t'amuses, elles s'amusent, et ce qui est bien, c'est que tu revois jamais les mêmes, c'est idéal pour la libido, le changement, mon cher, c'est la clé du désir permanent, elles sont mignonnes, et de toute façon ce sont toutes des cas sociaux, et nous, on les aide ! Et puis surtout elles sont vraiment libérées ; pas de tabous, pas d'interdits ; elles font tout et sont plus expertes que les Européennes, crois-moi, je me demande où elles apprennent tout ça, c'est à se demander s'il n'y a pas une école du sexe où on leur projette des films pornos ! Non, les Marocaines sont superbes, elles sont belles, désirables, propres, c'est important, elles sont tout le temps au hammam, jambes et sexe épilés, elles me rendent fou ; avec elles j'oublie le

diabète et le reste... Elles sont vraiment gen-
tilles, ne parlent jamais d'argent, elles arrivent
comme des invitées pour passer une bonne soirée, se mettent à l'aise et te font comprendre
que non seulement elles sont disponibles mais
qu'elles ne sont là que pour toi ! Et puis leur
peau, c'est la plus douce, la plus voluptueuse
que je connaisse, tu te rends compte, avec une
peau qui sent la cannelle, l'ambre, le musc, tous
les parfums du rêve, tu es vite au ciel et tu
fermes les yeux pour ne jamais retomber sur
terre, voilà pourquoi j'aime les Marocaines, avec
un rien elles réussissent à faire illusion et à être
superbes. Oui, mon ami, nous avons de la
chance, je sais, t'es pas d'accord, tu vas me parler de la misère, de l'exploitation, du vice, de la
morale, de la condition de la femme, de droit,
de justice, d'égalité et même de religion, je sais
ce que tu vas me dire, mais laisse-toi vivre et
profite de ta jeunesse...

Nombre d'entre ces filles étaient amoureuses
d'Azel, mais il les décourageait en leur disant la
vérité sur sa situation : J'ai vingt-quatre ans, je
suis diplômé, j'ai pas de boulot, pas d'argent,
pas de voiture, je suis un cas social, oui, moi
aussi je suis à la dérive, prêt à tout pour foutre le
camp, pour ne garder de ce pays que des
images, des cartes postales, alors, je ne suis pas
fait pour l'amour, vous méritez mieux, vous
méritez le luxe, la beauté, la poésie... J'ai déjà
tenté de brûler les quatorze kilomètres qui nous

séparent de l'Europe, mais j'ai été escroqué, et j'ai eu plus de chance que mon cousin Noureddine qui s'est noyé à quelques mètres d'Almería, vous vous rendez compte?

Les filles l'écoutaient, certaines pleuraient. Elles venaient toutes d'un milieu où des proches avaient tenté eux aussi de partir. Siham, la plus mûre, avoua qu'elle aussi avait brûlé, les agents de la Guardia Civil les attendaient à l'aube sur la plage, ils étaient camouflés comme en temps de guerre. Elle fut arrêtée, interrogée puis raccompagnée à Tanger où la police marocaine l'avait tabassée. Depuis, elle avait d'autres plans mais ne renonçait pas à partir et le plus loin possible. Elle était dégoûtée par ce qu'elle entendait sur les filles qui essayaient de s'en sortir en émigrant : Quand un homme brûle, on dit qu'il va travailler, quand c'est une femme, surtout si elle est jolie, on pense tout de suite qu'elle va faire la pute! Il y a des filières bien connues : les pays du Golfe; il suffit de débarquer en Libye où on n'a pas besoin de visa et là-bas tout s'organise pour Dubaï ou Abou Dhabi. Il faut supporter de se faire tripoter par ces gros lards; y en a qui aiment ça, disons qui aiment ce que ça rapporte... Moi, si je réussis à émigrer, c'est pour m'occuper des vieux. Ma sœur travaille à Milan chez deux familles, les personnes âgées sont abandonnées par leurs propres enfants et petits-enfants, alors elles trouvent du réconfort auprès des jeunes Maghrébines qui leur font à manger, les accompagnent à l'hôpital, les promènent, leur font la lecture, bref, elles leur donnent ce dont elles ont besoin. C'est beau comme travail. C'est ce que je rêve de faire. Ma sœur est en train de voir comment je pourrais obtenir un visa.

El Haj mit de la musique, Siham et les autres filles se levèrent et se mirent à danser. Azel les regardait, ému. Il avait envie de les prendre une à une dans ses bras et les serrer contre son cœur. Il était heureux mais sentait la fragilité de ces émotions. Ce soir-là, il fit l'amour avec Siham. Après, elle lui demanda :

— M'emmèneras-tu avec toi si tu parviens à quitter ce pays ?

Elle lui avoua ensuite qu'elle cherchait à se marier avec un Espagnol ou un Français.

— Moi aussi, rétorqua Azel.

Ce qui la fit rire et elle rectifia, une Espagnole ou une Française ! Il s'arrêta un instant puis dit sur un ton grave :

— Quelle importance à partir du moment où je réalise mon rêve...

Siham s'assit sur le bord du lit et se mit à pleurer. Il la prit dans ses bras, essuya ses larmes du revers de la main et la serra fort contre lui.

— Dans ce pays, on n'avoue pas à une femme qu'on l'aime, question de pudeur, paraît-il. Moi, je te le dis !

— Tu m'aimes ? Alors dis-le-moi.

— C'est difficile.

— Et ça veut dire quoi, m'aimer ?

— Que j'aime être avec toi, j'aime faire l'amour avec toi...

— Mais tu n'imagines pas faire ta vie avec une fille qui a couché avec toi à la première rencontre, une fille qui n'est plus vierge !

— Tu sais, je ne veux pas être comme tout le monde ici, la virginité, pour moi c'est plus un problème qu'autre chose. Je n'aime pas dépuceler une fille, ça me panique, tout ce sang...

— Alors dis-moi « je t'aime ».

— Une autre fois, quand tu ne t'y attendras pas.

Siham se mit à plat ventre, ranimant de sa main droite le sexe d'Azel.

— Puisque tu m'aimes et tu ne me le dis pas, moi je vais te dire tout ce que je pense !

Et elle énuméra tous les noms du pénis qu'elle connaissait pour les avoir lus dans *Le jardin parfumé* de Cheikh Nafzaoui, suivis de tous les noms du vagin ; elle appuyait sur les voyelles, se délectait de cet inventaire linguistique. Puis, quand elle sentit le sexe d'Azel se durcir enfin, elle lui ordonna de la prendre par-derrière.

Dite en arabe, la phrase avait quelque chose de pornographique, d'excitant et en même temps d'insupportable. Azel débanda.

— Tu me provoques ! Je ne te prendrai ni par-derrière ni par-devant.

— Tant pis, offre-moi au moins une robe légère, transparente que je mettrai l'été quand il vente; je ne porterai pas de culotte et comme ça on verra mon ventre, mon bas-ventre, mes fesses et tous les hommes tomberont raides devant moi!

Ils se mirent à rire, se rhabillèrent. Avant de sortir de la chambre, Azel osa lui demander :

— Pourquoi voulais-tu que je te prenne par-derrière?

— Les filles qui tiennent à leur virginité se laissent pénétrer par-derrière, par là, pas de risque. Pendant quelque temps je me donnais comme ça; au début je n'aimais pas, j'avais mal et puis, curieusement, j'y ai pris goût; depuis, j'aime bien de temps en temps varier le plaisir, mais toi, t'as pas l'air d'en raffoler...

— Non, quand j'étais adolescent, je l'ai fait quelquefois avec des garçons, et jamais avec des filles. J'aime pas beaucoup. Excuse-moi pour tout à l'heure.

El Haj était affalé au salon, une fille dans chaque bras. Il ronflait, les filles à moitié nues riaient en douce. Il ne fallait pas le réveiller. Azel prit la voiture d'El Haj et proposa de les raccompagner. Elles avaient reçu un billet de cent dollars chacune. Azel traversa la ville sans dire un mot. Siham lui tenait le bras. Elle avait envie de faire des folies mais Azel était mélancolique. Elle rentra finalement chez elle. Vers cinq heures du matin, Azel se retrouva seul sur l'esplanade du boulevard Pasteur. On apercevait assez nettement les lumières de Tarifa. Il prit le chemin du port en passant à côté du Théâtre Cervantès en ruine. Il se dit que le jour où il aurait la nationalité espagnole il reviendrait pour le restaurer. À l'entrée du port un policier de mauvaise humeur lui tomba dessus.

— Hé, toi! Où tu vas?

— Voir les bateaux partir!

— Dégage, on a assez de problèmes avec les Espagnols et les Africains qui rôdent...

— T'en fais pas, je vais pas brûler, juste regarder les camions embarquer. C'est mon droit d'envier les caisses! Je voudrais être une de ces caisses, non pas être dedans, j'étoufferais, mais être une caisse de marchandise déposée dans un hangar en Europe, sur une terre de liberté et de prospérité, oui, juste une caisse en bois léger, une caisse anonyme sur laquelle j'aimerais bien que soient inscrits en lettres rouges « Fragile », « Haut », « Bas ».

— Tu es fou!

— Absolument! Tiens, prends des cigarettes.

Le policier se servit et demanda à Azel de surtout le laisser tranquille.

— Dis-moi, là, juste entre nous, les yeux dans les yeux, tu ne voudrais pas, toi, être à la place d'une de ces caisses?

— Fous-moi la paix!

— T'énerve pas, je plaisante.

— Va où tu veux, et si tu trouves une bonne combine, viens me chercher. Moi aussi, j'en ai marre. Mais surtout lâche-moi avec tes histoires de caisses. Tu sais comment m'appelle ma femme? « *Sandok el khaoui* » (caisse vide)! Tout ça parce que je gagne pas assez pour lui offrir tout ce qu'elle veut. Sais-tu combien je gagne par mois? Deux mille dirhams, je paye huit cents dirhams de loyer, et on vit, on survit avec le reste! Allez, tire-toi, laisse-moi en paix!

Azel avançait lentement, trouvait un plaisir particulier à entendre le bruit des moteurs des gros camions. Il s'en approcha, huma les odeurs du gasoil, on aurait dit qu'il sentait le parfum d'un bouquet de roses. Il passa sa main sur une roue, la regarda et pensa jusqu'où elle pourrait l'emmener. Deux ouvriers chargeaient le camion. Il leur demanda quelle marchandise ils convoyaient. Des vêtements, que des habits de marque, du Boss, du Klein, du Zara, italiens, espagnols, tout sauf marocains!

Il se vit en mannequin habillé par une de ces marques et déposé dans une de ces caisses pour être mis dans une vitrine de Madrid ou de Paris. Il imagina se faire mouler dans de la cire et passer la frontière déguisé en mannequin de présentation, un objet inanimé, pas un être humain qui respire. L'idée le fit rire. En même temps il eut peur. Il continua sa visite, regarda sous le camion et se rappela l'histoire de cet adolescent qui s'était caché dans un endroit semblable. Passé la frontière espagnole, il avait pris la fuite et fut arrêté par des chasseurs qui le remirent aux mains de la police. Son histoire fut racontée par les télévisions et radios européennes. On l'exhiba comme un exemple de cette folie qui s'emparait de certains jeunes Marocains. Le consulat du Maroc récupéra le malheureux aventurier et le rapatria. Une fois arrivé à Tanger, il jura de recommencer.

D'autres camions chargeaient des marchandises plus lourdes. Azel s'approcha des bateaux en partance. Tout était calme. Les flics prenaient leur petit déjeuner, l'un d'eux lisait un journal. L'article racontait que l'Espagne venait très récemment d'installer le long de ses plages un système de surveillance électronique, avec infrarouge, armes automatiques, ultrason, ultra tout... Les clandestins pourraient être repérés avant même qu'ils décident de quitter le pays ! Avec cet attirail, les flics espagnols étaient maintenant capables de tout prévoir dès qu'un Marocain émettait le plus petit désir de traverser le détroit de Gibraltar. Il lui suffisait de le penser et les Espagnols recevraient une information détaillée sur le type en question, son âge, son nom, son passé, tout, ils sauraient tout. C'était ça, le progrès. Les Marocains, à présent, n'avaient qu'à bien se tenir. Plus possible de rêver à l'Espagne ! Une nouvelle loi et de nouvelles techniques l'interdisaient. Au moindre soupçon, les lumières de la Guardia Civil s'allument, les appareils détectent le candidat à l'immigration qui sera refoulé avant même qu'il quitte la maison. Plus besoin de fouiller les chargements des camions.

Sur le quai, Azel était impressionné par les dimensions des bateaux. Comme un enfant qui découvre la mer pour la première fois. Il aimait le bruit des moteurs et les cris des matelots. Il se voyait en tenue blanche, capitaine ou commandant, fermait les yeux pour goûter ces moments, donnait des ordres brefs et précis. Il devait être sept heures, un immense paquebot s'apprêtait à accoster. Azel était fasciné par cette masse glissant sur l'eau calme. Il fit signe de la main à une passagère qui se penchait. Elle ne réagit pas mais peu lui importait, il s'en moquait. Ce qu'il voulait, à cet instant précis, c'était se trouver dans une cabine d'où il ne sortirait pas, et attendre le départ pour aller fumer une cigarette sur le pont. Là, il ferait la conversation à un touriste allemand en croisière avec sa femme pour fêter leurs noces d'or. Il aurait mal au cœur, prendrait un médicament et irait se coucher dans des draps propres tout en écoutant le flot des vagues qui l'emmèneraient loin, très loin de Tanger et de l'Afrique.

Des images se bousculaient dans sa tête. C'était comme dans un film qui nous fait entrer dans les rêves du personnage. Il était tout habillé de blanc, accompagné d'Olga, une cantatrice d'opéra, une Autrichienne, venue rendre visite à son frère qui passait l'été dans la Montagne de

Tanger. Elle l'avait rencontré dans cette maison où tous les amis de son frère étaient homosexuels, elle l'avait repéré de loin, elle avait flairé l'homme qui aimait les femmes. Elle ne s'était pas trompée. Mais que faisait-il chez M. Dhall? Invité par le chef cuisinier qui avait besoin d'aide. En fait, il ne servait pas, mais recevait les gens, leur montrait le chemin. Olga le prit par le bras et l'éloigna au fond du jardin. Sans se parler, ils s'embrassèrent longuement. La femme était très entreprenante. Azel était gêné, mais se laissait faire. Quelqu'un l'appelait. Il se détacha de l'étreinte de la belle Autrichienne et rejoignit le chef.

Le paquebot s'alignait doucement le long du quai. Azel leva les yeux, aida les manœuvres à installer l'échelle. Des voyageurs quittaient le bateau en riant. Il eut envie d'y monter, de se faufiler et d'y rester. C'était trop risqué. Il aperçut un chat gris qui essayait de tromper la vigilance des gardiens. Il fut chassé d'un coup de pied, ce qui ne l'empêcha pas de tenter à nouveau d'entrer dans le bateau. Ce chat était connu des douaniers et des policiers ; ils ironisaient sur son obstination à quitter le Maroc ; lui aussi en avait marre, lui aussi avait envie d'autre chose, avait besoin de tendresse, de caresses, avait besoin d'une famille tranquille qui le gâterait, il voulait s'en aller parce qu'il savait d'intuition que c'était mieux là-bas, lui aussi avait ses obsessions, il était têtu, il venait tous les jours et faisait tout pour sauter dans ce navire qui partait vers l'Europe, c'était peut-être un chat chrétien, il aurait appartenu à des Espagnols ou à des Anglais, il n'y avait qu'eux pour protéger et aimer tant les animaux, chez nous un chat ou un chien est traité comme un intrus, on le chasse, on le frappe, alors c'était tout à fait normal que ce chat gris veuille lui aussi partir ! Une fois, il avait sauté et raté la passerelle du bateau. Il fut sauvé par un pêcheur qui eut pitié de lui.

Azel abandonna là ses rêveries et rebroussa chemin les mains dans les poches, il rencontra le chat, le salua comme si c'était un être humain, toi aussi tu veux partir, toi aussi tu as attrapé le virus du départ, c'est ça, tu ne te sens pas bien ici, on te traite mal, on te donne des coups de pied, tu rêves d'une vie meilleure, plus confortable, dans une grande maison bourgeoise, allez, ne désespère pas, un jour tu y arriveras. Le chat l'écouta attentivement, miaula puis disparut. En sortant du port, Azel s'arrêta un instant devant le flic, à qui il remit son paquet de cigarettes à peine entamé : Tiens, ce sont des américaines, des vraies, achetées en contrebande, fume, donne à tes poumons un peu de ce goudron qui fera son nid dans tes artères, allez, camarade, à un de ces jours !

Pour remonter en ville, il prit le chemin de Siaghine et du Grand Socco. Les rues étaient d'un calme inquiétant. Comme d'habitude, le sol était jonché d'immondices. Il se demanda pour la centième fois pourquoi les Marocains étaient propres dans leurs maisons et sales à l'extérieur. Il se rappela ce que lui enseignait son professeur d'histoire au lycée Al Khatib. Le drame du Maroc, c'est l'exode rural ; les gens de la campagne qui s'installent dans les villes continuent de vivre comme des paysans, ils jettent les ordures devant leur porte. Bref, ils ne changent rien à leurs comportements. Tout ça, c'est la faute au ciel, à la sécheresse, c'est elle qui oblige des milliers de familles à quitter leur terre pour venir mendier en ville.

Ce matin, les chats sauvages étaient particulièrement nombreux. Ils ne se battaient même pas, ils se régalaient. Il vit un mendiant fouiller dans une poubelle. Il eut honte. L'homme prit la fuite.

Au Grand Socco, Azel s'installa sur un tabouret bancal et commanda un bol de purée de fève. Il se dit, j'adore ce plat, j'en mange ici parce que là-bas ce n'est pas sûr que je le retrouverai. Il était aussi heureux que les chats, même si l'image de ces enfants la tête dans la poubelle lui donnait la nausée.

6

Miguel

Blessé, jeté sur le trottoir, Azel était conscient. Deux hommes au-dessus de lui étaient sur le point de l'achever. Il avait mal au ventre et aux côtes. Au fond de lui-même il était fier, il avait eu le courage de s'attaquer à un monstre, peut-être l'homme le plus puissant de la ville. Personne n'avait osé jusqu'à présent le défier et lui dire en face ce que tout le monde pensait. Il fut pris par une sorte d'euphorie intérieure qui le rendait fort malgré ses blessures. Il était persuadé que cette nuit lui appartenait : il sut à cet instant précis que sa vie allait changer.

Au moment où, après avoir tenté de se relever, il reçut un coup de pied qui le renvoya à terre, la voiture de Miguel Lopez s'arrêta. Les deux hommes s'éclipsèrent. Miguel et son chauffeur sortirent pour ramasser Azel et le transporter jusqu'à la voiture. Puis ils prirent la direction de la Vieille Montagne, là où Miguel avait une belle maison d'où on voyait la médina et une partie de la mer.

C'était un homme très élégant qui s'habillait avec goût et finesse, et il aimait les fleurs au point de consacrer une heure tous les matins à la composition des différents bouquets dans la maison. Le choix des fleurs et le mariage de leurs couleurs renseignaient sur son humeur et ses dispositions. Il passait l'été à Tanger, le reste de l'année à Barcelone et dans des voyages à travers le monde pour l'organisation de ses expositions. C'était un homme généreux qui nourrissait une passion pour le Maroc, à cause de sa qualité de vie et aussi de sa complexité. Pour lui, il était naturel de venir en aide à un homme jeté à terre. Il ne comprenait pas pourquoi les clients du bar ne bougeaient pas et laissaient faire ces brutes.

Miguel était proche d'un des cousins du roi, un homme bien introduit dans le palais. Il l'avait mis sur la liste des invités spéciaux, ceux que le protocole laisse passer sans discussion. Miguel était ravi de se trouver deux ou trois fois par an à la cour d'Hassan II, il passait pour un ami du Maroc, un artiste censé dire du bien de ce pays et surtout répondre à ceux qui l'attaquaient.

Miguel était un mondain dans l'âme. Il adorait les soirées où l'on fréquentait des célébrités. Cela l'amusait et il en tirait une certaine fierté. Après de multiples chagrins, il avait décidé de parier sur la légèreté. Les soirées mondaines convenaient parfaitement à la frivolité dont il

avait besoin pour oublier ses échecs senti-
mentaux, ses erreurs et ses errances.

Alors pourquoi vouloir arracher Azel à son
monde et le faire venir chez lui, en Espagne ? Au
départ, Miguel voulait aider Azel. Ce n'est
qu'après l'avoir vu et revu qu'il comprit qu'une
aventure ou même une histoire sérieuse était
possible. Chaque fois que Miguel forçait un
homme à entamer avec lui une histoire, il le
regrettait, mais cela ne lui déplaisait pas de souffrir et de se plaindre dans sa solitude. Il aimait la
peau mate des Marocains, leur maladresse, mot
qu'il utilisait pour parler de leur ambiguïté
sexuelle. Il aimait leur disponibilité, qui mar-
quait l'inégalité dans laquelle les liens se tis-
saient. Ainsi, tantôt domestique le jour, tantôt
amant la nuit. Habillé d'une façon quelconque
pour faire le marché la journée, vêtu avec des
habits de choix le soir pour le désir et l'acte
sexuel. Comme disait le vieux concierge de
l'immeuble où vivaient un écrivain américain et
sa femme : « Ces gens-là, ils veulent tout, des
hommes et des femmes du peuple, des jeunes,
en bonne santé, de préférence de la campagne,
ne sachant ni lire ni écrire, les servant le jour
puis les niquant la nuit. Service complet, et
entre deux petits coups, une pipe de kif bien
bourrée pour que l'Américain écrive ! Il leur dit,
raconte-moi ta vie, j'en ferai un roman, tu auras
même ton nom sur la couverture, tu ne pourras
pas le lire mais ça ne fait rien, tu es écrivain

comme moi, sauf que toi on dira c'est un écrivain analphabète, c'est exotique, je veux dire étrange, mon ami! Il lui dit ça sans parler d'argent, parce qu'on ne parle pas de ça, quand on est au service d'un écrivain, enfin! Les gens ne sont pas obligés d'accepter, mais je sais, la misère, notre amie la misère nous mène vers des lieux bien tristes. Dans la vie les gens s'arrangent, c'est comme ça, moi, je vois tout, et je ne dis pas tout! Chacun est accroché par sa patte, c'est comme chez le boucher, t'as déjà vu une brebis suspendue par la patte de sa voisine? Non, alors, les Marocains qui vont avec ces chrétiens, c'est la même chose!»

Le lendemain matin, Miguel frappa à la porte de la chambre où il avait installé Azel. Il voulait savoir comment il allait, quel était son nom, ce qu'il faisait et la raison pour laquelle il s'était trouvé dans ce pub. N'obtenant pas de réponse, il frappa une seconde fois avant d'ouvrir la porte sans faire de bruit. Azel dormait sur le dos, à moitié couvert. Miguel fut stupéfié par la candeur de ce visage et la beauté de ce corps où des hématomes étaient visibles. Il sortit sur la pointe des pieds, et décida d'attendre son réveil. Il était troublé, se resservit du café, chose qu'il s'interdisait d'habitude à cause de ses problèmes cardiaques. Il alla d'une pièce à l'autre, monta sur la terrasse et essaya de se calmer. Il sentit de manière forte que ce jeune homme allait bouleverser sa vie. Il en était convaincu et ne pouvait pas encore l'expliquer, une sorte d'intuition et d'évidence. Il avait besoin de parler à quelqu'un, de raconter ce qu'il avait vu et ce qu'il ressentait. Mais il y renonça, se calma en attendant la fin de la matinée.

Cette situation lui rappelait un souvenir qu'il avait maintes fois essayé d'enfouir. C'était l'époque où il fuyait la maison de ses parents, restait à traîner dans les bars de Barcelone dans l'attente de la rencontre amoureuse qui le sortirait de sa solitude et de sa mélancolie. Ses parents, une mère catholique et un père communiste, ne pouvaient pas imaginer que leur fils préférait s'encanailler avec les hommes. Ils lui menaient la vie dure, lui parlaient à peine. Il prit un jour des coups dans une bagarre où il avait tenté de séparer deux hommes ivres. L'œil droit enflé, il lui était impossible de rentrer à la maison ; ses parents lui auraient posé trop de questions et auraient même été capables de demander à la police de faire une enquête sur les fréquentations de leur fils. Au moment où il se relevait en essuyant les gouttes de sang qui tombaient de son front, une main lui offrit un mouchoir blanc ; pendant quelques secondes, il ne vit que ce bout de tissu blanc qui dégageait un parfum délicat. C'était la main d'un homme d'âge mûr, une main longue et fine avec des taches de rousseur foncées sur le dos. Un homme grand de taille portant un feutre gris, fumant un cigare. Il le suivit sans dire un mot, l'homme marchait d'un pas décidé et Miguel observait ses gestes un peu maniérés. Pour Miguel, ce fut le début d'une histoire d'amour et de sexe, complexe et douloureuse. Il quitta ses parents mais devint en même temps l'obligé, l'esclave de son sauveur si riche et si puissant.

Il chassa d'un geste de la main ce souvenir déjà ancien et se dit que le jeune homme qui dormait encore n'avait rien à craindre de semblable. Vers le moment du déjeuner, il le vit apparaître, timide, gêné de se trouver là, s'excusant d'avoir trop dormi.

— Assieds-toi, tu dois avoir faim.

— Non, je voudrais juste une aspirine et un grand verre d'eau.

— Comment t'appelles-tu?

— Azz El Arab.

— C'est la première fois que j'entends un prénom marocain aussi difficile à prononcer.

— Mes amis m'appellent Azel, c'est plus simple.

— Que signifie ton prénom?

— La fierté, la gloire des Arabes! Je suis la crème des Arabes! Celui qui est précieux, cher et bon...

— Un peu lourd à porter, non?

— Mon père était un nassérien, un nationaliste passionné par le monde arabe. Malheureusement, le monde arabe est aujourd'hui en bien mauvais état; moi aussi, d'ailleurs. Au fait, je voulais vous remercier pour ce que vous avez fait hier soir.

— C'est naturel. Tiens, mange quelque chose.

Azel se sentit plus à l'aise, posa des questions à Miguel sur son travail, sur ce qu'il faisait à Tanger, sur ses voyages. Il cherchait en fait à savoir s'il pouvait l'aider à obtenir un visa pour l'Espagne. Il n'en parla pas, et profita d'une courte absence de son hôte pour disparaître.

Miguel fut contrarié. Il demanda à son chauffeur s'il connaissait ce garçon. Khaled fit signe de la tête que non.

— Tu vas le retrouver et le ramener, gentiment, sans violence.

— Bien, monsieur.

Khaled était triste, mais n'osait rien montrer devant son maître qui faisait semblant d'avoir oublié qu'entre eux il y avait eu des relations intimes. Miguel avait parfois une surprenante capacité à oublier. Khaled avait dû déchanter et s'adapter. Il s'était marié, une façon de mettre fin à cette histoire et aussi de faire cesser les bavardages et moqueries de ses compagnons de café.

Khaled connaissait Azel de vue pour l'avoir aperçu quelquefois rôder autour des bars avec d'autres gars de son espèce. Il n'avait même pas envie de le prévenir, de le mettre en garde. De toute façon, ce n'était pas la première fois que Miguel lui demandait de ramener chez lui des garçons éméchés qu'il proposait d'aider.

Le lendemain, Azel réapparut, ramené par Khaled dans la villa. Il était venu en compagnie de son amie Siham. Miguel ne fit pas de commentaire, et les reçut de façon courtoise et attentionnée. Azel présenta Siham comme sa fiancée. Elle joua le jeu. Très vite il orienta la conversation vers la question qui l'obsédait. Partir. Renaître ailleurs. Partir par tous les moyens. Se sentir pousser des ailes. Courir sur le sable en criant sa liberté. Travailler, réaliser, produire, imaginer, faire quelque chose de sa vie.

Azel n'avait pas besoin de convaincre Miguel. Celui-ci l'écoutait tout en réfléchissant et se posant, dans le désordre, toutes les questions qui se bousculaient dans sa tête : Avait-il envie de l'aider ou de le garder auprès de lui ? Comment réussir les deux ? Miguel n'avait plus l'énergie d'antan mais une chose était sûre : de cet homme il ferait son amant, il ne séduisait plus, il espérait établir un lien d'amitié à défaut d'amour. L'éventualité d'une relation sexuelle avec Azel améliora son humeur. Le regarder parler, bouger, marcher, même quand il s'affichait avec sa fiancée, suffisait à le ravir. Ce fut Siham qui eut le courage de poser la question :

— Pouvez-vous nous aider à obtenir un visa ?

Azel fut contrarié par la sécheresse de sa demande. Il s'excusa auprès de Miguel puis ajouta :

— Vous savez, aujourd'hui, de plus en plus

de jeunes ne rêvent que d'une chose : partir, quitter ce pays.

— C'est triste, répondit Miguel, je sais, vous n'êtes pas les premiers à me demander de l'aide. Quand un pays en arrive à ce que sa « crème » veuille le quitter, c'est bien triste. Je ne porte pas de jugement sur tout cela, mais j'avoue que, d'un côté, je vous comprends, de l'autre, je suis embarrassé. À votre âge, moi aussi j'ai eu ce rêve. Même si les deux situations ne sont pas comparables. L'Espagne était invivable. Franco ne voulait pas mourir et son système religieux et militaire sévissait partout. Or, j'ai eu la chance fantastique de quitter Barcelone pour New York, j'avais réussi un concours de l'École des beaux-arts. Cela m'a sauvé. J'avais l'impression de passer de l'obscurité à l'énergie et à la lumière. Je n'en pouvais plus de la vie étriquée, hypocrite, où tout sentait l'humidité et la mauvaise poussière, celle qu'on ne voit pas et qui colle aux choses, aux vêtements, aux cheveux et surtout à l'âme. Toute l'Espagne sentait cette odeur de moisi ; on étouffait. Le pays ne vibrait que pour le foot et la corrida.

Azel ne répondit pas, se leva, fit un tour dans le salon ; nerveux, il dit à Siham :

— Viens, on a assez abusé du temps de Monsieur.

— Appelle-moi Miguel.

— Oui, Miguel. À la prochaine !

Le soir, il rejoignit des copains du quartier qui jouaient aux cartes au café Hafa. Les lumières de Tarifa clignotaient. Il ne supportait plus de les voir. Il demanda à Abdelmalek de changer de place et s'assit dos à la mer.

— Tu veux plus regarder le territoire interdit ? fit Abdelmalek.

— À quoi ça sert de fixer cet horizon si proche et si lointain à la fois ?

— Tu te souviens de Toutia ?

— Pourquoi ?

— Simplement parce qu'elle nous obsédait et que nous étions des pantins entre ses doigts.

— Non, nous étions tellement kiffés que nous inventions des images et des personnages. Toutia n'a jamais existé !

— On t'a vu chez l'Espagnol, fais attention, il adore les Marocains, dit Saïd.

— Eh ben, tout se sait dans cette ville ! Rien que pour ça, j'ai envie d'émigrer.

— Tu crois que là-bas tu seras tranquille ? fit Ahmed.

— Au moins je verrai plus vos gueules de chômeurs !

— Si tu réussis à embobiner l'Espagnol, tu nous aideras ? dit Abdelmalek.

— J'ai l'intention d'embobiner personne.

— Allez, tu couches avec lui, et ton affaire est réglée !

— Je ne supporte pas qu'un homme me touche.

— Tu verras quand tu y passeras, tu penseras qu'à ton visa.

— Parce que toi t'es capable de te mettre au lit avec un homme, de le caresser, l'embrasser comme si c'était une femme, bander, jouir et tout ?

— Les hommes, c'est pas mon truc, mais quand t'es obligé, t'es obligé, tu fermes les yeux et tu penses à ta bien-aimée, c'est une question d'imagination, et puis pense à ce que cela te rapportera, c'est une question purement pratique.

— Mais c'est de la prostitution !

— Appelle ça comme tu veux, j'en connais beaucoup qui font ça l'été, y en a même qui ont réussi à partir dans les bagages du *zamel*. Une fois là-bas, ils fuguent avec une femme, se marient et obtiennent la nationalité, tu sais, le joli passeport bordeaux. Ensuite, ils reviennent au pays triomphants et arrogants. D'autres tournent autour des vieilles, des Européennes ou des Américaines, toutes ridées, trop maquillées, seules mais tellement riches... J'ai connu un type dont c'était même la spécialité, il se mettait au Café de Paris et attendait sa proie. Sais-tu qu'il a fini par épouser une Canadienne qui lui a filé la nationalité et en prime tout son patrimoine ? Il est revenu à Tanger méconnaissable tellement il était devenu riche. Il s'était teint les cheveux, portait des habits de marque et nous parlait dans un anglais assez rudimentaire. Il croyait qu'il nous intimidait. Nous, on le plaignait. Un jour, un camion a écrabouillé sa belle Mercedes toute neuve.

— Et alors ?

— Il est mort !

— Tu veux dire que Dieu l'a rappelé à Lui parce qu'il a fauté ?

— Ne mêle pas Dieu à ça ; il est mort parce que dans ce pays la route tue indifféremment jour et nuit, c'est tout.

Azel posa les cartes, alluma une pipe de kif, en tira quelques bouffées et la tendit à Abdelmalek. Il était tard et il n'avait pas envie de rentrer chez lui. Évidemment, Abdelmalek ne lui avait rien appris de vraiment nouveau. Il fit un tour par le pub. Il n'y avait ni Al Afia ni ses hommes de main. Quelques flics étaient au bar. Rubio, l'un des serveurs, se pencha sur lui :

— Les choses tournent. Il paraît que le ministre de l'Intérieur a ordre de nettoyer le pays. Ils ont arrêté des gars. On dit qu'Al Afia est déjà en Espagne ou à Gibraltar.

Azel observa les consommateurs un par un et eut le pressentiment que quelque chose de grave allait se produire. Il y avait un silence pesant, une gêne et des indices étranges. Rien n'était comme avant. Le pub devait être sous surveillance. Azel voulut s'en aller mais sentit qu'il ne pouvait pas bouger. Il était repéré.

Il appela Rubio :

— Mais qu'est-ce qui se passe ?

64

— Je t'ai dit, c'est l'assaisonnement... À la radio ils ont parlé de nettoyage.

— Tu veux dire l'assainissement?

— Oui, quelque chose comme ça. Ils arrêtent d'abord, ils font le tri après. Tu sais, c'est comme dans l'histoire du mec qui court dans la rue et demande aux autres hommes de courir, l'un d'eux veut savoir pourquoi, parce que nous sommes en danger, un fou muni d'une grande paire de ciseaux coupe les couilles de celui qui en a plus de deux, mais moi, je suis tranquille, je suis normal, j'ai deux couilles, oui, mais il coupe d'abord et compte après!

— Même dans des situations graves tu racontes des blagues!

— Il faut rire, au moins une fois par jour. Bon, revenons aux choses sérieuses. Il paraît que Hallouf est en fuite, que Hmara et Dib sont sous les verrous et qu'avec eux il y a plein de jeunes qui n'ont rien fait mais on ne sait jamais. Je te donne un conseil d'ami, fous le camp, rentre chez toi et ne sors pas ces jours-ci, ça sent mauvais. Au Maroc, c'est souvent comme ça, on laisse faire pendant des années et un jour on décide de frapper, pour l'exemple, alors il faut pas que l'exemple passe par chez toi! Tu te souviens de l'affaire des fils de famille que le roi a fait arrêter pour consommation de drogue? Non, tu étais trop jeune, il a touché aux enfants de la bourgeoisie, juste pour dire qu'il pouvait le faire, que personne n'était à l'abri, et en même temps envoyer un signal aux trafiquants.

Au moment où Azel s'apprêtait à s'en aller, des flics en civil envahirent le pub :

— Carte nationale, sortez votre carte nationale, et vite !

Azel ne l'avait pas sur lui. Il se sentit immédiatement coupable.

— Ceux qui ne l'ont pas, montez dans la fourgonnette, allez, faites vite, on a plein de boulot, ordre de Rabat.

Azel obéit et attendit dans le car de police où il y avait déjà quelques malchanceux : deux clochards, une putain, et cinq jeunes dont certains saignaient du nez. Il se rappela qu'Abdelmalek lui avait donné un peu de kif et, à ce moment-là, un des flics surgit et hurla :

— Bouge plus, fils du péché !

Il le fouilla et découvrit le kif. Pas grand-chose mais assez pour justifier son arrestation et un long interrogatoire qui permit à la police d'élargir son champ d'investigation, passant de la recherche des trafiquants de drogue aux jeunes diplômés sans travail et contestataires. Tout se mélangeait. La nuit était longue, douloureuse et cruelle. Azel n'en pouvait plus de raconter sa vie, de rappeler qu'il ne trafiquait en rien, qu'il n'avait jamais sympathisé avec Al Afia, qu'il s'était même fait tabasser parce qu'il l'avait insulté. Rien à faire, la police avait ordre de trouver des trafiquants, Azel était une proie idéale. Le lendemain, l'interrogatoire reprit, cette fois-ci avec d'autres flics dépêchés spécialement de Rabat. Le ton était différent.

— Pour qui travailles-tu? Qui t'emploie? Quel est ton patron?

Il ne répondit pas, reçut quelques gifles qui l'étourdirent, des mains fortes le remirent sur la chaise en lui donnant un coup de poing dans le ventre. Le flic répéta :

— Je vais te faciliter la tâche, fils de bâtard. Ton patron, c'est Al Afia, Hallouf ou Dib? Pour qui tu fourgues la drogue qui part la nuit vers l'Europe? Avoue, c'est lequel des trois, ton patron?

De nouveau, des coups de plus en plus violents.

— Il faut que tu saches, toi qui as fait des études, notre roi-bien-aimé-que-Dieu-le-garde-et-lui-donne-longue-vie a décidé d'assai... d'assassi... enfin de nettoyer le nord du pays des fils de pute qui font honte à la patrie. Sa Majesté en a marre de voir le nom du Maroc sali dans la presse internationale parce que des gros porcs s'en mettent plein les poches en vendant de la drogue. C'est fini, l'époque du laisser-aller et du laisser-faire. Alors tu vas collaborer avec la police de Sa Majesté-notre-roi-bien-aimé que-Dieu-le-garde-et-lui-donne-longue-vie et dire tout ce que tu sais sur ces salopards, où ils se cachent et pour qui tu travailles!

Les flics imitaient des acteurs de films

américains. Ils cognaient tout en mâchant du chewing-gum. Pour eux, cela faisait viril.

Azel était plié en deux de douleur quand il eut soudain une idée :

— Je travaille pour M. Miguel...

— C'est pas un Marocain...

— Non, c'est un Espagnol, son nom, c'est Miguel Romero Lopez.

— Ce qui nous intéresse, ce sont les Marocains impliqués dans le trafic de drogue, pas les autres. Qu'est-ce qu'il fait, ton Miguel ?

— Il n'a rien à voir avec la drogue. C'est un marchand d'art, il a une galerie en Espagne. Il habite à la Vieille Montagne et je travaille chez lui comme secrétaire, aide...

Azel reçut encore quelques coups dans les côtes et tomba de la chaise. Un des flics parlait au téléphone en langage codé. Azel entendit le nom de Miguel deux ou trois fois. Il comprit qu'il se renseignait sur son compte. Les deux flics s'acharnèrent une nouvelle fois sur lui en l'injuriant. Ils étaient furieux parce qu'ils venaient d'avoir la confirmation qu'Azel n'était pas un trafiquant et qu'ils devaient en trouver au moins un avant l'aube. Ils laissèrent Azel par terre et sortirent fumer une cigarette. C'est à ce moment-là que les deux hommes décidèrent de passer à l'action :

— T'es mignon, tu sais, dis-nous, *zamel*, c'est lui qui te baise ou c'est toi qui le baises ? J'ai toujours voulu savoir qui est passif et qui est actif dans ces couples de tordus. En tout cas, nous, on ne donne pas notre cul, nous on pointe et tu vas voir ce qu'on fait à des types de ton espèce...

Ils verrouillèrent la porte et le frappèrent à tour de rôle. Et puis, l'un des deux le maintint à terre pour que l'autre lui retire son pantalon. Ensuite il lui déchira son slip et lui écarta les jambes, avant de lui cracher entre les fesses et d'essayer de le pénétrer. L'autre flic, pour faciliter la besogne, assomma Azel. Ils lui crachèrent encore dessus et lui enfoncèrent une sorte de manche à balai dans l'anus. La douleur le réveilla. Les coups et les crachats se succédaient. Ils le pénétraient à tour de rôle en l'injuriant. Prends, *zamel*, donneur, petite frappe, t'as un joli cul, le cul d'un intellectuel c'est comme un gros livre ouvert, eh bien nous, on ne lit pas, on déchire, tiens, prends, salope, putain, oui, c'est comme ça que tu fais avec le chrétien, il se met à plat ventre et tu le nourris, nous aussi on te nourrit et tu vas aimer, tu en redemanderas jusqu'à ce que ton cul devienne une passoire, une vraie gare, prends, espèce d'intellectuel, tu pleures, comme une fille tu pleures, dis-moi, dis-nous que tu pleures de plaisir, ah, *dinemok*, putain de ta race, t'as le cul d'une jeune fille, même pas de poils, tu es fait pour que tous les trains te passent dessus...

Par terre il y avait du sang, du vomi et de l'urine. Azel, à moitié évanoui, n'arrivait pas à se relever. En ouvrant les yeux quelques heures plus tard, il reconnut vaguement Miguel venu le chercher. Les flics expliquèrent qu'ils avaient sauvé Azel au moment où des voyous s'apprêtaient à le violer dans une chambre d'hôtel rue Murillo :

— C'était une bagarre à propos de kif, on est intervenus parce que le concierge de l'hôtel nous a appelés ; heureusement, on est arrivés à temps. On l'a trouvé par terre, pantalon baissé... il faut faire attention à ses fréquentations, dans cette ville !

Azel avait le visage tuméfié, marchait avec difficulté en s'appuyant sur le chauffeur de Miguel. Arrivé à la maison, Miguel lui dit :

— Je devine ce qui s'est passé. Je vais appeler un médecin.

— Non, surtout pas, j'ai honte, honte !

— Si, il faut absolument faire un certificat médical et les poursuivre, j'ai quelques relations bien placées à Rabat, c'est inadmissible ce qu'ils t'ont fait. Le roi ne leur a pas donné « carte blanche ».

— Mais la parole de la police vaut plus que la mienne, le roi s'en fout. Ce qu'il veut, c'est que rien ne bouge. Il n'entre pas dans les détails.

— C'est pas bon pour l'image du Maroc, tout ça ! Si la presse l'apprend, ça va faire du joli !

— La presse ? Si un jour elle dit la vérité, ils l'interdiront.

Azel resta plusieurs jours chez Miguel à se soigner. Il téléphona à sa mère pour la rassurer et lui expliquer qu'il était à Casablanca pour répondre à une offre d'emploi. Sa sœur Kenza vint le voir. Il lui raconta la vérité et la pria de ne rien répéter. Elle était aussi humiliée que lui et promit qu'elle ferait tout son possible pour l'aider à fuir cette ville et ce pays.

La campagne d'assainissement fit des ravages. Des trafiquants furent arrêtés, d'autres réussirent à prendre la fuite. Des employés de banque qui participaient au blanchiment d'argent furent mis en prison ainsi que des douaniers qui fermaient les yeux sur ces trafics. Dans la foulée, quelques innocents furent accusés d'atteinte à la sûreté de l'État et condamnés. Le ministère de l'Intérieur en profita pour faire arrêter quelques diplômés-chômeurs qu'on écroua sous divers chefs d'inculpation. La presse joua le jeu et rendit compte de la campagne. Les procès se succédèrent à toute vitesse. Tout le monde retenait son souffle, des hommes d'affaires prédirent une grave crise économique, ils expliquaient en privé que le pays fonctionnait en partie grâce à cet argent sale, et qu'à partir de maintenant les trafiquants planqueraient leur argent dans des banques étrangères, il n'y aurait plus de sécurité. Un homme politique démontra en quoi l'inculpation de personnes innocentes était efficace : créer le doute et la peur. Cela permet de porter un coup indirect à l'opposition. Interpellé par des députés lors des questions au gouvernement, le ministre de l'Intérieur justifia son action : le pays est rongé par le fléau du trafic et de la corruption, faire la chasse à ces voyous, quoi de plus naturel ? Nous avons ordre d'assainir le pays, alors nous assainissons, c'est tout à fait normal. La justice fait son travail, certes, des juges ont eu le courage de s'attaquer à des personnages qui se croyaient au-dessus des lois parce qu'ils connaissaient tel ou tel au gouvernement, rien à faire, pas de compromission, si des têtes doivent tomber, elles tomberont et je ne vois pas qui parmi ces honorables élus du peuple trouvera à redire. La justice est indépendante, la police est saine, réjouissons-nous de cette avancée dans le chemin du progrès tracé par Sa Majesté-notre-roi-que-Dieu-le-glorifie-et-lui-donne-longue-vie.

Un député, vieil homme respecté, se leva et s'adressa au ministre :

— Nous sommes d'accord, monsieur le ministre, il faut assainir ; mais pourquoi ne pas commencer par vos proches, votre propre famille ? Tout le monde sait que votre fils a fait des affaires plus que juteuses grâce à toutes les portes que vous lui avez ouvertes. Il faut donner l'exemple si vous voulez être crédible. Or, monsieur le ministre, vous donnez des leçons de morale et vous faites comme si vous étiez irréprochable. Puisque Sa Majesté a décidé de donner un coup de torchon dans ce pays, il ne faut rien négliger, faites place nette autour de vous et ne profitez pas de cette occasion pour mettre en prison des opposants à votre politique qui ne connaît que la répression.

— Vous êtes le doyen de cette vénérable assemblée, je ne me permettrai pas de répondre à vos accusations infondées.

Le président de l'Assemblée décida de mettre fin à cet incident et suspendit la séance durant une heure.

Il fallut deux semaines à Azel pour se rétablir. Ses nuits étaient agitées, il prenait des somnifères, mais avait un sommeil peuplé de scènes de violence. Il refusa de déposer plainte contre les deux policiers, malgré les demandes insistantes de Miguel.

7

Lalla Zohra

Lalla Zohra, la mère d'Azel, était inquiète.
Depuis que son fils rentrait tard dans la nuit,
elle avait pris l'habitude de l'attendre. Elle s'installait dans le petit salon devant la télévision et
ne s'endormait pas avant qu'il soit rentré. Sa
fille Kenza avait beau lui dire que c'était ridicule, elle n'en faisait qu'à sa tête et surtout refusait de croire que son fils fréquentait des gens
pas convenables dans les cafés et les bars de la
ville. Comme toutes les mères, elle se doutait de
quelque chose, soupçonnait Kenza de lui cacher
la vérité et avait peur qu'Azel tente une nouvelle
fois de brûler le détroit.

Je connais mon fils, il ne peut pas rester en
place, il ne peut pas se contenter d'une vie où il
est entretenu par une femme, même si c'est sa
sœur, il a de la fierté et je sais qu'il est en train
de tout faire pour partir là-bas, en Espagne. Que
Dieu le protège, que Dieu lui donne le pouvoir
d'être plus fort que le démon, plus intelligent
que les fils du péché. Mais pourquoi n'appelle-

t-il pas, pourquoi ce silence ? Il est peut-être malade ? à l'hôpital ? Pourvu que ce ne soit pas ça. Nos hôpitaux sont dans un tel état qu'il faut prier pour que jamais un bon musulman ne soit obligé d'y mettre les pieds.

C'était une femme de Chaouen, une petite ville où on respectait encore les traditions, où la vie moderne n'avait pas tout chamboulé. Elle ne savait ni lire ni écrire mais suivait tous les soirs les informations à la télévision. Elle avait appris les chiffres pour pouvoir téléphoner.

Azel était encore petit quand il perdit son père dans un accident de la route. Il avait un vague souvenir de cet homme qui travaillait dans une usine de ciment. L'assurance avait donné un peu d'argent à la famille, qui bénéficia de l'entraide nationale. Pendant des années elle reçut des bidons d'huile, un sac de farine et quelques pains de sucre. Azel aimait le papier bleu dans lequel le sucre était emballé. Il l'utilisait pour tapisser les murs de sa chambre. La mère s'était mise à travailler. Comme nombre de femmes de sa région et de sa génération, elle faisait de la contrebande. Elle était *bragdia* comme d'autres étaient couturières. Les gens du Sud disent « *contrabondo* », ceux du Nord « *bragued* ». Elle partait en car à Ceuta la nuit, attendait cinq heures du matin l'ouverture de la frontière et se ruait avec des centaines d'autres femmes dans le hangar du marché de gros. Elle achetait des produits de consommation courante : du fromage hollandais, de la confiture espagnole, des pâtes, du riz américain, des shampooings, des brosses à dents, bref, tout ce qu'elle pouvait dissimuler sous ses vêtements. Elle qui était menue devenait grosse en quelques minutes et repassait la frontière avec un couffin rempli de friandises pour ses enfants. C'est en tout cas ce qu'elle disait au douanier à qui elle glissait un billet de cinquante dirhams pour qu'il se taise. Elle gagnait la différence de change entre la peseta et le dirham, c'est-à-dire pas grand-chose.

Les frontaliers n'avaient pas besoin de passe-port ni de visa pour entrer à Ceuta, ville maro-caine occupée depuis cinq cents ans par les Espagnols. Leur carte d'identité suffisait. La sienne, elle l'avait fait plastifier pour ne pas l'abîmer et la gardait tout le temps sur elle. Avec ça, nous mangeons ! aimait-elle dire à sa fille.

Au début, elle trouvait du plaisir à faire de la contrebande, elle courait, revenait avant les autres pour vendre plus vite et repartir. Elle était jeune, mère de deux enfants qu'elle faisait gar-der par la voisine, une brave femme qui n'avait pas réussi à en avoir. Avec le temps, la fatigue et les difficultés du marché, elle avait progressive-ment perdu son enthousiasme. Elle se rendait de moins en moins à Ceuta, et se contentait parfois de revendre ce que d'autres avaient acheté.

Lalla Zohra faisait des rêves pour Azel, le voyait médecin ou haut fonctionnaire. Elle espérait le marier avec une fille de bonne famille. Kenza, elle, avait fait moins d'années d'études, travaillait et attendait des jours meilleurs. Pour se détendre, elle dansait, elle adorait danser sur des chants du Moyen-Orient. Elle était douée. Pas une fête de famille où on ne la réclamait. Elle se laissait aller et jouait avec subtilité de son charme et de son corps bien fait. Il lui arrivait d'accepter de danser chez des voisins qui lui donnaient à la fin une somme symbolique. Sa mère l'accompagnait, veillait sur elle. Elle aurait pu devenir une professionnelle, mais dans cette société une fille qui danse pour gagner sa vie ne peut qu'être de vertu douteuse. C'est ainsi. Lalla Zohra faisait mine de s'inquiéter pour sa fille qui ne trouvait pas de mari mais elle était surtout obsédée par l'avenir de son fils. Elle le gâtait, l'aimait de manière possessive. Azel se sentait de plus en plus gêné.

Quand elle le vit arriver après son séjour chez Miguel, pâle et amaigri, elle hurla :

— Mais qui t'a mis dans cet état-là ? Qu'est-il arrivé ? Pourquoi ne m'a-t-on rien dit ? Ô mon Dieu, je le savais, j'avais fait un mauvais rêve, je refusais de croire que les rêves pouvaient être vrais, je perdais une dent et on me la recollait avec une pâte amère, c'était donc ça, mon fils a failli mourir ! T'as pas brûlé la mer ? Dis-moi, raconte-moi ce qui s'est passé...

Azel était suivi par Khaled qui portait d'immenses couffins pleins de nourriture offerte par Miguel. Il y avait tous les légumes et fruits de la saison, plus un demi-mouton et quelques grandes daurades. Khaled s'éclipsa et laissa la place à son patron. Miguel apparut, il était vêtu tout de blanc. Il portait une belle gandoura faite sur mesure, des babouches, il s'approcha de Lalla Zohra et lui offrit un magnifique bouquet de fleurs.

Lalla Zohra pensa un instant qu'il venait demander la main de Kenza. Elle l'appela, Kenza arriva, belle et émue, serra la main que lui tendit Miguel.

— Azel m'a parlé de vous. Merci pour ce que vous avez fait.

— Mais c'est naturel. Dites à votre maman que je suis très heureux de faire sa connaissance. Azel est un ami, j'aimerais l'aider.

Lalla Zohra était perplexe : qui était cet homme qui se parfumait comme une femme, qui était élégant comme une femme ? Si beau avec ça ! Que voulait-il ?

Azel demanda à sa mère de leur préparer un bon déjeuner. Elle refusa en s'excusant : elle n'avait pas assez de temps pour préparer le repas mais insista en revanche pour que Miguel vienne manger le lendemain.

Quand il quitta la petite maison d'Azel, il laissa derrière lui un parfum très doux. Lalla Zohra avait compris mais se forçait à croire, essayait de se persuader qu'il était là pour Kenza.

— Tu ne trouves pas qu'il est un peu âgé pour toi, ma fille ?

— Oui, mais quelle importance, c'est un homme bon et élégant. Il n'y a pas beaucoup de musulmans aussi raffinés et généreux que ce chrétien.

— C'est stupide, ce que tu dis, intervint Azel. Ce n'est pas une question de musulman ou de chrétien. De toute façon, nous sommes spécialistes pour dénigrer les autres et pour dire du mal de notre propre communauté. Les Arabes se sont mis d'accord pour ne jamais se mettre d'accord sur rien, c'est bien connu, alors, il faut arrêter avec ces clichés.

— Je voulais juste dire que j'aimais bien cet homme, mais bon, comme tu sais, ce n'est pas moi qui l'intéresse !

Lalla Zohra fit semblant de ne pas avoir entendu cette dernière réflexion et demanda à Kenza d'aller acheter une nappe blanche à Fondok Chajra, là où elle vendait ses produits de contrebande.

— Demain, il faut que le déjeuner soit parfait, mes enfants. Et maintenant, Azz El Arab, tu vas tout me raconter.

Il se mit à rire, la serra dans ses bras. Elle avait les larmes aux yeux. Azel aussi.

Le lendemain, il régnait une atmosphère de joie dans la maison modeste de Lalla Zohra. Elle avait repeint l'entrée à la chaux bleue et attendait avec impatience la venue de celui qu'elle considérait comme l'homme providentiel. Elle ne disait rien mais espérait tellement qu'Azel trouvât du travail n'importe où, chez n'importe qui ! Dans son esprit, Miguel était au moins un ambassadeur ou un consul, quelqu'un en tout cas de haut placé quelque part.

Durant le déjeuner, Lalla Zohra ne quitta pas la cuisine. Elle ne mangea rien et attendit l'heure du thé pour faire une brève apparition. Miguel était heureux, ne tarissait pas d'éloges sur la subtilité de la cuisine de Lalla Zohra qu'il appelait « Hadja » ; elle rectifiait chaque fois : « Non, non, pas encore, l'année prochaine *inch'Allah* ! »

Miguel invita Azel et sa sœur à la fête qu'il organisait pour son départ. Il demanda à Azel de venir un peu plus tôt pour l'aider. Tout devait être impeccable. Sans fausse note. De la flamboyance et de l'élégance, disait Miguel. Les fleurs, ah, les fleurs, toute la maison doit être fleurie ! Les couverts, en argent évidemment ! Le champagne, au frais mais pas trop. Juste ce qu'il faut. Le service, absolument impeccable. Jaouad et Khaled, il faut que vous soyez rasés et surtout pas parfumés. Ne servez surtout pas des amandes et des trucs qui coupent l'appétit. L'apéritif doit ouvrir l'appétit, pas le bloquer !

Le Tout-Tanger était là. Les amis intimes de Miguel comme les grandes personnalités de la ville. Le dîner avait été préparé avec une minutie rare. Tout devait être parfait, Miguel n'aurait pas souffert la moindre faute de goût. À la nuit tombée, la villa s'était remplie d'une faune mondaine qui avait l'air de s'être trompée d'époque. On pouvait y croiser aussi bien une vieille princesse d'un pays lointain qu'un ancien ministre, ou encore quelques stars dont personne ne se souvenait. Une vieille dame toute de bleu vêtue, que certains désignaient discrètement du doigt, passait pour avoir été longtemps la maîtresse du roi, mais c'était évidemment un secret. On racontait même qu'elle avait eu un enfant avec lui. Mais bien sûr, ce n'était qu'une rumeur. C'était une dame bien, une dame qui avait fait quelques films pendant un temps et puis le roi lui avait, paraît-il, demandé d'arrêter, une sage décision, d'ailleurs, parce que comme actrice... Azel faisait le service, recevait, guidait les invités. Miguel lui avait prêté une belle gandoura blanche. Ainsi vêtu, il avait l'air d'un prince d'Orient, ou d'un personnage de film en noir et blanc des années cinquante. Discret et fin, il passait entre les invités comme s'il était de la maison. Miguel remarquait qu'il avait de la classe, il était content de l'avoir attiré près de lui. Il avait cependant une inquiétude, une sorte d'angoisse qui lui serrait le cœur, mais qu'il était incapable de définir. En regardant ce

81

beau jeune homme, il eut soudain envie de pleurer, mais n'en laissa rien paraître. Il s'occupait de ses invités avec énormément d'attention. Ce soir, sa vie prenait un nouveau tournant. Miguel ne fêtait pas son départ, il présentait son nouvel ami. Les hommes chuchotaient, riaient et suivaient du regard le serveur à la gandoura blanche. Pas mal, ce jeune homme, assez classe, même ! Pour une fois que Miguel tombe bien ! Vous croyez que ça va durer ? Qui sait ? Mais vous dites n'importe quoi, ce type n'est qu'un serveur, pas le nouvel amant de Miguel, enfin ! Dites, moi, j'essayerais bien. Il aime peut-être les femmes aussi... Chut, chut, voilà Miguel !

L'apéritif était servi sur la terrasse, d'où l'on voyait le détroit. Miguel avait fleuri toute la maison. Dans un caftan pistache taillé par lui-même, paré d'un superbe collier en corail, Miguel resplendissait. Il parlait de son récent voyage en Inde et de son envie d'y retourner dès que possible. Il glissa même qu'il espérait y emmener Azel. Les choses étaient maintenant claires pour ses amis, ils voulaient savoir qui était ce nouvel ami, s'en approcher, parler avec lui, le découvrir. Azel, lui, se cachait dans les cuisines. Quant à Kenza, elle s'ennuyait. Elle était venue parce qu'il lui était difficile de refuser l'invitation de Miguel. Mais qu'allait-il, au juste, faire de son frère ? Elle n'était pas dupe. Elle eut soudain elle aussi envie de pleurer mais se força à sourire. Dans cette société mondaine dont elle ne soupçonnait pas l'existence, les hommes étaient inaccessibles. Un jour, oui, un jour, se disait-elle, je rencontrerai l'homme de ma vie. Il sera grand et généreux, bon et sexy, qu'importe qu'il soit musulman ou chrétien. Mais ici, tout est tellement difficile. Si je ne rentre pas dans le rang, je resterai vieille fille et je serai considérée comme une *hboura*, une chose périmée.

Miguel s'approcha d'elle, lui prit le bras et la présenta à Ismaël, le seul célibataire hétérosexuel de la soirée. Elle s'aperçut qu'il avait les mains moites. C'était un signe. Cet homme n'était pas pour elle. Elle engagea pourtant docilement la conversation : Tanger-le-vent-d'est-les-maisons-de-la-Vieille-Montagne-les-Européens-qui-savent-en-profiter-l'islamisme-qui-progresse-l'Espagne-qu'on-voit-par-temps-clair...

Elle s'en voulait de raconter autant de banalités à un homme aux mains moites et au regard vide qui plus est. Kenza changea de registre et se fit provocante :

— Dis-moi franchement, Ismaël, que fais-tu ici, ce soir ?

— Je suis invité comme toi !

— Oui, mais qu'as-tu à voir avec toute cette faune ? Je veux dire, t'es là pour leur ressembler, pour faire partie de leur tribu ?

— Je suis là parce que j'aime me taper de

temps en temps le cul d'un bon chrétien ! Voilà, comme ça tu es informée !

Kenza était contente de l'avoir fait sortir de ses gonds. Elle sourit puis disparut. Sur le chemin du retour, elle ne cessa de voir ces figures d'un Tanger dont le temps s'était arrêté aux années cinquante.

Avant de prendre l'avion, Miguel retira au consulat d'Espagne un dossier de demande de visa et le remit à Azel :

— Remplis-le, je t'enverrai les documents dont tu as besoin. En principe, si tous les papiers sont en règle, tu auras ton visa. Je ferai en sorte que le consulat reçoive un contrat de travail par lequel je t'engage. Sois sérieux et n'en parle pas autour de toi, je suis superstitieux !

Azel connaissait par cœur ce dossier. Il l'avait déjà rempli au moins trois fois. Cette fois-ci, il eut l'intuition que ce serait la bonne.

Il s'appliqua comme à l'école primaire, écrivant lentement et posant sa main sur un buvard récupéré dans l'un de ses vieux cahiers. On lui demandait des choses simples mais précises. Quarante-six questions. Le nom de famille de son père, sa date de naissance. Il écrivit « décédé ». Il devait produire, dans ce cas, un certificat de décès. Ensuite on lui demandait le nom de famille de sa mère. La question l'embarrassa. Il en parla à Kenza, qui l'ignorait tout autant. Lalla Zohra s'étonna :

— Mais pourquoi donc ont-ils besoin de mon nom de famille, c'est toi qui émigres, pas moi, du moins pour le moment?

— C'est l'administration; il faut répondre à toutes ces questions même quand elles sont idiotes. Alors comment t'appelles-tu?

— Lalla Zohra Touzani.

La date de naissance : présumée née en 1936... Azel se rappela son grand-père, qui lui racontait souvent l'histoire de la guerre civile en Espagne. Il avait fait partie des soldats rifains enrôlés de force par Franco.

Ocupación actual : Azel ne savait quoi répondre. Chômeur? Étudiant? Touriste? Néant... *Nombre, dirección y número de teléfono de la empresa para la que trabaja.* Il ne travaillait pas... *Finalidad del viaje* : visite à un ami espagnol... *Fecha de llegada* et *Fecha de salida* : à vrai dire, il n'en savait rien.

Quand les documents furent remplis, et qu'il ne lui manquait plus que les papiers que Miguel devait lui envoyer d'Espagne, il mit la demande dans une chemise cartonnée puis enveloppa le tout dans un foulard de sa mère :

— Tiens, Ma, c'est mon destin, il est entre tes mains. Prends ce paquet et fais dessus une de ces prières dont tu as le secret.

— Tu veux que je le bénisse?

— Non, Ma, je veux que tu me souhaites bonne chance, mais que tu le fasses avec tes mots, avec tes prières qui vont directement au ciel. Sans tes bénédictions, je suis perdu, je suis rien, tu le sais. Il faut que ce soit fort; il arrive parfois que certaines prières ne dépassent pas le plafond !

— Oui, mon fils, mon petit garçon, lumière de ma vie.

8

Le pays

Pour la première fois de sa vie, Azel quittait le Maroc et prenait l'avion. Sa mère et sa sœur l'avaient accompagné à l'aéroport. Elles pleuraient à chaudes larmes. Azel était ému, gêné par le spectacle qu'elles donnaient. Il se rassura en voyant qu'elles n'étaient pas les seules. Lalla Zohra avait préparé un sac plein de nourriture, des gâteaux au miel, des crêpes et des olives noires. Azel refusa de l'emporter, sa mère le supplia de le prendre. Il avait honte. La police resta correcte, les douaniers aussi. L'avion avait un peu de retard. Cela le rendait nerveux. Il eut envie de relire la lettre qu'il avait écrite à son pays le jour où il avait reçu son visa d'entrée et de séjour en Espagne. Il s'installa à la cafétéria, commanda un café, sortit son cahier d'écolier et se mit à le relire, un sourire sur le visage. Il était méfiant, craignait d'être dérangé. De temps en temps, il s'arrêtait de lire et tout en continuant à boire observait la mine des voyageurs. À un moment, une abeille vint tourner autour de la table, il se surprit à la suivre des yeux. Puis on annonça que l'embarquement était retardé d'une demi-heure « en raison de l'arrivée tardive de l'appareil ». Il eut soudain l'envie de s'éclipser, de s'en aller loin d'ici lire à haute voix cette lettre que beaucoup de ses copains auraient voulu écrire.

Cher pays (oui, il faut dire « cher pays », le roi dit bien « mon cher peuple »),

Aujourd'hui est un grand jour pour moi, j'ai enfin la possibilité, la chance de m'en aller, de te quitter, de ne plus respirer ton air, de ne plus subir les vexations et humiliations de ta police, je pars, le cœur ouvert, le regard fixé sur l'horizon, fixé sur l'avenir ; je ne sais pas exactement ce que je vais faire, tout ce que je sais, c'est que je suis prêt à changer, prêt à vivre libre, à être utile, à entreprendre des choses qui feront de moi un homme debout, un homme qui n'a plus peur, qui n'attend pas que sa sœur lui file quelques billets pour sortir, acheter des cigarettes, un homme qui n'aura plus jamais affaire à Al Afia, le truand, le salaud qui trafique et corrompt, qui ne sera plus le rabatteur d'El Haj, ce vieillard sénile qui tripote les filles sans coucher avec elles, qui ne fera plus les petits boulots, qui n'aura plus besoin de montrer son diplôme pour dire qu'il ne sert à rien, je m'en vais, mon cher pays, je traverse la frontière, je me dirige vers d'autres lieux muni d'un contrat de travail, je vais enfin gagner ma vie, ma terre n'a pas été clémente, ni avec moi ni avec beaucoup de jeunes de ma génération, nous croyions que les études nous ouvriraient des portes, que le Maroc en finirait enfin avec les privilèges, avec l'arbitraire, mais tout le monde nous a lâchés, il a donc fallu se débrouiller, faire n'importe quoi pour arriver à s'en sortir, certains ont frappé à la bonne porte, ont été prêts à tout accepter, d'autres ont dû au contraire se battre...

Mais, cher pays,

Je ne te quitte pas définitivement, tu me prêtes seulement aux Espagnols, nos voisins, nos amis. Nous les connaissons bien, longtemps ils ont été aussi pauvres que nous, et puis un jour, Franco est mort, la démocratie est arrivée, suivie de la prospérité et de la liberté. J'ai appris tout cela à la terrasse des cafés, c'est cet endroit que nous autres Marocains avons choisi pour scruter sans trêve les côtes espagnoles et réciter en chœur l'histoire de ce beau pays. Nous avons fini par entendre des voix, persuadés qu'à force de fixer les côtes une sirène ou un ange aurait pitié de nous et viendrait nous prendre par la main pour nous faire traverser le détroit. La folie lentement nous guettait. C'est comme ça que le petit Rachid s'est retrouvé interné à l'hôpital psychiatrique de Beni Makada. Personne ne savait de quel mal il souffrait, il ne répétait plus qu'un seul mot, « Spania », et refusait de s'alimenter, espérant *devenir assez léger pour s'envoler sur les ailes de l'ange !*

Ô mon pays, ma volonté contrariée, mon désir brûlé, mon regret principal ! Tu gardes auprès de toi ma mère, ma sœur et quelques amis, tu es mon soleil et ma tristesse, je te les confie car je reviendrai et veux les retrouver en bonne santé, surtout ma petite famille, mais débarrasse-nous de ces voyous qui te saignent parce qu'ils trouvent des protections là où ils devraient rencontrer la justice et la prison, débarrasse-nous de ces brutes qui ne connaissent la loi que pour la détourner, rien ne les arrête, « l'argent, comme dit ma mère, donne du sucre aux choses amères » !

Je ne suis pas un type très moral, je suis loin d'être parfait, ni absolument correct, je ne suis qu'une miette dans ce festin où les convives sont toujours les mêmes, où le pauvre sera toujours suspect, et sa pauvreté un délit, une faute. « L'argent est là, mon vieux, il suffit de le prendre, me répétait souvent Al Afia. Pour ne plus être pauvre, tu n'as qu'à le décider ! »

J'ai été tenté moi aussi de faire comme les autres, une main pourtant, la main de ma mère, la main de mon père que j'ai peu connu, m'ont remis sur le droit chemin. Merci à eux, merci de ne pas avoir choisi la facilité.

Mais je dois m'arrêter ici d'écrire, j'ai sommeil. Je m'imagine dans l'avion. Je n'ai pas peur, je suis excité, curieux, cher pays, de te

voir d'en haut, j'espère que le pilote aura la
bonne idée de survoler, juste pour moi, Tanger
pour que je lui dise au revoir, pour que je devine
qui est dans cette cabane qu'on voit de loin, qui
souffre entre ces murs fissurés, qui vit dans ce
bidonville et combien de temps encore cette
misère sera supportable.

Un vieil homme, petit de taille, bien habillé, attendait Azel avec une pancarte sur laquelle son nom avait été écrit en lettres majuscules. Il lui parla d'emblée :

— Je m'appelle Chico, c'est un surnom, je travaille chez M. Miguel, je suis petit mais je m'en fous.

Azel ne sut trop quoi répondre, il tira sa valise et le suivit. Dans le taxi, Chico ne desserra pas les dents de tout le voyage. À leur arrivée, Carmen, la vieille gouvernante, installa Azel dans une chambre et lui demanda de bien vouloir attendre le retour de Miguel. Quelque chose la contrariait. Cela se lisait sur son visage. Elle connaissait trop bien Miguel pour ne pas prévoir ce qui allait arriver. Elle l'avait vu souvent tomber amoureux, et toujours cela se terminait mal. Miguel se faisait avoir. Il ne se méfiait jamais assez. À tel point que c'était même à se demander s'il ne se laissait pas intentionnellement dépouiller, trouvant là le moyen d'apaiser sa culpabilité.

Azel était sonné, ébloui par tout ce qu'il

91

découvrait. Il s'étonna de voir accrochés aux murs autant de tableaux. Il s'installa au salon, et osa à peine allumer une cigarette. Tout était bien rangé. Pas un soupçon de poussière. Des bibelots en argent disposés dans une vitrine brillaient, et formaient à eux seuls une petite armée d'objets rares et précieux.

Carmen servit un café à Azel. La tête lui tournait. Qu'attendait-on au juste de lui ? Il pensa d'abord à sa mère, à Kenza aussi. Elles seraient fières de lui un jour. Peut-être pourrait-il même envoyer de l'argent à Kenza et la faire venir en Espagne. Mais avant cela il fallait faire face au présent. À Miguel. Aux moments difficiles qui viendraient sûrement, un jour ou l'autre... Miguel ne faisait pas tout ça par pur altruisme. Et pourtant c'était un homme intuitif, intelligent, il devait sentir aussi à quel point Azel aimait les femmes...

Miguel surgit dans le salon. Toujours élégant, mais assez distant, très strict dans son costume, et coiffé d'un feutre noir.

— As-tu fait bon voyage ?

Il ne le laissa pas répondre et poursuivit abruptement :

— On doit tout de suite régler le problème de tes papiers. Avec ton passeport nous irons dès demain à la préfecture remplir une tonne de paperasse. Ensuite on passera chez mon avocat établir le contrat de travail définitif par lequel je t'engage. Pour le moment, tu logeras dans la chambre de bonne au dernier étage. Tout ça, c'est emmerdant, mais il faut absolument en passer par là pour avoir la paix.

Azel hésita un instant avant de lui demander quel serait au juste son travail.

— Allons, allons, ne fais pas l'imbécile, tu as très bien compris...

— Non, monsieur Miguel, je vous assure...

— Allez, ça suffit, les manières! Occupons-nous de ces histoires de papiers. Le reste, on verra plus tard.

Le soir Azel se retrouva seul dans la petite chambre. Il avait envie de sortir mais craignait la réaction de Miguel. Triste et fatigué, il se mit au lit sans parvenir à dormir. Tout se bousculait dans sa tête, il voyait des images tantôt claires, tantôt obscures. Assez perdu, il ouvrit le sac que sa mère lui avait préparé et il s'empiffra comme un gamin de gâteaux au miel. Il se dit que le paradis dont il avait rêvé ne pouvait pas ressembler à une petite chambre au dernier étage d'un grand immeuble, à cette solitude qui l'empêchait de trouver le sommeil. L'image de Siham traversa son esprit. Il se souvint de ses larmes et de son corps enlacé au sien. Il avait envie d'elle. Mais Siham était loin désormais. Il se caressa en fermant les yeux. Puis, il ouvrit son cahier et poursuivit sa lettre au pays :

Cher pays,
Me voici loin de toi et déjà quelque chose de

toi me manque; dans ma solitude, je pense à toi, à ceux que j'ai laissés là-bas, à ma mère surtout. Que fait-elle à l'heure où je t'écris? Elle doit préparer le dîner sûrement. Et Kenza? Elle ne va pas tarder, à moins que ce ne soit le soir de sa garde. Les copains, eux, je les vois très bien, ils sont au café. Rachid est de retour, il ne dit rien, les autres jouent aux cartes, pensent que j'ai eu beaucoup de chance, ils m'envient. Je les entends, ils parlent de moi avec aigreur. C'est fou, j'ai envie d'être avec eux, juste pour une heure, et puis revenir ici. Et puis non, je n'ai pas envie de partir, même pour une heure. Je veux arrêter de penser à toi, à ton air, à ta lumière. Tu sais, du Maroc on voit l'Espagne, mais la réciproque n'est pas vraie. Les Espagnols ne nous voient pas, ils s'en foutent, ils n'ont que faire de notre pays. Je suis dans ma petite chambre, ici ça sent le ren-fermé, il n'y a qu'une fenêtre et je n'ose pas l'ouvrir; j'avoue que je suis déçu, je suis seule-ment impatient, vidé, fatigué, le changement de climat et puis la peur, la peur de ce qui est nou-veau, la peur de ne pas être à la hauteur... Je vais essayer de m'endormir en pensant à toi, mon cher pays, ma chère et si généreuse inquié-tude.

9

Siham

Au moment où Azel s'installait à Barcelone, Siham attendait devant le consulat d'Espagne pour déposer une demande de visa. Son dossier était complet. El Haj lui avait trouvé une famille saoudienne qui vivait à Marbella et avait besoin d'une aide-soignante pour s'occuper d'une dame handicapée. Comme il le lui avait demandé, elle leur avait envoyé son C.V. et une lettre de motivation bien rédigée. El Haj insista pour qu'elle n'oublie pas sa photo d'identité. Cela lui fit croire d'abord à un piège, mais elle reçut rapidement une lettre de la dame malade lui expliquant les raisons d'une telle demande. Elle préférait avoir affaire à une musulmane plutôt qu'à une chrétienne. Siham songea à se voiler pour la photo, El Haj le lui recommandait, et puis elle trouva finalement l'idée stupide. Elle n'aimait pas les islamistes et les hypocrites. Une tenue correcte et un comportement irréprochable, voilà ce qui comptait vraiment pour elle. El Haj, qui l'aimait bien, essaya de la convaincre :

— Tu sais, ma petite Siham, le voile est parfois une bonne chose ; les filles se font moins embêter dans la rue quand elles sont voilées et surtout ça ne leur enlève rien. Tu te souviens de Bouchra, la belle Bouchra qui s'est mariée avec un homme d'affaires beaucoup plus âgé qu'elle mais très riche, elle venait chez moi complètement voilée, je l'appelais même « Fantomas ». Eh bien, quand elle retirait sa djellaba et son voile, c'était une autre femme, elle portait des chemisiers transparents, des pantalons serrés... Elle était superbe. Elle a d'ailleurs fini par décrocher le gros lot, pour combien de temps je n'en sais rien, mais elle a l'air de savoir s'y prendre. Le comble, tu sais, à toi je peux le dire : elle était vierge ! Elle gardait précieusement son hymen pour son mari.

— Est-elle heureuse ? En tout cas, elle ne doit pas avoir de soucis matériels.

— Détrompe-toi, elle est tombée sur un homme avare. Elle m'a appelé l'autre jour, elle pleurait. Elle vit dans une grande maison entourée de bonnes mais n'a pas le droit de sortir. Alors, ce voile, tu le portes ou tu le jettes ?

— Je le jette ! Tu sais, ma grand-mère, parce qu'elle venait de la campagne, portait le haïk. On aurait dit un linceul ample, un grand morceau de tissu en coton blanc dans lequel elle s'enroulait. À l'époque, personne ne critiquait le port du haïk, c'était naturel. Ma mère a porté la djellaba sans le voile, et ne nous a jamais

demandé de nous voiler malgré les remontrances de mon oncle émigré en Belgique.
Quand il venait en vacances, l'été, il nous donnait des leçons de morale. Cela me faisait doucement rire, car ses filles fumaient en cachette,
avaient un petit ami, etc. Elles n'obéissaient à
leur père que pour faire ce qu'elles désiraient en
toute tranquillité. Je déteste cette hypocrisie.
Soigner les apparences et faire des cochonneries
en douce, c'est ça le Maroc qui m'énerve.

— Ne t'énerve pas, ma fille, tu verras, tu
auras beau partir, ton pays te manquera toujours. Le Maroc, on s'y attache très fort, impossible de l'oublier complètement, il attache dans
le vrai sens du mot, comme une poêle, on ne
peut pas l'oublier. J'ai pas mal voyagé dans ma
jeunesse, grâce à l'argent facile, les parents ne
me posaient pas de questions, je suis allé très
loin et partout le Maroc me manquait, c'est
curieux.

— Et comment tu expliques que ceux qui
nous gouvernent ne fassent rien pour nous ?

Siham était entourée de jeunes gens qui
étaient obsédés par l'idée de fuir, partir, travailler n'importe où. Elle n'avait pas terminé ses
études de lettres par manque de moyens et avait
fini par trouver une place de secrétaire dans un
cabinet d'avocats.

Siham obtint un visa touristique de quatre
mois. Le jour de son départ, ses parents la

bénirent, mais elle ressentit un besoin plus fort encore de protection, elle fit donc ses ablutions, emprunta le tapis de prière de sa mère et s'adressa à Dieu. La bénédiction de ses parents était nécessaire mais pas suffisante. Elle partait à l'aventure méfiante, surtout de ces Arabes qui peuplaient Marbella et de ces histoires de traite des Blanches et de maltraitance qui les entouraient...

Au port d'Algésiras, elle mit du temps à se frayer un chemin jusqu'au parking où d'après la lettre une Mercedes noire l'attendait. Le chauffeur l'installa à l'arrière, elle était fière d'être traitée comme une star américaine. Ce qui ne l'empêcha pas d'échafauder tout un scénario. On la kidnappait, la violait, pour l'abandonner ensuite au milieu d'une campagne déserte. Elle se voyait séquestrée par la famille saoudienne, abusée par le mari de la dame malade, gisant par terre sans nourriture, et sans eau. Elle criait mais personne ne l'entendait. Elle tentait de se couper les veines et n'y parvenait pas. Et puis elle se ressaisit d'un coup, attribuant ces mauvaises pensées à Satan. Pour chasser définitivement ces idées noires de son esprit, elle se récita mentalement le verset du Trône. Rien à faire, des scènes toujours plus violentes continuaient à défiler dans sa tête. Elle prit finalement le parti d'en rire. Le chauffeur se retourna. Elle s'excusa et regarda défiler le paysage.

Marbella ressemblait à une sorte de grand village touristique pour milliardaires. Les gens des pays du Golfe s'y faisaient construire des résidences somptueuses où ils séjournaient quelques jours par an. Certains, pour une simple soirée, s'offraient la traversée du détroit de Gibraltar. La plupart du temps, ils s'enfermaient dans les suites des grands hôtels de Tanger, faisaient venir de l'alcool, de la nourriture, des musiciens et des filles. Les autorités fermaient les yeux. Siham savait tout cela par ses amies. On lui avait même raconté que des filles avaient attendu une nuit entière dans une chambre sans que personne ne vienne les chercher. Le matin, elles repartaient avec quelques dollars en poche. Siham ne les jugeait pas, gardait ses distances et sa dignité, et considérait seulement que tout le monde avait sa part de responsabilité dans cette banalisation grandissante de la prostitution.

Une surprise l'attendait dans la villa de M. Ghani. Ghita, l'épouse marocaine du riche Saoudien, la reçut immédiatement. Siham la regarda, cherchant son handicap. Ghita marchait, parlait et pensait normalement. Devant le regard de Siham, Ghita prit la parole :

— Je suis marocaine comme tu le vois ; j'habite ici une grande partie de l'année ; mon mari vit en Arabie Saoudite où il a ses affaires et son autre famille. Je suis sa seconde femme, et je crois que je suis sa préférée. Le problème est le suivant : notre fille Widad est handicapée, elle a douze ans, a du mal à se déplacer et à parler.

Nous avons besoin de quelqu'un qui reste avec elle tout le temps, qui soit patient, qui soit ferme aussi et qui nous aide à la faire vivre. Nous avons eu des infirmières espagnoles, mais elles sont syndiquées et travaillent comme des fonctionnaires, et puis, nous avons besoin de quelqu'un de notre culture, qui parle arabe, qui connaisse nos traditions et nos coutumes, tu comprends, la petite a du mal avec tout, alors pas besoin de lui compliquer la vie. Je te dis la vérité, c'est un travail dur, fatigant mais très bien payé. Mon mari adore Widad, il donnerait tout pour la voir heureuse et... normale.

Siham écoutait sans réagir, elle n'était pas préparée à ça, ne s'était pas imaginée au service d'une enfant pas comme les autres. Repartir, considérer ce déplacement comme un petit voyage d'agrément, un changement d'air, un malentendu. Repartir, oui, mais où ? Au Maroc ? Impossible, pas question de recommencer les petits boulots à Tanger et la vie étriquée. Elle chercha à se ressaisir, mais songeait qu'elle ne connaissait rien au handicap, et n'avait pas les ressources intérieures suffisantes pour prendre en charge un tel travail. Mais reprendre sa valise, remonter dans le bateau et débarquer dans le port de Tanger n'était pas plus envisageable. Ghita ne disait rien, attendait. Après un moment de silence, Siham demanda à voir la petite. Ghita la prévint :

— Elle a été hospitalisée avant-hier. Une

seule minute d'inattention a suffi. Elle est tombée et s'est fait mal. Il te faudra une vigilance de tous les instants. Es-tu prête à accepter ce travail?

Elle pensa à son ami Azel et se dit qu'il n'y avait pas de honte à faire cela.

— J'accepte, mais soyez indulgente, je n'ai pas été formée pour ce genre de travail. Soyez sûre que je ferai tout mon possible pour que ça se passe bien.

María, la femme de chambre espagnole, arriva avec un plateau chargé de boissons et de gâteaux. Elle accompagna ensuite Siham à sa chambre, une immense pièce avec deux lits et une salle de bains. Siham comprit immédiatement qu'elle dormirait à côté de la petite. Elle regarda les très nombreux jouets de Widad et, sur le mur, une série de photos d'elle prises depuis sa naissance. Elle était jolie et triste. Mais avec quelque chose de grave dans le regard.

Ghita offrit à Siham un téléphone mobile.

— Il doit rester allumé en permanence. Tu peux aussi l'utiliser pour appeler tes parents et tes amis.

La première rencontre entre Siham et Widad faillit mal tourner. Fatiguée, de mauvaise humeur, la petite pleurait et refusait d'aller dans les bras de sa mère, ignorant la présence de la nouvelle nounou. Il ne fallait pas intervenir, juste laisser passer l'orage et attendre. Depuis le temps que Siham espérait améliorer son sort, elle avait appris la patience. Surtout pas d'agitation, pas de cris. Elle prit un livre et s'installa dans sa chambre. Quand Widad entra dans la pièce et qu'elle découvrit Siham assise sur son lit, elle lui signifia d'un geste clair qu'elle devait déguerpir.

Siham ne bougea pas. Pour la première fois, quelqu'un résistait à l'enfant. Widad sourit, se précipita sur elle et lui arracha le livre des mains. Siham comprit qu'elle venait à l'instant de gagner quelque chose d'inestimable : la confiance de Widad.

10

Siham et Azel

Après trois mois passés dans la chambre de bonne, Miguel invita Azel à dormir dans la chambre d'ami située à quelques mètres de la sienne. Leur relation s'était apaisée. Azel avait accompagné plusieurs fois son bienfaiteur dans ses déplacements et portait sa valise. Le reste du temps, il gardait la galerie, répondait au téléphone, faisait des petites courses. Il mettait de beaux habits dont certains avaient appartenu à Miguel, découvrit les pulls et vestes en cachemire, les chaussures anglaises et les chemises sur mesure. Il vivait dans les affaires de Miguel comme s'il habitait une autre peau. Pour la première fois de sa vie il se sentait bien et prenait le temps de s'occuper de lui. Miguel l'inscrivit à des cours de gymnastique et de yoga. Autant il aimait faire travailler son corps, autant les séances de yoga l'ennuyaient. Sans le dire à Miguel, il n'y retourna plus. Siham appelait souvent Azel. Elle voulait qu'il vienne lui rendre visite à Marbella, elle ne pouvait, en effet, pas quitter la petite. Il finit par décider de partir la voir et mentit à Miguel, prétextant un oncle malade à Málaga. C'était sa seule chance d'avoir l'autorisation de le quitter un peu. Miguel n'eut qu'une phrase :

— Tu ne pars pas retrouver une de ces femmes qui te tournent autour, j'espère !

— Mais quelles femmes, monsieur Miguel ?

— Ne me mens jamais !

— Je te jure que je ne mens pas.

— Les menteurs jurent toujours qu'ils ne mentent pas !

Siham de son côté avait négocié avec Ghita une demi-journée de liberté.

— C'est mon fiancé, il travaille à Barcelone, un type très bien, cultivé, diplômé et tout. Nous sommes de la même ville, du même quartier.

Ghita lui répondit que cela ne la regardait pas, tant que cette histoire ne perturbait pas sa relation avec Widad.

— Soyez rassurée, madame, tout se passera bien.

Les retrouvailles furent brèves mais intenses. Ils avaient un désir fou l'un de l'autre. Après l'amour, une bouteille de vin et quelques cigarettes, Azel passa aux aveux :

— Je suis devenu l'amant de Miguel.

Après un long silence, Siham, qui avait envie de pleurer, lui demanda s'il en éprouvait du plaisir.

— Je ne sais pas ; quand je lui fais l'amour, je

pense très fort à une femme, toi par exemple. Voilà, maintenant tu sais tout. Je suis nu devant toi. Et si un jour je me marie, ce sera avec toi, parce que nous nous comprenons, nous nous parlons et puis je me suis toujours senti bien avec toi.

— Tu sais, je m'en doutais un peu, à vrai dire. Ne me parle plus de tout ça. L'important, c'est qu'on puisse se voir tous les deux, pour respirer, reprendre des forces, et bien faire notre travail.

Azel avait honte. Il posa des questions sur Widad.

— Je suis contente de m'occuper de cette fille, ce travail me stimule et me fait du bien. C'est difficile, c'est surprenant, c'est violent, mais j'ai découvert qu'affronter ces difficultés est très bon pour le moral. Ses parents me laissent libre, je construis quelque chose de positif avec cette enfant frappée par un malheur innocent. Elle est née comme ça, c'est la faute de personne. Même si parfois j'en arrive à douter de l'existence de Dieu. Tu sais, on dirait que ces enfants sont envoyés sur terre pour répandre l'humilité, la modestie parmi les êtres. À présent, non seulement je gagne bien ma vie et celle de ma famille, mais je suis sur un bon chemin. Quand il m'arrive de repenser aux soirées d'El Haj, je déprime. Au moins, ici je suis utile. Là-bas, j'aurais pu déraper comme tant d'autres filles et entrer dans l'un de ces réseaux, oui, j'aurais pu, mais je t'ai rencontré et je suis tombée amoureuse de toi. Pas longtemps, mais au début j'étais folle, je ne voyais que toi, tu étais prévenant, attentif, pas amoureux, certes, mais assez présent... Et voilà qu'aujourd'hui je te retrouve avec une moustache !

— Euh, c'est Miguel qui me l'a demandé, il m'a dit que ça m'irait bien...

— Alors, si c'est pour ton travail...

— T'es vraiment une fille bien ! J'aimerais tellement être aussi lucide que toi. Mais je ne suis jamais tombé amoureux de ma vie, c'est une infirmité, une chose que l'on m'a apprise, l'amour c'est bon pour les femmes. Les hommes, eux, doivent être forts, inébranlables, enfin, tous ces genres de clichés. Aujourd'hui, je me sens coupable, je suis au service d'un homme le jour, et la nuit je dois lui donner du plaisir. Je ne sais pas combien de temps je vais tenir. J'ai besoin de te voir plus souvent, j'ai si peur de finir par douter de ma sexualité.

— Ne t'en fais pas, il n'y a pas que la sexualité dans la vie. Pour moi, tu es d'abord Azel, l'homme que j'ai aimé et que j'aime toujours. Ce que tu fais pour gagner ta vie, je préfère ne pas y penser.

Ils se quittèrent après s'être enlacés longuement.

Le soir, Azel partit à la découverte des bars de Málaga. Il rencontra des compatriotes, pour beaucoup sans papiers, les invita à boire, l'un d'eux lui proposa même du haschisch « purement rifain ». Il fuma un peu, repoussa gentiment les avances d'une putain africaine, se fit aborder par un Tunisien qui voulait lui vendre un téléphone portable ou une montre en or. Il eut l'impression qu'il était revenu à Tanger, dans les méandres du Petit Socco. Il entendit le bruit des enfants qui torturaient un chat malade, sentit les odeurs nauséabondes des égouts de la Casbah, vit des images de la télévision marocaine où des jeunes en costume cravate chantaient langoureusement, aperçut un ancien guide devenu aveugle boire son café au lait, une mendiante traîner avec elle deux enfants en bas âge, et surtout il crut voir Al Afia, attablé au Café Central à côté de Mohamed-Larbi, avec sa barbe longue et touffue, vêtu de sa grande djellaba blanche. Il eut comme l'impression d'être tombé dans un piège. Des inconnus l'avaient cagoulé et remis dans un camion partant au Maroc. Il se débattait, criait mais personne ne l'entendait. C'était une hallucination. Il fallait qu'il quitte au plus vite ce quartier investi par les Marocains. L'alcool et le haschisch avaient dû faire leur effet. Il prit un taxi et rentra dormir à son hôtel. Dans la chambre, il eut envie de continuer la lettre à son pays, mais était bien trop faible pour écrire.

Le lendemain, avant d'aller à la gare, il put enfin reprendre son cahier :

Suis-je raciste ? Peut-on être raciste contre son propre camp ? Pourquoi les Marocains m'énervent-ils autant ? Ils ne s'aiment pas, et pourtant dès que l'on émet la moindre critique sur leur pays ils se montrent susceptibles et se mettent en colère. Pourquoi est-ce que je préfère les éviter ? N'est-ce pas plutôt moi-même que j'évite, que je fuis ? Je suis dans la fuite. Et ce n'est pas très glorieux. Les Marocains que j'ai rencontrés hier me rappellent beaucoup trop ce que j'aurais pu devenir. Ils brassent du vent, vont et viennent comme une abeille dans un bocal où il n'y a plus de miel. Ils n'ont pas beaucoup d'imagination. Ils subissent, essayant de s'en sortir avec leurs petits trafics, pas grand-chose, à peine de quoi enrichir un paumé. Et pour ça ils ont besoin de recréer la joutya, *le souk de leur ville, se retrouver entre eux, même s'ils ne se supportent pas, et au moins se croire au village, se sentir à l'abri.*

J'ai honte. Je ne me sens pas fier de moi... Ô cher pays, si tu voyais ce que je suis devenu ! Je ne cesse de me chercher des excuses, des arrangements pour me justifier. Je ferme les yeux chaque fois que Miguel me touche, je m'absente, je lui laisse mon corps, je pars faire une balade, je simule, je fais semblant, et puis je me réveille, je me lève et j'essaye en vain de me regarder en face dans le miroir. Ma honte est si grande.

Ah, si ma mère me voyait! J'ose à peine y penser. Comment lui dire que son fils n'est pas un attaye, *un donneur, un homme qui se met à plat ventre, une paillasse, un traître, un renégat à son identité, et à son sexe? De toute façon, elle a sûrement tout compris d'elle-même, elle est intelligente. Son fils est viril, il fait l'amour à une femme, à un homme. Ce sont des choses qui ne se disent pas.*

Et puis soyons franc, Miguel est un homme admirable, raffiné, attentionné. Il voit bien que je ne suis pas à l'aise avec lui au lit. L'autre jour, il a piqué une colère terrible quand il a trouvé des préservatifs dans la poche de ma veste. Il hurlait. Tu n'as pas intérêt à fréquenter d'autres hommes! À la limite, je dis bien à l'extrême limite, je préfère toujours que tu t'envoies en l'air avec une bonne femme à gros nichons plutôt qu'avec un homme. Je ne le supporterai pas. Tu comprends? Vous autres Marocains, vous aimez les gros seins, vous êtes toujours dans la nostalgie de la poitrine de votre maman.

C'était l'occasion de lui avouer ma relation avec Siham. Elle qui a de si petits seins!

Le soir, Miguel s'est enfermé dans sa chambre. Moi, je me suis endormi dans le salon, devant la télévision, la télécommande à la main.

11

Mohamed-Larbi

Mohamed-Larbi était un garçon discret. Dans son coin, tout seul, il échafaudait ses plans pour quitter enfin le pays et réaliser son rêve. Sadek, son oncle maternel, lui avait promis de le faire venir un jour en Belgique. Il était parti là-bas voilà une vingtaine d'années et y avait trouvé du travail. Sa qualité de porte-parole de la communauté musulmane marocaine du quartier nord de Bruxelles lui faisait connaître tous les rouages, sentiers parallèles et clandestins possibles et imaginables pour partir. Il avait, en outre, des contacts dans la plupart des milieux de l'immigration. À son départ du Maroc, l'oncle Sadek n'était pas plus musulman qu'un autre. Il avait vingt ans, une remarquable force de travail, et la volonté de réussir. Il voyait quotidiennement des enfants d'immigrés mal tourner, des parents impuissants, dépassés, et surtout ce besoin qu'ils ressentaient de rester en contact avec leur culture dont sur place ne survivait plus grand-chose. Cela se résumait en général aux fêtes religieuses, le ramadan, la rupture du jeûne, l'Aïd-el-Kébir, même s'il devenait toujours plus difficile d'égorger les moutons dans la baignoire ou dans l'arrière-maison. Les voisins et les associations de protection des animaux avaient protesté et l'État avait dû intervenir. Dorénavant, le mouton viendrait des abattoirs, prêt à aller au four ou à être découpé. La fête perdait de son esprit et de son sens mais il faudrait s'en accommoder tant bien que mal. Un jour, Sadek, qui savait lire et écrire, décida de dresser une liste des objets culturels typiques qui peuplaient son environnement : tapis de prière, chapelet, pierre noire polie pour les ablutions, couscous du vendredi, musique andalouse, chansons de variété arabe et berbère, thé à la menthe, djellaba pour aller prier, parabole pour capter la télévision marocaine, gâteaux au miel, théière, table basse, encens, eau de rose, tarbouche rouge, babouches jaunes, horloge avec une reproduction de La Mecque dessinée en fond...

Et puis il s'arrêta d'un coup et se dit à voix haute : Et la langue ? Quelle langue parlons-nous avec nos enfants ? Ah, la langue arabe dialectale, elle est si poétique dans le pays et si étrangère ici. Nous parlons un mauvais arabe truffé de mauvais français !

Il en arriva à la conclusion que l'islam était la culture dont les immigrés comme lui avaient besoin. Il entreprit donc, avec difficulté, de faire admettre aux élus de la municipalité la nécessité de construire une mosquée. Au bout de trois ans d'efforts, grâce à lui les immigrés se virent offrir un lieu de prière modeste mais en plein centre de leur quartier. C'était au début des années quatre-vingt-dix, au moment même où les Algériens partaient en guerre contre eux-mêmes.

Mohamed-Larbi, quant à lui, obtint son visa dans la discrétion la plus totale. Azel, qui l'avait fréquenté un temps, ne le voyait plus depuis déjà longtemps et se demandait s'il avait disparu, ou seulement changé de quartier et de copains. Non, Mohamed-Larbi n'avait pas disparu, il travaillait dans une boulangerie et ne sortait plus le soir. On avait fini par l'oublier. Il avait un physique quelconque, ni grand ni petit, la peau mate, les yeux très noirs. Azel se souvenait qu'il parlait vite et quand il lui arrivait de boire, il devenait rapidement ivre, délirait, insultait la religion, mêlant le sacré et le profane. Il se rappelait en particulier ce soir où Mohamed-Larbi s'en prenait à la planète entière, injuriait Dieu et ses prophètes et crachait sur les passants en voulant se bagarrer avec eux. Les copains l'avaient retenu mais il avait une grande force physique. Personne ne comprenait trop ces accès soudains de violence. En réalité, il aurait suffi d'être un tant soit peu attentif pour déceler chez lui un véritable déséquilibre psychique.

Du jour au lendemain, il changea d'apparence et d'attitude. Il se mit à fréquenter quotidiennement la mosquée, n'allait plus au café et ne parlait plus à ses copains du quartier. Un jour Kenza le rencontra dans leur rue. Elle s'avança pour lui faire la bise, comme à l'époque où ils jouaient ensemble. Il la repoussa fermement.

— Si tu veux que je te serre la main, enveloppe-la dans un tissu, je préfère aussi que tu ne m'adresses plus la parole, c'est une question de respect.

Il obtint un visa et on ne le revit plus.

Dès son arrivée en Europe, son oncle l'avait pris en main. Il lui avait fait rejoindre un groupuscule dont il était le chef et qui se retrouvait tous les soirs pour lire le Coran et écouter un Égyptien qui se disait « alem », c'est-à-dire savant en religion. Ces réunions avaient quelque chose de lugubre. Mohamed-Larbi, déjà travaillé par son oncle, ne parlait pas, il écoutait et suivait les consignes de l'alem. Ces causeries abordaient chaque fois un nouveau thème : par exemple, la relation de l'homme et de la femme, comment maintenir la supériorité absolue de l'homme sur la femme, comment déjouer la propagande occidentale qui cherche à anéantir le pouvoir masculin, comment assurer son devoir conjugal sans tomber dans le vice, etc.

L'alem parlait de manière très directe :

— N'oubliez jamais, les ruses des femmes sont terribles, c'est Dieu qui nous l'a enseigné et qui nous a prévenus ; sachez que le Mal prend sa source dans le corps et dans le cœur de la femme, mais que le Bien sait aussi s'y incarner, pensez à nos mères... Surtout, prêtez attention à l'avenir de vos filles, ici, en terre chrétienne. La police de ce pays n'a-t-elle pas convoqué il y a seulement quelques jours un de mes amis, un homme vertueux, pour lui demander de s'expliquer sur les coups qu'il avait donnés à sa fille aînée qui lui désobéissait? Elle voulait sortir le soir, maquillée et prête à n'importe quelle aventure! Que Dieu nous en préserve! Vous rendez-vous compte qu'ici on punit un père de famille parce qu'il veille sur la vertu de sa fille? L'Occident est malade et nous ne voulons pas qu'il contamine nos enfants. Avez-vous entendu parler de ces lois qui permettent aux hommes de se marier entre eux et même d'adopter des enfants? Cette société perd la tête! C'est pour cela que vous devez redoubler de vigilance avec vos enfants, les filles surtout, pour qu'elles ne tombent pas dans la mode du vice. Regardez donc les murs de Bruxelles, on appelle ça de la réclame : des filles presque nues montrent leur derrière pour vanter les qualités de je ne sais quelle voiture! Des hommes maquillés comme des femmes posent pour vendre un parfum! Nous n'avons rien de commun avec tout ce vice, cet oubli des valeurs, de la famille, du respect des personnes âgées; nous, nous sommes ici parce que tel est notre destin, Dieu l'a voulu et nous sommes entre les mains de Dieu qui nous regarde et nous met à l'épreuve. Allons-nous offrir à cette société impie nos enfants? Allons-nous laisser faire sans réagir, sans rien dire? Non, mes frères, nous sommes des musulmans, responsables et solidaires, nous appartenons à la même maison, la même nation, la *Umma Islamiya*! Personne ne s'échappe de cette grande maison. Nous sommes nés musulmans et musulmans nous retournerons au Créateur.

L'alem, bien sûr, ne faisait que répéter ce que d'autres immigrés se racontaient dans les cafés. Ses causeries n'avaient absolument rien d'original. Probablement Mohamed-Larbi avait-il déjà entendu ce discours à Tanger même, surtout l'été au moment où les familles immigrées revenaient pour les vacances. Ou plutôt ne se souvenait-il que de ces adolescents, arrogants et méprisants, des enfants non éduqués, violents, ni tout à fait européens ni vraiment marocains, et circulant dans des voitures luxueuses. Ce dernier détail l'agaçait tout particulièrement. D'où venait l'argent? Certains prétendaient que ce n'étaient que des voitures de location, juste pour la frime, d'autres voyaient là-dessous des histoires de trafic de kif. Tout cela n'était pas très net et ne donnait pas de l'immigration une bonne image.

Mohamed-Larbi connaissait le Coran pour l'avoir appris par cœur enfant. Il ne comprenait pas ce qu'il apprenait mais les versets étaient restés imprimés dans sa mémoire. À Bruxelles, où son oncle lui avait trouvé une place dans un magasin de pièces détachées, il se replongea pour la première fois dans la lecture du Livre saint. L'alem lui en avait offert un exemplaire en lui précisant qu'il lui expliquerait des sourates quand il aurait tout lu. Entre-temps, il apprit que l'alem avait deux épouses et qu'elles vivaient sous le même toit. Après la prière du vendredi, il l'invita un jour à venir manger le couscous chez lui. Tandis qu'il se déchaussait, Mohamed-Larbi aperçut furtivement le visage d'une jolie jeune fille qui se cachait derrière un rideau pour l'observer. Le père ne s'était rendu compte de rien, il continuait son prêche comme s'il était à la mosquée. En partant, Mohamed-Larbi sentit que quelque chose avait été fourré dans sa chaussure droite. Il en retira une boule de papier qu'il enfouit en hâte dans sa poche. Dès que l'alem eut le dos tourné, il s'empressa de la défroisser et lut : Appelle-moi à ce numéro entre 17 heures et 18 heures, Nadia, la fille derrière le rideau.

Très intrigué, il hésita un certain temps avant de téléphoner. C'était un numéro de portable. Il passa en revue quelques hypothèses puis téléphona à partir d'une cabine. Nadia, au bout du fil, alla droit au but, et parla avec un débit très rapide :

— Je suis punie, séquestrée par mon père parce qu'il m'a vue parler avec un garçon à la sortie du lycée ; je n'ai pas le droit de sortir et je crois qu'il a fait savoir au proviseur que je renonce aux études ; peux-tu m'aider, me sauver ? N'en parle à personne, mais trouve un prétexte pour revenir à la maison, demande-moi en mariage, prends-moi avec toi, je n'ai pas envie de me marier, mais si c'est ma seule chance de m'en sortir je suis partante. J'ai dix-sept ans et demi, j'étouffe dans cette maison, mon père est devenu fou, toutes mes sœurs ont déjà été casées avec des hommes dont elles ne voulaient pas. Je le soupçonne d'être en train d'arranger quelque chose pour moi, si tu veux, on pourra se sauver ensemble. Je dois raccrocher, c'est le téléphone de mon grand frère, il va revenir de la mosquée où il est allé avec mon père. As-tu un numéro où je peux t'appeler ?

— Non, je t'appelle d'une cabine...

— Rappelle-moi jeudi à midi.

Le hasard fit que, la même semaine, l'alem offrit à Mohamed-Larbi un téléphone portable. C'était en prévision de son prochain voyage en Égypte, où il devait suivre des cours de religion. C'était une très bonne opportunité, lui avait dit son oncle.

— Tu as la confiance de l'alem, il ne faut pas le décevoir. Vous serez une dizaine à partir au Caire, là-bas les frères s'occuperont de vous. Tu verras, c'est beau, Le Caire, les frères sont des gens bien, de bons musulmans en guerre contre la corruption et le vice.

Le premier appel fut pour Nadia. Il tomba sur l'alem qui reconnut le numéro. Il ne se mit pas en colère, ne dit rien, puis s'enferma dans la chambre et passa des coups de téléphone en langage codé. Ce jour-là, le sort de Mohamed-Larbi fut scellé. De l'Égypte, il fut envoyé dans un camp d'entraînement au Pakistan d'où on ne le vit jamais revenir.

12

Malika

La petite Malika était la voisine d'Azel. Elle avait frappé un jour à sa porte et lui avait demandé de lui montrer ses diplômes. Cette démarche curieuse l'étonna, il l'invita à entrer, et lui proposa un verre de limonade. Au salon étaient accrochées au mur et encadrées ses deux attestations de fin d'études en droit et en relations internationales.

— Voilà, dit Azel, cinq ans d'études à Rabat. Cinq ans d'espoir et puis pas de chance. La fierté de ma mère et son principal souci. Mais toi, j'espère que tu vas au moins au collège, et que tu vas faire des études supérieures pour avoir un bon emploi. Que veux-tu faire plus tard ?

— Partir.

— Partir ? Mais ce n'est pas un métier !

— Une fois partie, j'aurai un métier.

— Partir où ?

— Partir n'importe où, en face, par exemple.

— En Espagne ?

— Oui, en Espagne, França, j'y habite déjà en rêve.

— Et tu t'y sens bien?

— Cela dépend des nuits.

— C'est-à-dire?

— En fait, ça dépend des nuages, pour moi ce sont des tapis sur lesquels je voyage de nuit, il m'arrive de tomber et là je me réveille avec une petite bosse sur le front.

— Quelle rêveuse!

— Pas seulement. J'ai des idées, des projets, et puis tu verras, j'y arriverai.

Azel lui offrit une pomme et la raccompagna chez elle. Il était étonné et ému par l'incroyable détermination de cette gamine.

Des filles comme elle, il en rencontrait tous les jours. Il les voyait passer, la tête emmitouflée dans un fichu, en groupe, silencieuses, braves, prêtes à affronter le froid de l'usine des crevettes. Le rêve de Malika avait le parfum de l'enfance. Elle avait dû se battre pour convaincre ses parents de la laisser aller au collège Ibn Batouta de Tanger. Elle y allait à pied et arrivait souvent en retard. Elle aurait pu prendre l'autobus mais n'avait pas de quoi payer son billet. Elle marchait d'un pas rapide, la tête baissée. En route, elle pensait à tellement de choses qu'il lui arrivait de se perdre. Ses pas l'amenaient toujours au boulevard Pasteur, sur la terrasse des Paresseux d'où l'on voit le port et par temps clair les côtes espagnoles. Elle s'arrêtait et observait longtemps le mouvement des bateaux qui allaient et venaient. Elle aimait voir les bateaux blancs. Et lentement elle oubliait qu'elle était là, demandait soudain l'heure à un passant puis se mettait à courir en direction de l'école.

Malika n'arrivait pas à avoir de bonnes notes en classe. À la maison, elle n'avait pas assez de place pour faire ses devoirs ni pour réviser. Il lui arrivait donc de sortir dans la rue et de se mettre sous la lumière d'un lampadaire pour apprendre ses leçons. Quand il la trouvait dehors, son père la faisait rentrer avec rudesse. C'était un paysan de la région du Fahs qui s'était installé en ville après la sécheresse de 1986. Il travaillait dans le bâtiment et gagnait peu. Et surtout ne voyait pas l'intérêt qu'avait sa fille d'aller à l'école. Pour lui, une fille, ça restait à la maison ; Malika serait bien mieux à travailler comme bonne chez des gens en attendant qu'on lui trouve un mari.

Quand elle eut quatorze ans, le père de Malika considéra qu'elle en avait appris assez comme ça. Il la retira du collège en lui disant que de toute façon ça ne servait à rien. Regarde Azz El Arab, le fils de Lalla Zohra notre voisine, il a fait des études longues et sa mère s'est sacrifiée pour qu'il aille jusqu'au bout. Il a des diplômes, de grands diplômes, et tu sais, ça ne lui sert à rien, tu les as vus dans son salon, toi aussi. Il a beau chercher partout, il ne trouve rien. Alors toi, une fille en plus ! Et surtout ne me contrarie pas !

Comme sa copine Achoucha, comme sa voisine Hafsa, comme sa cousine Fatéma, comme des centaines de filles de son quartier, Malika s'en alla décortiquer les crevettes dans l'usine hollandaise installée dans la zone franche du port. Des camions frigorifiques y apportaient chaque jour des tonnes de crevettes cuites pêchées en Thaïlande et passées par les Pays-Bas où on les traitait pour la conservation. Arrivées ici, de petites mains avec des doigts fins les décortiquaient jour et nuit. De là, elles repartaient vers une dernière destination où on les mettait en boîtes de conserve avant de les déverser finalement sur le marché européen. À Tanger, les filles étaient payées une misère. Même avec la meilleure volonté du monde, rares étaient celles qui arrivaient à dépasser les cinq kilos. Malika, en tout cas, n'y était jamais arrivée. Elle rentrait le soir avec une cinquantaine de dirhams maximum, qu'elle remettait aussitôt à sa mère. Elle se plaignait sans cesse d'avoir froid. Et ses doigts étaient devenus quasi insensibles.

À l'usine, elle regrettait le temps de l'école, et ses échappées vers la terrasse des Paresseux pour regarder la mer. Là, elle ne levait pas la tête. Elle faisait des gestes mécaniques et ne perdait pas de temps. Le soir en rentrant à pied, elle n'avait plus le goût à rien. Parfois, elle passait à côté de son collège, et imaginait ce qu'elle aurait pu devenir. Mais son rêve, celui de partir, de travailler et de gagner de l'argent, était devenu dérisoire. Elle avait mal au dos et ses doigts ressemblaient maintenant aux crevettes qu'elle décortiquait. Ils étaient tout roses et abîmés.

Malika sut très vite qu'elle ne pourrait tenir longtemps dans cette usine. Les filles s'en allaient après six mois les doigts rongés par l'eczéma et certaines atteintes de pneumonie.

La voyant malade et faible, Zineb, sa sœur aînée, la prit chez elle pour tenter de la soigner. Malika n'avait pas renoncé à son rêve, mais n'osait pas en parler à sa sœur, préférant le garder précieusement en elle. Un jour, elle en était sûre, elle finirait par prendre le bateau pour Algésiras ou pour Tarifa, débarquerait en Espagne et y travaillerait. Elle serait vendeuse dans un grand magasin, El Corte Inglés par exemple, dont elle entendait souvent parler, ou coiffeuse, ou, mais cela elle n'osait même pas l'imaginer, peut-être mannequin, comme ça elle porterait de beaux vêtements de toutes les couleurs, serait photographiée, serait belle. Elle attendrait d'abord d'avoir dix-huit ans pour obtenir un passeport. Mais peut-être que, comme d'autres, elle n'attendrait pas jusque-là. Elle traverserait le détroit sur une barque ou dans le container d'un camion de crevettes...

Le mari de la sœur de Malika était pêcheur,

c'était un homme droit et gentil; barbu, il ne ratait aucune des cinq prières quotidiennes. Il ne s'opposa pas à l'idée d'accueillir Malika, horrifié par l'exploitation dont elle était victime à l'usine. Le fichu qu'elle portait par mesure d'hygiène, quand elle décortiquait les crevettes, Malika continua à le porter à la maison pour faire plaisir à son beau-frère. Elle ne voulait pas d'histoires et puis il la traitait comme sa propre fille. Malika aidait sa sœur. Elle s'occupait des enfants et continuait pendant ce temps à cultiver son rêve secret. Elle s'aperçut vite que le pêcheur n'aimait pas beaucoup les Espagnols. Il racontait qu'ils étaient racistes, méprisaient les *Moros* et pillaient les côtes marocaines en pêchant avec des filets non réglementaires. Il n'avait jamais été en Espagne mais c'était son frère qui travaillait à El Ejido, dans la province d'Andalousie, qui le lui avait rapporté. Du haut de ses quatorze ans, Malika ne pouvait de toute façon pas aller très loin. Pourtant, elle découvrit une échelle qui donnait sur un ciel tout le temps bleu. Elle y grimpait sans faire de bruit, ni éveiller les soupçons de son beau-frère, et s'échappait pour quelques instants. En haut il y avait une petite terrasse. Malika s'y installait et fermait les yeux. Le vent caressait ses cheveux qu'elle lâchait, elle se laissait emporter le plus loin possible sans faire d'effort, sans prononcer un cri ou un mot. Elle était heureuse de planer au-dessus d'une mer d'un bleu limpide.

À force de décortiquer encore et encore les crevettes, ses doigts étaient devenus complètement transparents. Elle avait peur de les perdre, ou qu'ils tombent comme des feuilles mortes. Elle les pliait mais avait mal. Lorsqu'elle s'en allait avec le vent, elle ne sentait plus rien. Dans l'air, souvent, elle rencontrait d'autres enfants enveloppés dans un drap blanc. Ils partaient quelque part, l'air perdu mais apaisé. On lui avait dit un jour que les enfants, quand ils mouraient, devenaient des anges et s'en allaient directement au paradis. Malika venait de découvrir que la route du paradis passait par sa terrasse.

En redescendant dans sa petite chambre, elle eut comme un doute : les anges n'allaient pas en Espagne, mais ils se dirigeaient au contraire vers l'intérieur du Maroc.

Elle se promit de vérifier la prochaine fois le chemin exact que prenaient les anges.

Elle passa toute la nuit à tousser, elle tremblait de froid. Ce n'était pas la première fois qu'elle tombait malade. Les *filles-gambas* passaient toutes par là. Son corps chétif, sa santé fragile étaient mis à l'épreuve. Pour résister, pour oublier, elle pensait à l'échelle et au bleu du ciel. Cette nuit, elle se vit à son tour enveloppée dans un drap blanc et elle flottait sur l'eau. Elle eut peur, se réveilla en larmes. Sa sœur la prit dans ses bras et lui donna une aspirine.

13

Soumaya

Azel prit la décision d'aller au bordel au moins une fois par semaine. C'était pour lui une question importante. Il couchait avec Miguel mais trouvait son plaisir avec les femmes. Siham ne pouvant se libérer que rarement, il tenait absolument à entretenir sa sexualité avec des filles maghrébines qu'il rejoignait au café Casabah. C'était un bistrot qui sentait le mauvais vin et la cigarette. Fréquenté principalement par des Marocains, des filles en difficulté y trouvaient refuge. Le patron, qu'on appelait El Caudillo à cause de sa ressemblance avec Franco, était un ancien berger de Nador. Il s'était marié avec une Espagnole et, depuis, n'était jamais rentré au Maroc. Il disait que ça ne lui manquait pas. Son enfance avait été dure et malheureuse, et il avait passé toute sa jeunesse à faire des petits trafics entre le Rif et l'Atlas. De toute façon, concluait-il, il n'était pas doué pour « le bonheur *made-in-morocco* ».

Quand on lui demandait de définir son pays,

il partait dans des considérations générales agrémentées de quelques petites vérités : au Maroc, il faut faire comme tout le monde, égorger de ses propres mains le mouton de l'Aïd-el-Kébir, épouser une vierge, passer des heures au café à dire du mal des gens, ou dans le meilleur des cas comparer les prix des dernières voitures allemandes, parler de la télé, arrêter de boire de l'alcool trois jours avant et après le ramadan, cracher par terre, essayer de passer avant les autres, intervenir sur tout, dire oui quand on pense non, et ne pas oublier de ponctuer ses phrases par un « y a pas de problème », *makayene mouchkil*, et puis rentrer le soir après avoir bu quelques bières avec les copains, s'installer devant la table et s'empiffrer comme un cochon. Pour bien finir la journée, ce cochon se mettra au lit et attendra que sa femme termine de ranger pour la pénétrer, mais elle tardera un peu, il finira par s'endormir en ronflant.

Azel aimait bien El Caudillo, d'autant qu'il ne lui posait pas de question sur sa vie, sur son passé ou sur ses origines. Ce fut chez lui qu'il rencontra Soumaya, une fille d'Oujda venue en Espagne avec son mari qui l'avait abandonnée et laissée sans le sou. Une histoire qu'elle racontait volontiers mais dont on soupçonnait qu'elle inventait un peu certains épisodes. La réalité était moins romanesque. Un amant koweitien lui avait promis monts et merveilles, le mariage et la belle vie... Ils étaient partis ensemble en

Espagne, où ils s'étaient installés dans un hôtel. Mais, un soir, sans le dire à Soumaya, il régla la note de la chambre pour un mois, lui laissa une grosse somme et repartit rejoindre sa petite famille au Koweit. Elle se retrouva évidemment très vite sans un sou. Au lieu de rentrer au Maroc, elle se laissa aller à la débauche et à la vie facile. Ce fut ainsi qu'elle débarqua au Casabah un soir où elle ne savait plus où aller. La femme d'El Caudillo la recueillit et lui proposa de la mettre à la cuisine.

La première fois qu'Azel la vit, il sut qu'elle deviendrait sa maîtresse. Sa façon de regarder les hommes était un vrai appel à l'amour. Depuis qu'elle travaillait pour El Caudillo, elle ne s'en sortait pas trop mal. Les plats marocains qu'elle cuisinait avaient du succès. Elle logeait dans une petite chambre au dernier étage d'un vieil immeuble pas trop loin du Casabah. Mais de temps en temps il lui arrivait de pleurer sur son sort. Son pays lui manquait tellement. Pourtant, avant de rentrer, il fallait se faire un peu d'argent. Quand elle téléphonait à sa famille, elle leur parlait de Salim, le mari koweitien en voyage, et leur disait qu'elle ne tarderait pas à leur rendre visite.

Un soir qu'elle avait le mal du pays, Azel la prit dans ses bras et la consola en lui chantant une rengaine populaire qui la fit rire aux larmes. Elle se confia à lui, gênée :

— Je n'aurais jamais cru qu'un jour je deviendrais bonne dans un bistrot. Si mes parents me voyaient, ils en perdraient la raison. Mon père est haut fonctionnaire à la wilaya de Tanger, ma mère enseigne l'arabe dans une école privée. J'ai été une fille gâtée, c'est de là que viennent mes rondeurs... Les hommes ne détestent pas les femmes enveloppées. Salim, lui, m'adorait, il se mettait à mes pieds et me disait ordonne et j'obéirai ! Il m'a aimée, mais son devoir l'appelait, les hommes de cette partie du monde ne sont pas libres, j'étais prévenue. Ils viennent au Maroc, se payent du bon temps, puis repartent après avoir fait tout un tas de promesses. Cela dit, j'ai quand même une amie, Wafa, qui a réussi à se marier avec un Saoudien. Elle vit là-bas, je ne sais pas si elle est heureuse, en tout cas elle ne travaille pas dans la cuisine d'un bar espagnol. Elle non plus n'est jamais retournée au Maroc et ses parents n'ont pas pu obtenir de visa pour lui rendre visite. Peut-être est-elle morte ou simplement séquestrée dans un de ces palais dont les portes sont étroitement surveillées...

— Comme tu es bonne ! Je veux dire, tu es tellement pleine de bonté !

— Et je suis aussi bonne au lit ! Tu sais, c'est si rare de pouvoir parler naturellement avec un Marocain. Mais avec toi je me sens bien. Dis-moi, pourquoi c'est si mal vu d'aimer les hommes ? On m'a souvent reproché de montrer que je les aimais. Moi, je n'arrive pas à cacher mes émotions, quand je vois un homme qui me plaît, je le lui fais savoir. Qu'y a-t-il de mal à ça?

Faire l'amour dans un petit lit relevait de l'acrobatie. Soumaya et Azel finissaient par se rouler par terre, riaient des positions compliquées qu'ils étaient obligés de prendre. Ils se plaisaient et se le disaient. Soumaya mettait un parfum fort pour faire oublier les odeurs de cuisine. Elle avait beau prendre des douches, s'asperger d'eau de toilette et de parfum, rien n'y faisait. Azel n'osait pas le lui dire.

14

Azel

— La prochaine fois quand tu iras voir ta pute, préviens-moi, je t'achèterai un flacon de parfum et tu le lui donneras de ma part...

Miguel n'était pas fâché, juste dérangé par ces traces qu'il décelait trop facilement des vagabondages de son amant.

Azel ne répondit rien, baissa la tête, et s'enferma dans la salle de bains. Il comprit que, cette nuit, il dormirait dans sa chambre. Ça ne lui déplaisait pas, au fond, de se retrouver à nouveau seul. Il savait qu'un jour il se séparerait de Miguel, mais l'heure n'était pas encore venue. D'autant que sa mère et sa sœur, ces temps-ci, le harcelaient. Elles l'appelaient plusieurs fois par semaine. À chaque fois, avec son ton tendre et nostalgique, sa mère baissait la voix, et murmurait :

— Comment vas-tu, mon fils adoré ? Tu ne manques de rien, j'espère ? Est-ce que tu manges assez bien, au moins ? Dis-moi comment se passent tes journées. Tu penses à moi de temps en temps ? Comme j'ai hâte de te revoir ! Je ne m'endors jamais avant de t'avoir envoyé toutes mes bénédictions ! Dieu m'écoute, tu sais ! Est-ce que tu as fait ce que je t'ai demandé la dernière fois pour Kenza ? Tu lui as parlé, au chrétien ? Il est si aimable, si généreux, il ne refusera pas de te rendre le service que je t'ai demandé, n'est-ce pas ? Allez, je te passe Kenza et te serre très fort dans mes bras, mon fils adoré.

Kenza alla droit au but.

— Tu lui as demandé ?

— Pas encore.

— J'ai besoin de savoir, moi ! Qu'attends-tu pour lui poser la question ?

— C'est très délicat, tu sais...

— Mais qu'est-ce que tu cherches, à la fin ? Qu'il ne t'aime plus pour lui demander ce service ? Qu'il rencontre quelqu'un d'autre, quelqu'un de plus beau, de plus intelligent, de plus malin que toi ?

— Je te rappelle bientôt, promis.

Azel était bien embarrassé et se demandait comment s'y prendre. Il voulait au moins attendre l'anniversaire de leur première rencontre. C'est lui qui proposa à Miguel d'organiser une petite fête à la maison avec des amis. L'idée lui plut. Une fête pour oublier la morosité du temps, revoir quelques personnes, croire que l'amour est plus fort que tout le reste, après tout, pourquoi pas ?

De son côté, Miguel n'était pas dupe. Il savait pertinemment qu'Azel n'était pas amoureux de lui, et qu'il profitait surtout de la situation. Bien sûr, ce n'était pas aussi simple. Il y avait souvent entre eux de vrais moments de tendresse, des moments où ils se sentaient proches l'un de l'autre. Mais Azel ne se laissait jamais aller, il se contrôlait, avait peur de ses pulsions. Il n'arrivait pas à être spontané quand ils faisaient l'amour. Avec les femmes, il y avait du sexe et de jolies paroles. Avec Miguel, Azel fermait les yeux et ne disait rien.

Miguel n'avait jamais considéré leur différence d'âge et de culture comme un problème. À ses yeux, Azel était un jeune homme égaré, voué à se perdre dans les bas-fonds de Tanger, malgré ses diplômes et son intelligence. Ce garçon était aussi attachant qu'énervant, à la fois contradictoire et incohérent, il avait aussi un sérieux penchant pour la facilité et la paresse. Miguel avait souvent envie de le secouer, de le rendre plus vif, plus concerné par ce qui lui arrivait. Il aurait aimé le voir changer, prendre les choses en main, comme il l'avait fait lui-même à son âge. Mais il se refusait à comparer. L'époque actuelle était plus dure encore, il fallait se battre tout le temps, rien n'était jamais acquis, donné, qu'on soit marginal sexuel ou fils de petits-bourgeois catholiques et franquistes.

Azel s'occupait des affaires de la galerie de manière inconstante. Il étonnait son patron, faisant preuve d'un grand sens du commerce et des relations. Il séduisait les clients, jouait sur son allure orientale qu'il soignait tout en s'appuyant sur l'efficacité occidentale, apprise en voyant faire Miguel. Mais de temps à autre il décrochait, s'absentait sans prévenir, partait plusieurs jours et puis revenait sale, pas rasé et triste. Il ne daignait même pas répondre aux questions de Miguel, qui pestait d'impuissance et le soupçonnait de plus en plus d'être tombé entre les mains de quelque trafiquant ou proxénète. Là-dessus, il se trompait complètement. Azel, quand il fuguait, se réfugiait tout simplement chez Soumaya. Elle lui faisait découvrir des prouesses érotiques qu'il n'avait jamais eu le loisir d'expérimenter avec Siham. Soumaya n'avait aucune pudeur, aucun tabou, et se donnait sans rien dissimuler de sa passion pour ce qu'elle appelait « le vice ». Elle avait une façon particulière de passer langoureusement sa langue sur tout le corps d'Azel, s'attardant toujours plus longuement entre ses jambes et sur ses fesses. Parfois, il lui demandait où elle avait appris tous ces trucs qui lui procuraient beaucoup de plaisir, elle lui répondait, c'est l'intuition, la liberté guidée par le seul désir !

Un jour, alors qu'Azel rentrait de l'un de ses petits séjours chez Soumaya, Miguel voulut mettre un terme définitif à ces vagabondages :

— Tu sens la femme ! Dans cette maison, sache que personne n'a le droit de sentir la femelle. Au fait, ne te rase pas, et surtout ne touche pas à ta moustache. Demain, nous allons nous amuser !

Azel prit une douche et attendit les ordres. Miguel avait invité une trentaine de personnes pour une soirée déguisée. Il avait choisi comme thème : l'Orient en rose.

Miguel était habillé en vizir des Mille et Une Nuits tandis que la plupart de ses amis portaient des djellabas marocaines ou des djabadors et des sarouals turcs. Toutes les tonalités du rose étaient ainsi déclinées. Enfermé dans la chambre de bonne, Azel ne savait pas à quoi s'attendre. Il entendait le bruit de la fête mais ne bougeait pas. Carmen lui apporta un caftan, une perruque presque rouge, une ceinture brodée d'or, des babouches et un voile. Que des habits de femme ! Il saisit d'un coup l'intention de Miguel.

— Tu t'habilles et tu descends seulement quand je t'aurai sonné, lui précisa Carmen.

— À tes ordres, vieille peau !

Elle fit semblant de ne pas l'avoir entendu et disparut. C'est alors que l'image de Noureddine, cet ami qui était mort noyé, s'imposa brusquement à Azel. Terrifié, il alla se regarder dans le miroir mais n'y rencontra que son propre visage fatigué, prêt à devenir un masque.

135

Se reprenant, Azel décida de jouer le jeu, et d'étonner son patron. Il se maquilla comme une mariée, prit soin d'enfiler correctement les vêtements féminins, ajusta sa nouvelle chevelure, et attendit la suite. Vers minuit, la sonnette retentit enfin. Il quitta alors sa chambre et descendit les quatre étages lentement. Quand il poussa la porte du salon, tout le monde fit silence. On le contemplait avec admiration. Et puis des hommes commencèrent à le complimenter :

— Mais quelle belle statue !

— Et quel mélange parfait, mi-homme, mi-femme ! Mais c'est que Miguel nous gâte !

— Oh, la moustache ! Regarde cette barbe de quelques jours, comme c'est excitant !

— C'est la plus belle crevette du Maghreb !

— Non, non, détrompez-vous, lui, ce n'est pas une crevette, et encore moins une passade, c'est du sérieux, je vous assure !

Azel avançait comme un comédien ou un danseur avant d'exécuter son ballet.

Miguel était étonné et agréablement surpris. Il saisit la main d'Azel et s'adressa à l'assistance :

— Mes amis, je suis heureux de vous présenter ma dernière conquête : un corps d'athlète sculpté dans le bronze, avec en supplément un chouia de féminité. C'est un étalon rare ; il a fait des études mais connaît aussi les bas-fonds de Tanger, la ville de tous les bandits et de tous les traîtres ; Azel, bien sûr, n'est ni un bandit ni un traître, il est simplement un très bel objet, un objet de toutes les tentations. Voyez donc sa peau magnifique ! Vous pourrez le toucher. Faites la queue, mais surtout ne vous bousculez pas, il est là, il ne va pas partir. Caressez-lui la hanche, par exemple, et retenez bien vos pulsions. Il est à moi, et pas question qu'on se le dispute !

Miguel tenait Azel fermement par la main. Les invités passaient devant lui les uns après les autres et faisaient mine de le caresser. Il lui dit à l'oreille :

— Maintenant, tu vas danser. Et tu danseras comme une pute. Tu te souviens de ce mec de la foire à Tétouan, celui qui vendait les billets de loterie habillé en femme, tu es cet homme, moustachu et femme !

Azel ne comprenait pas pourquoi Miguel cherchait tant à l'exhiber et à l'humilier. Il se dit un instant qu'il avait peut-être trop bu ou fumé du haschisch.

Il commença à danser sur une musique égyptienne. Il bougeait les fesses en pensant à sa sœur, si douée pour les danses orientales. Mais peu à peu son image se confondit avec celle de Soumaya. Malgré la tension qui régnait dans l'air, il se concentrait autant qu'il pouvait. Azel se considérait comme un employé, un travailleur au service d'un patron lunatique. Il maudissait la vie et le destin. Il avait honte mais était décidé à ne pas sombrer dans la mélancolie et les regrets.

Vers deux heures du matin, Miguel l'abandonna, le laissant au milieu de ces hommes dont certains étaient ivres, tandis que d'autres étaient affalés sur les canapés à moitié endormis, leurs corps parfois enlacés. Un groupe de jeunes musiciens débarqua. Au lieu de jouer, ils se mirent à copuler un peu partout dans la maison. Azel se dirigea vers la porte pour remonter dans sa chambre, mais le chemin était barré par un colosse noir, certainement un videur de boîte de nuit...

Sentant le piège que Miguel lui avait tendu, Azel arracha sa perruque, se lava le visage et partit se cacher dans un coin de la cuisine. Il s'endormit comme un enfant oublié entre des caisses de nourriture et les cadavres de bouteilles.

Le lendemain, Azel se rasa la moustache, mit de l'ordre dans ses affaires avec la ferme intention de quitter définitivement cette maison. Il n'avait nulle part où aller, mais le souvenir de la soirée remontait en lui comme une aigreur, quelque chose d'amer et de fétide. Rester prisonnier de cette situation lui était insupportable. Il sentit pour la première fois depuis des semaines le besoin d'ouvrir son cahier et d'écrire. Aucun mot ne sortit. Juste un trait barrant la page.

Quelques jours plus tard, Miguel le fit appeler. Il fit comme si rien ne s'était passé et se mit à lui parler de ses projets à venir :

— C'était une très bonne idée, la fête ! Pourquoi ne pas l'organiser à Tanger, dans notre maison, je veux dire dans ma maison de la Vieille Montagne...

Azel réagit mal à la proposition.

— C'est ça ! Et cette fois-ci je serai déguisé en singe, en jument ou en mendiant, pourquoi pas !

— Mais tu n'as aucun sens de l'humour.

— Facile, très facile de parler d'humour quand on est de l'autre côté...

L'idée de retourner à Tanger ne lui plaisait qu'à moitié. Il avait envie de revoir sa mère, bien sûr, de se blottir dans ses bras pendant qu'elle lui réciterait quelques versets du Coran. Mais il avait peur d'affronter Kenza, qui attendait toujours une réponse. Peur aussi de rencontrer ses anciens copains qui ne le louperaient pas quand ils le verraient avec l'Espagnol. Il pensa aussi à Soumaya, qui ne pourrait pas l'accompagner.

— C'est une bonne idée, Tanger. Mais tu as dit « notre » maison ?

— Oui, « notre » maison, comme j'aurais pu dire « la » maison, enfin, tu sais bien que tu es chez toi que ce soit ici ou là-bas.

— Ça veut dire quoi « être chez moi » ? Est-ce que cela veut dire que je peux faire ce que je veux dans la maison, que je peux en disposer comme je veux ?

— Si tu veux savoir si la moitié de la maison t'appartient, c'est non.

— Parce qu'elle appartient à quelqu'un d'autre ?

— Oui, à mes enfants !

Azel entendait parler d'eux pour la première fois.

— J'ai en effet adopté deux enfants, des orphelins dont personne ne s'occupait. Ils m'appellent papa et j'en suis très heureux. Pendant l'année, bien sûr, ils ne vivent pas avec moi, je les ai mis dans un pensionnat à Casablanca. On se voit seulement durant les vacances.

Azel était intrigué.

— Comment s'appellent-ils ?

— Ce sont des jumeaux, ils s'appellent Halim et Halima. Ils sont beaux et très intelligents. Je te les présenterai bientôt. Je pense les faire venir à Barcelone pour le lycée. Ils seront près de moi. Ils me manquent tellement.

— Ils portent ton nom ?

— Pas encore. Pour le moment, en attendant la fin des procédures administratives qui sont d'un compliqué dont tu n'as pas idée, je m'en occupe comme si c'étaient mes enfants. Ils n'ont pas encore de papiers d'identité. C'est une affaire qui me tient très à cœur, je n'en parle pas, j'attends et j'y pense tout le temps.

Azel hésita avant de lui demander pourquoi il avait adopté des enfants.

— Je suis membre d'une association marocaine créée par des femmes remarquables ; elles s'occupent des filles mères et aussi des enfants trouvés. Chaque fois que je leur rends visite, j'ai le cœur qui flanche. Je savais qu'il était très difficile d'adopter des enfants au Maroc. On peut les aider mais je crois qu'on n'a pas le droit de leur donner le nom qu'on porte. Un religieux m'a expliqué que l'islam pense à toutes les éventualités. Même les plus improbables. Éviter par exemple que les enfants adoptés qui ne connaissent pas l'identité de leurs père et mère biologiques ne risquent d'avoir sans le savoir des relations sexuelles avec leurs géniteurs, ce qui en effet équivaudrait à un inceste, commis à leur insu. Mais l'on m'a dit aussi qu'il y avait toujours moyen de s'arranger. Dans mon esprit, ce sont mes enfants. Sur le papier, ce n'est pas encore le cas. J'ai même l'intention de me convertir à l'islam si ça peut faciliter les démarches. Voilà, Azel, tu sais tout. Ah non, une chose encore, pourquoi vouloir absolument les adopter ? J'ai pensé à leur destin et à mes vieux jours. C'est un geste égoïste et en même temps généreux. Oui, j'ai déjà pensé au moment où j'aurai besoin d'être entouré. C'est humain, après tout, je n'ai pas envie de mourir dans la solitude comme tant de petits vieux dont personne ne veut. Chez vous, les personnes âgées ne sont jamais abandonnées. Mais ici c'est différent. Aujourd'hui, tu es là, présent, près de moi. On fait même des projets ensemble. Mais un jour viendra où quelqu'un d'autre passera par là, un homme ou une femme, et brusquement tu t'en iras. Tu me laisseras tomber comme une vieille chose. D'ici là, apprends ceci, je suis loin d'être un ange !

Il y avait de l'admiration et un peu d'inquiétude dans le regard d'Azel. Il ne sut quoi répondre.

Ils débarquèrent tous les deux à Tanger en plein mois d'août. Les avenues et les boulevards étaient encombrés de voitures d'émigrés et l'on circulait difficilement. Les gens avaient la manie du klaxon. La police ne savait quoi faire des piétons qui ne cessaient de râler. Aux carrefours, des jeunes engagés par la municipalité et munis de haut-parleurs recommandaient aux piétons de traverser entre les clous. Ils criaient des phrases en arabe classique que personne n'écoutait ni ne respectait. La ville était surpeuplée et toujours sale. Mais, comme disait Miguel, ici, il y a de la vie.

Azel partit retrouver sa mère qui l'attendait comme s'il revenait de La Mecque. Dès qu'elle le vit elle poussa des youyous. Kenza essaya de la faire taire. C'était le retour du fils prodigue. Les voisins étaient au balcon ou sur les terrasses. Azel était arrivé avec deux grandes valises pleines de cadeaux. Seule déception, il était sorti d'un taxi et non d'une grosse et belle voiture. La mère criait, il est arrivé par avion, par avion, il a laissé la voiture chez lui en Espagne... Il est revenu voir sa mère juste avant qu'elle ne parte en pèlerinage... Kenza la fit taire, tu n'as pas honte, tu crois vraiment que tu as besoin de raconter ta vie, notre vie à tout le quartier...

Le premier soir, ce fut la fête. Azel racontait sa vie, disait n'importe quoi, exagérait, mentait même si personne n'était dupe. Avant de dormir, Kenza l'attira dans un coin :

— Je n'en peux plus de ce pays. Depuis ton départ, les choses se sont aggravées, il n'y a pas d'issue, tout est bouché. Heureusement que M. Miguel pense de temps en temps à nous, c'est toi qui nous envoies de l'argent, n'est-ce pas, mais le mandat est signé par lui.

Azel marqua un temps d'arrêt, il n'était pas au courant.

— Que ce soit son argent ou le mien, c'est la même chose. Mais ta demande reste difficile à lui présenter.

— Pourtant, il n'y a que toi qui puisses le faire. Je ne le connais pas assez pour lui dire, comme ça, de but en blanc, voulez-vous contracter avec moi un mariage en blanc ?

— Oui, bien sûr, mais j'ai peur qu'on tire trop sur la corde.

— Miguel n'est pas une corde !

— Non, bien sûr, mais il ne faut pas exagérer, après tout c'est un homme qui a des principes.

— Alors je laisserai notre mère s'en charger.

— Non, surtout pas, elle va tout gâcher, elle risque en plus de perdre le voyage à La Mecque qu'il pense lui offrir.

Ce fut lors d'une soirée en tête à tête, dans une charmante petite maison à Asilah, qu'Azel présenta la requête de sa sœur.

Miguel n'était ni surpris ni outré. Il connaissait bien ce genre d'engrenage et préférait aller jusqu'au bout de ses sentiments. Il aimait Azel et ne pouvait donc rien lui refuser. L'unique chose qu'il craignait, c'était le coup fourré, le poignard dans le dos, la trahison. Il était intarissable sur les mécanismes et les ravages de la trahison. Miguel avait lu Jean Genet et se demandait pourquoi il aimait dire que Tanger était la ville de la trahison. Il voyait bien que quelque chose d'indéfinissable le gênait dans le regard d'Azel, une sorte de pseudo-sourire, une façon implicite d'afficher une forme inavouable d'insincérité. Mais Miguel connaissait aussi parfaitement les points faibles de son jeune amant : l'argent, les femmes et le kif. En acceptant ce mariage avec Kenza, il pensait créer à la maison une stabilité qui rendrait Azel plus fiable, plus maîtrisable.

— Mais un non-musulman n'a pas le droit

d'épouser une musulmane! fit remarquer Miguel.

— C'est le moment de te convertir à l'islam! Marié, tu auras des chances supplémentaires de convaincre dans ton affaire d'adoption... D'une pierre on frappe deux moineaux!

— Comment ça se passe?

— Tu vas voir deux adouls, des hommes de religion et de loi, tu prononces la chahada : j'atteste qu'il n'y a de Dieu qu'Allah et que Mohamed est l'envoyé d'Allah.

— C'est tout?

— Il te faudra aussi changer de nom et...

— Et quoi?

— Te circoncire la bite!

— Non, je suis trop âgé pour ça, de toute façon ils n'iront pas vérifier!

— Le jour où on ira chez les adouls, tu feras un effort, tu t'habilles normalement, surtout pas de caftan, ils en seraient choqués et risqueraient de se braquer; ne porte pas non plus de collier de corail ni trop de bagues; ce sont des gens traditionnels, inutile de te faire remarquer.

— Je connais le Maroc aussi bien que toi et je sais qu'il vaut toujours mieux être discret. Juste un petit conseil, au passage : ne te fie jamais aux apparences!

— Oui, je sais, l'habit ne fait pas le moine, *senna kadhhak we el kalb kay thanne...*

— Traduis!

— La dent rit et le cœur massacre! Je viens

145

juste de l'inventer. J'aime de temps en temps citer des dictons et des proverbes. Quand je n'en trouve pas, eh bien, je les crée moi-même !

C'est ainsi que par amour pour Azel, Miguel épousa Kenza et se fit appeler Mounir.

15

Malika

Depuis que Malika avait vu les images des corps flottants diffusées par Canal Sur, elle ne rêvait plus. Elle les avait comptés, s'imaginant victime à son tour de ce malheur. Elle se mettait sur le dos, gonflait son ventre en fermant les yeux et flottait. La brume du matin caressait son visage, l'eau glacée glissait sur son petit corps et elle ne sentait rien. Elle jouait à la morte, se laissait entraîner par les flots, butait contre d'autres corps puis revenait vers le large. Une vague puissante la jetait sur le sable. Des algues l'enveloppaient. L'eau continuait à la recouvrir, à la bercer comme si elle partait pour un long sommeil. Mais c'était l'aube, l'heure de la prière ; sa grand-mère faisait ses ablutions et ne lui prêtait pas attention. Malika ne la voyait pas, ne l'entendait pas. Elles n'étaient pas dans la même pièce, peut-être pas dans le même pays. Elle aurait voulu parler, l'appeler, mais aucun son ne sortait de sa gorge. Elle se mit alors à prier à son tour mais sans bouger, et sans avoir fait ses ablutions. Elle parlait au ciel, à la mer, aux mouettes, se souvint de ce que son père lui avait dit un jour à propos de ces oiseaux qui se noyaient dès qu'ils perdaient leur graisse. Elle avait essayé de laver une mouette avec du savon. Quand elle l'avait relâchée, la pauvre bête coula dans l'eau et elle ne la revit plus. Elle avait pleuré et pensait que son père avait inventé cette histoire parce qu'il avait beaucoup d'imagination. Depuis, dès qu'elle voyait une mouette, elle repensait à celle morte par sa faute. Elle lui avait même donné un nom, « zbida », c'est-à-dire « petit-beurre ».

Le sommeil de Malika devint léger sur fond de tristesse. Elle ne rêvait plus de brûler mais n'avait pas renoncé à changer de vie. Sa sœur la protégeait, mais son beau-frère, même s'il disait qu'il la considérait comme sa propre fille, lui donnait des ordres. Comme il avait du mal à joindre les deux bouts, il était souvent de mauvaise humeur. De toute façon, il était pêcheur et gagnerait toujours mal sa vie. Et ce n'était pas sa femme qui vendait du pain à l'entrée du Grand Socco qui pouvait l'aider. Elle s'était associée avec une vieille tante qui le fabriquait et ne pouvait partir chaque jour le vendre que parce que Malika restait à la maison et gardait les enfants.

Dès que sa sœur rentrait, Malika savait qu'elle disposait d'une heure de liberté. Elle sortait, courait dans les rues jusqu'au boulevard Pasteur, devant la terrasse des Paresseux. Elle s'installait, achetait un paquet de pépites, et les mangeait en regardant les bateaux quitter le port. Il lui arrivait de se faire aborder par des hommes qui la prenaient pour une fille perdue. Elle ne leur répondait pas, crachait ses pépites dans leur direction et cela suffisait pour les éloigner.

Elle n'observait plus les bateaux avec le même regard qu'avant. Elle les voyait partir, glisser sur l'eau calme, comme de grandes bouteilles où elle se contentait de mettre ses rêves. Elle les écrivait sur de grandes feuilles, les pliait en quatre puis en huit, les numérotait et les classait dans un cahier.

Le rêve numéro un est bleu. Il y a la mer et au bout un fauteuil suspendu entre ciel et terre. Elle s'y installe et se balance. Sa robe aussi est bleue, ample et transparente. Du haut de sa balançoire elle aperçoit les côtes marocaines, Tanger, la Falaise, la Montagne, le port. Le soir, les lumières ne scintillent pas. Il fait sombre. Alors elle tire sur la balançoire et tourne le dos au Maroc.

Le rêve numéro deux est blanc. Elle est dans une école où tout le monde est habillé en blanc, les élèves comme les enseignants. Le tableau est blanc et la craie noire. On apprend les étoiles, leurs mouvements, leurs voyages, puis on descend sur terre. Là, on entre dans une forêt où les arbres ont été peints avec de la chaux. Cette blancheur l'enchante. Elle s'arrête, monte dans un arbre et voit au loin la terrasse de la maison de sa sœur. C'est une toute petite terrasse où sèchent des peaux de mouton. Des livres par centaines sont suspendus aux branches des arbres. Ils sont couverts de jaquettes de toutes les couleurs. Il suffit de les ouvrir pour apprendre ce qu'ils racontent. Ce sont des livres magiques qui n'existent pas à Tanger. Malika décide d'aller au pays où il y a la forêt des livres.

Le rêve numéro trois est un train qui traverse le détroit de Gibraltar. Tarifa et Tanger sont reliés par un pont aussi beau que celui qu'elle a vu dans un magazine de tourisme. Le trajet dure une vingtaine de minutes. Malika est assise dans le premier wagon et observe avec grande attention la progression du voyage. À l'arrivée sur les côtes espagnoles, un comité d'accueil attend les voyageurs à qui l'on offre des fleurs, des dattes et du lait. Malika adore les dattes. Elle en prend trois et les mange à toute vitesse. Les Espagnols lui proposent de rejoindre le lycée afin de poursuivre ses études qu'elle a abandonnées en quittant Tanger. Quand elle se retourne, il n'y a plus de train, plus de pont.

Le rêve numéro quatre est une valise, une vieille valise marron. Malika y a caché les jouets et objets qu'elle aime. Il y a de tout : une brosse à cheveux, un bout de miroir, un taille-crayon, trois boutons de couleurs différentes, un carnet plein de phrases écrites à la va-vite, une khamsa en argent offerte par sa grand-mère, une feuille de papier jauni pliée en quatre et entourée d'un fil rouge, un carnet maquillé en passeport européen, en l'ouvrant, on y trouve collée sa photo d'identité et tous les renseignements habituels, une gomme, une broche et des clous. Chacune de ces choses a une signification particulière pour elle. C'est son secret. Elle a juste écrit sur le dos de la valise ces mots avec un feutre noir : « C'est à moi. »

16

Mounir

Miguel prit très au sérieux sa conversion à l'islam, dont il avait certes déjà une certaine connaissance. Il acheta des livres sur la culture musulmane, une biographie du prophète Mohamed et une nouvelle traduction du Coran. Il lut, relut certains passages. Tout l'intéressait. Il était curieux et heureux de plonger dans un monde qu'il côtoyait et croyait à tort connaître. Il se rendit compte que l'islam ne se différenciait vraiment du christianisme que par l'affaire de Marie et de Jésus. En lisant la sourate « Les femmes », il s'arrêta aux versets 156, 157, 158 : « *Ils ont dit "nous avons tué le Messie Jésus Fils de Marie, le Messager de Dieu". Ils ne l'ont ni tué ni crucifié mais ils furent abusés par quelque ressemblance (...) Dieu l'a plutôt élevé à Lui.* » Les trois religions monothéistes défendaient les mêmes valeurs. L'islam, quant à lui, reconnaissait les autres prophètes et demandait aux musulmans de les vénérer et de les célébrer.

Il voulait se convertir par amour, étant persuadé en effet que c'est par amour, à cause ou grâce à l'amour que l'on entreprend les choses les plus importantes. C'était une évidence, une vérité. Il regardait en arrière : sa vie n'était qu'une succession d'étapes où la folie amoureuse avait été souvent déterminante. Azel me mène aujourd'hui vers l'islam ! Ah, si mes vieux amis catholiques me voyaient ! Ils diraient que je suis foutu, que c'est fini, que la mère d'Azel m'a jeté un sort, qu'on m'a certainement fait manger la cervelle de la hyène ou du chacal, jamais ils ne comprendraient l'empressement que j'ai mis à accepter l'offre de la famille d'Azel. Mais rien de tout cela ne pourrait changer ma décision, je me marie, et de surcroît en tout bien tout honneur. Ce mariage, d'une blancheur absolue, je le fais pour rendre service, pour être utile. Je n'y trouve qu'un seul et unique intérêt personnel : garder auprès de moi celui qui me redonne espoir et vie. Ah, mes amis, vous qui êtes résignés dans vos belles maisons où vous passez votre temps à vous remémorer votre jeunesse, vous vous énervez, vous pensez que la vie est injuste, que votre corps vous abandonne, vous vous fréquentez comme des vieillards à l'hospice, en attendant la mort ! Eh bien, moi, j'ai choisi, j'ai refusé de me retrouver à l'asile, je bande encore, je peux encore faire l'amour, je suis entouré, je vais même être très entouré, j'aurai une famille et si Dieu le veut j'aurai près de moi mes petits jumeaux. Mes amis, je vais entrer dans l'islam, ça me rappelle un souvenir douloureux, mon grand amour, mon premier grand amour, Ali l'acrobate, l'étoile du cirque Amar, Ali qui m'avait rendu fou, je voulais devenir musulman pour lui, pour qu'il vive avec moi, hélas, après un accident il a tout quitté et a disparu, je n'ai jamais réussi à avoir de ses nouvelles, c'est une brûlure dans mon cœur. J'espère seulement que les choses ne se compliqueront pas, que les adouls seront cool, que je ne trébucherai pas en prononçant la chahada, depuis hier je m'entraîne : « *Ach hadou anna la ilaha illa Llah, Mohamed rassoulu Llah* », *Ach hadou...* c'est simple, il suffit de prononcer cette phrase et on devient musulman, mais il faut que le cœur en soit convaincu, car Dieu te fait confiance, si c'est pour jouer ou tricher, ça ne marche pas, car être musulman, c'est être intérieurement persuadé de l'unicité divine.

Miguel était plongé dans ses réflexions lorsque Azel et sa sœur sonnèrent chez lui. Ils avaient rendez-vous avec les adouls à la Mandoubia au Petit Socco à quinze heures. D'abord pour la conversion, ensuite pour le mariage.

Miguel s'habilla en blanc et enfila une djellaba.

Azel lui redemanda de ne pas trop exagérer. Miguel retira la djellaba. Mais alors qu'ils étaient sur le point de sortir, Azel lui demanda en plus de se démaquiller. Miguel avait l'habitude de mettre du fond de teint et de se noircir le contour des yeux avec du khôl.

— Tu t'appelles Mounir, tu aimes les femmes et tu te tiens comme un homme, un vrai, viril et sans ambiguïté.

Azel prenait les choses en main. Miguel était un peu surpris.

À la Mandoubia, les adouls les attendaient. Ils étaient au courant de l'affaire et étaient priés de ne pas poser de questions. Ils seraient très bien payés.

Le plus jeune des deux adouls parlait plusieurs langues. Il reçut Miguel chaleureusement. L'autre ne disait rien. À un moment, il ouvrit un grand cahier où il nota le jour et l'heure. Ensuite, il demanda seulement si Miguel avait fait ses ablutions, parce que, après la conversion, il était souhaitable de faire une prière.

— Bien sûr, dit Miguel. Je suis sérieux, j'ai fait les grandes et petites ablutions. C'est normal pour moi.

Dans un silence étrange, il dit la chahada, que tout le monde répétait après lui comme pour confirmer l'acte. Il était ému. Kenza se tenait derrière les hommes et attendait, sa carte d'identité nationale à la main.

Les adouls, Miguel et Azel se levèrent et partirent faire la prière à la mosquée en bas de Siaghine. C'était la première fois que Miguel entrait dans une mosquée au Maroc. Il en avait visité quelques-unes en Égypte et en Turquie, mais jamais au Maroc où les non-musulmans n'ont pas le droit d'y mettre les pieds. Voir son ami donner l'impression de croire à ce qu'il faisait déclenchait chez Azel une irrésistible envie de rire.

De retour au petit bureau de la Mandoubia, le jeune adoul lut la déclaration solennelle de l'entrée dans l'islam d'un chrétien :

— Au nom de Dieu le Miséricordieux et le Clément, nous, Mohamed Laraïchi et Ahmed El Kouny, hommes de loi et de religion, attestons que M. Miguel Romero Lopez a prononcé la chahada et par là s'est fait devant témoins musulman ; il a choisi le prénom Mounir, que Dieu l'aide et le protège. Il renonce de ce fait à l'appartenance au catholicisme et rejoint la *Umma Islamiya* qui l'accueille en vue de grossir ses rangs et s'enrichir de sa bonne foi et volonté.

« Cher Mounir, vous êtes à présent notre frère, bienvenue dans l'islam des lumières, des valeurs de fraternité, de dignité et de grandeur spirituelle. Nous vous rappelons les cinq piliers de l'islam : l'attestation de la foi ; les cinq prières quotidiennes selon le mouvement de la terre autour du soleil ; le jeûne du ramadan où le croyant s'abstient de manger, de boire, de fumer et d'avoir des relations sexuelles du lever au coucher du soleil durant une période de vingt-neuf ou trente jours ; la zakat, l'aumône à offrir aux nécessiteux en fonction de vos revenus ; et enfin le haj, c'est-à-dire le pèlerinage à

La Mecque si votre santé physique, mentale et financière le permet.

Les adouls lurent ensuite la Fatiha, la première sourate du Coran, et prièrent pour que sa vie soit saine et bonne jusqu'au jour du Jugement dernier.

Ils rédigèrent une attestation sur laquelle furent apposés un timbre fiscal de vingt dirhams et les signatures des adouls.

Ils marquèrent une pause avant d'entamer les formalités de l'acte de mariage.

Kenza fut alors rejointe par sa mère qui se tenait à l'écart. Au moment de la rédaction de l'acte, le plus âgé des adouls se pencha sur elle et lui murmura :

— Même s'il s'est converti à notre religion, il reste un étranger, un chrétien, sache que même si ça ne me regarde pas, je sais ce qu'il y a derrière.

— Tu te trompes ! lui répondit-elle à haute voix de telle sorte que tout le monde entende.

Miguel se sentit soudain exclu : ils s'étaient parlé en arabe, et il n'avait pas compris.

Le plus jeune se mit à expliquer à Miguel pour quelles raisons l'islam interdisait le mariage des femmes avec des non-musulmans.

— Vous comprenez, la femme est influençable, si elle épouse un chrétien, elle finira par épouser ses convictions religieuses, et puis les enfants suivront le plus fort... Bon, vous devez savoir aussi que la loi protège la femme puisque votre future épouse a le droit de faire inscrire dans l'acte certaines conditions comme l'interdiction de la répudier ou de prendre une deuxième épouse...

— Vous savez, une épouse, c'est largement suffisant, et je dirai même que pas d'épouse du tout, ce n'est pas dramatique non plus !

— Je vois, monsieur Mounir, que vous connaissez bien les femmes.

— Je les connais assez pour savoir que la vie de couple n'est pas toujours rose. C'est d'ailleurs la raison pour laquelle j'ai attendu si longtemps avant de me marier.

— Vous savez ce que dit l'islam à propos du mariage ?

— Parfaitement : un bon musulman s'accomplit en se mariant.

— Je vois, vous ne faites pas semblant !

Kenza était tendue. Sa mère s'impatientait et parlait toute seule. Azel, dans son coin, assistait à la cérémonie en pensant à Siham. Il ne se voyait pas la demander en mariage. Il aimait trop sa liberté et fuyait les responsabilités. Dans son imagination, Siham et Soumaya se confondaient et cela le faisait rire.

Mounir et Kenza dirent « oui » aux adouls et signèrent l'acte. Devant toute l'assemblée, ils sortirent en se tenant par la main.

Miguel avait fait préparer un repas dans sa

villa. C'était la première fois qu'il recevait sa belle-mère. Lalla Zohra était impressionnée par le luxe et le raffinement de l'endroit. Elle ne comprenait pas pourquoi il collectionnait toutes ces vieilles choses : des meubles, des bijoux, des peintures sombres, des miroirs quasi éteints. Elle lui proposa même de l'accompagner chez un marchand qu'elle connaissait et qui vendait des miroirs tout neufs et des meubles bien solides et bien décorés. Miguel sourit et lui dit :

— Je les garde parce que ce sont des souvenirs. Ils ont appartenu à mes parents et mes grands-parents !

Après le repas, Kenza et sa mère repartirent chez elles. Lalla Zohra pleurait. C'était la première fois qu'une mariée retournait dormir chez ses parents.

Pour tous ce fut une journée longue et éprouvante. Azel, mal à l'aise, disparut, laissant Miguel seul.

17

Abdeslam

Abdeslam aimait étendre un drap blanc sur la terrasse de chez lui et rêver. Il n'avait aucune envie de quitter son pays. Il se contentait d'imaginer ce que sa vie serait devenue s'il avait émigré. Depuis qu'il avait perdu son frère Noureddine, il avait abandonné tous ses projets. Se sentant coupable de l'avoir encouragé à tenter sa chance sur cette barque de malheur, Abdeslam s'était tourné vers la religion et priait tous les jours. Il lui avait même donné une bonne partie de ses économies pour payer Al Afia, le passeur... Azel pouvait raconter comment ça s'était passé, il avait assisté à la transaction.

— Dis-moi, la barque, c'est pas du toc?

— Bien sûr que non!

— Combien de gens vas-tu y mettre?

— Le nombre légal, pas plus, pas moins. Pourquoi êtes-vous si méfiants?

— Parce que les noyés sont nombreux ces derniers temps.

— Je suis un professionnel, pas un marchand de désespoir. Je fais ça pour rendre service aux gars du quartier, c'est pas avec ces broutilles que je m'enrichis.

— Broutille ou pas, répondit Abdeslam, sache que nous avons eu du mal à ramasser cet argent. Je te le donne, c'est comme une partie de ma chair, c'est tout ce que j'ai, alors tu as intérêt à ce que ça se passe bien, que la broutille soit prise en compte.

— Écoutez, si vous continuez à me soupçonner et à me menacer, reprenez votre pognon, et foutez-moi la paix.

Noureddine le calma et l'affaire fut conclue.

Abdeslam était maçon. Il aimait construire, poser les pierres les unes après les autres et se dire que c'étaient ses mains qui avaient fait le travail. Il avait l'âme d'un artisan. Certaines demeures qu'il avait restaurées avaient même pris de la valeur. Il aimait le travail bien fait, détestait arriver en retard et aimait par-dessus tout créer de nouveaux espaces à l'intérieur des vieilles maisons traditionnelles. Certains Européens faisaient appel à lui, ce qui le flattait et le rendait encore plus exigeant avec lui-même et avec ses ouvriers.

L'image de Noureddine lui souriant juste avant de monter dans la barque ne le quittait plus. Il avait essayé de constituer une association contre les traversées clandestines et avait réussi à réunir plusieurs familles qui avaient perdu un des leurs. Ils se retrouvaient régulièrement à la mosquée et priaient ensemble. Plus concrètement, ils avaient réclamé aux autorités de réagir face à ce problème et avaient osé écrire au roi en le suppliant de mettre fin à cette hémorragie. À leur grande surprise, un des conseillers leur avait répondu, une belle lettre, pas du tout conventionnelle. Il y exprimait des sentiments très humains, et annonçait que le roi allait désigner une commission pour préparer de futures lois qui seraient débattues au Parlement, qu'il regrettait sincèrement cette situation douloureuse pour le Maroc et son image à l'étranger.

Abdeslam était fier car l'idée de la lettre au roi était de lui. Il avait enfermé Azel dans une chambre pour qu'il la rédige. Azel, lui, n'y croyait pas du tout. Tu penses que le roi n'a que ça à faire que de lire votre lettre ? Et même si par miracle elle lui parvient, tu crois sérieusement qu'il fera quelque chose, qu'il répondra ? Tu rêves. Il y a tellement de gens autour de lui qu'ils lui cachent le paysage. Ils l'empêchent de voir la réalité, tout ça parce que ces gens, ils ont peur de perdre leur place, alors, tous les jours ils lui disent : tout va bien, Majesté, pas d'inquiétude à avoir, Majesté, Votre Majesté souhaite visiter le quartier d'où partent les clandestins, Beni Makada, ou Drissia, ou Hay Saddam, à vos ordres, Majesté, nous sommes en train de voir avec la sécurité... Ils le laissent attendre quelques jours, le temps de repeindre les murs, de quadriller les quartiers, etc.

Ce fut ainsi qu'Abdeslam devint un militant du non-partir, un adversaire acharné des passeurs. Il allait un peu partout parler à ceux qui se préparaient à faire la traversée et leur expliquait qu'ils avaient une chance sur dix de réussir à mettre le pied en Europe. Il avait photocopié la lettre royale et la distribuait dans certains cafés.

Mais que dire face à ceux qui lui répondaient :

— Une chance sur dix ? C'est déjà ça ! C'est un coup de poker, une folie. En revanche, si nous restons là dans ce café, il ne nous arrivera rien, absolument rien du tout, et nous serons encore là dans dix ans à boire le même café au lait tiède et à fumer du kif en attendant qu'un miracle se produise, un miracle c'est-à-dire du travail, du bon travail, bien payé, avec respect, sécurité, dignité...

Abdeslam aurait aimé faire naître les miracles mais il n'était que maçon, un homme qui avait perdu son frère et qui en souffrait jour et nuit.

Quand il essayait de trouver des arguments, il se mettait à bégayer. Et l'on se moquait de lui.

— Oui, c'est ça, tu vas nous faire ton discours sur le pays qui a besoin de ses enfants, le pays qu'il ne faut pas abandonner parce que si tout le monde s'en va il n'y aura plus de pays. Ouais, ouais, nous aimons notre pays, mais c'est lui qui ne nous aime pas ! Personne ne fait rien pour nous donner des raisons d'y rester, t'as vu comment ça se passe ? T'as de l'argent, tu arroses, tu graisses, tu glisses, tu te montres compréhensif et voilà, tant que c'est comme ça, comment veux-tu qu'on l'aime, ce pays ?

— Mais, merde, à la fin, le pays c'est nous, ce sont nos enfants, les enfants de nos enfants !

C'est à ce moment de la discussion qu'Azel rejoignit Abdeslam qui était rouge de colère.

Les regards qui se posèrent sur Azel avaient quelque chose de gênant. Il apparaissait à leurs yeux comme celui qui avait réussi de manière inavouable. Il leur paya à boire et leur dit :

— Vous savez, j'ai vu là-bas des Marocains misérables, des clochards, des gens sans dignité, ils traînent dans les rues, vivent de petits trafics, c'est pas glorieux. Attendez un peu, j'ai appris que l'Europe aura bientôt besoin de plusieurs millions d'immigrés ; elle viendra vous chercher et vous partirez la tête haute, sans prendre le moindre risque...

Une voix s'éleva dans le groupe :

— Pour ça, il faudra avoir une jolie petite gueule comme la tienne !

Et puis une autre :

— C'est facile de faire des discours quand on ne travaille pas avec ses mains...

Azel ne répondit pas et se leva, bientôt suivi d'Abdeslam.

Le soir, il se confia à son ami :

— Ils ont raison, j'ai honte, mais je suis sûr

qu'ils sont jaloux. Ils auraient fait la même chose s'ils en avaient eu la possibilité. À présent, ça se complique pour moi, Miguel vient d'épouser Kenza, du moins sur le papier, elle va avoir un visa et pourra quitter Tanger, elle vivra avec nous à Barcelone en attendant de trouver du travail et un logement. Même ma mère nourrit l'espoir de nous rejoindre! Tu imagines? Quelle folie! Tu veux que je t'avoue quelque chose? Je ne vais pas bien, je ne sais même plus exactement ce que je suis dans toute cette histoire. Un *falso*, un faux sur toute la ligne, je passe mon temps à faire semblant, à fuir, il n'y a qu'avec Siham que je me sens à l'aise, mais elle est très peu disponible et n'habite pas Barcelone.

Abdeslam l'écoutait en silence. Une question cependant l'obsédait mais il ne savait comment la formuler.

— Tu te souviens quand on partait en pique-nique à la Montagne, il n'y avait pas de filles avec nous, après le repas, Kader disparaissait avec le petit Sami, le gars bien grassouillet, il revenait et nous disait, c'est votre tour, et on y allait et on trouvait Sami à plat ventre, il nous attendait...

— Pourquoi me parles-tu de ça?

— Juste pour te rappeler qu'on a eu des expériences avec des garçons; alors ce que je voudrais savoir, comment ça se passe avec ton Espagnol? Qui est passif? Qui est actif?

— Je suis un homme, pas un *zamel*!

— J'en étais sûr! Tu sais, le petit Sami, il s'est marié et a deux enfants, comme quoi, rien n'est certain ni définitif! Si tu veux le voir, il travaille au ministère de l'Économie, il a un poste important, il dirige tout un secteur, beaucoup d'argent circule sous les tables... On dit qu'il a réussi parce qu'il couche, on dit aussi qu'il a une double vie, que sa femme le sait et ne dit rien parce qu'elle ne veut pas de scandale; tu vois, les choses ne sont pas toujours simples. Chez nous, le *zamel* c'est l'autre, le touriste européen, c'est jamais le Marocain, tout se passe dans le silence, mais c'est faux, nous sommes comme les autres pays, sauf qu'on ne parle pas de ces choses-là, chez nous on ne va pas à la télé pour avouer qu'on aime les hommes!

Azel le regarda puis lui demanda ce qu'il faisait de sa vie.

— Moi, je construis des maisons, des chambres, des nids d'amour; je ne me suis pas marié parce que les garçons, j'aime ça. Personne ne le sait, mais à toi je peux le dire.

— Tu es homosexuel!

— Non, j'alterne, tantôt un homme tantôt une femme, cela dépend du climat!

— Pourquoi le climat?

— Parce que l'été les filles sont déchaînées; les garçons, je les préfère l'hiver. Tu es mon ami, hein, j'ai confiance en toi, surtout tu n'en parles à personne.

18

Siham

Azel préféra rentrer à Barcelone en train. Il s'arrêta à Marbella et appela Siham. Elle était bouleversée. La petite venait de lui jeter un cendrier au visage. Les parents n'étaient pas là, ils étaient partis en cure dans le sud de la France. Elle souffrait de sa blessure mais surtout était complètement désemparée, elle s'apercevait qu'elle n'était pas assez formée pour s'occuper d'un enfant handicapé. Elle faisait des efforts permanents, ne se plaignait pas mais ne voyait pas de progrès. Ça la décourageait. Du coup, elle attendait avec impatience le moment où Widad s'endormirait. C'était son seul temps de repos. D'habitude, elle tombait de fatigue, se mettait devant la télévision et regardait n'importe quoi. Parfois il lui arrivait d'imaginer ce que serait devenue sa vie si elle était restée à Tanger.

Résignée, elle aurait sûrement pris le pli, aurait fait comme les autres, n'aurait raté aucune invitation, aucune occasion de sortir et de se réunir avec d'autres femmes de sa condition, elle aurait cédé à son patron, celui qui lui aurait permis, de justesse, de gagner sa vie, elle serait devenue sa maîtresse en espérant un jour l'avoir comme mari, elle serait tombée dans tous les pièges, aurait passé en revue tous les clichés, rêvé de toutes les choses impossibles, aurait acheté des tissus importés d'Orient pour faire des caftans qu'elle porterait une fois tous les ans, aurait acheté à crédit une voiture et emmené sa mère au moussem Moulay Abdeslam, elle aurait peu à peu perdu ses illusions et aurait fini par épouser un veuf encore vert, aurait eu des problèmes avec ses enfants... À bien y réfléchir, elle préférait tout de même sa condition actuelle à celle de ses cousines et copines restées au pays. Elle avait eu des nouvelles de Wafa, une de ses copines, lycéenne, elle venait de tomber enceinte. Elle vivait un vrai cauchemar. Le responsable riait, et il n'avait rien trouvé de mieux que de lui faire la morale : Ne me fais pas d'histoire, une fille de dix-sept ans qui couche avec le premier venu, c'est une pute, alors démerde-toi, va voir l'Assise du hammam, elle te mettra en contact avec un médecin sympa, pour l'argent, fais quelques passes et tu pourras t'en sortir...

Le type parlait comme s'il était sur une scène de théâtre. Wafa n'avait rien répondu, elle était allée sonner un jour chez lui et avait demandé à voir sa femme, à qui elle avait raconté son histoire. Ce fut l'épouse trompée qui l'aida à avorter dans des conditions médicales correctes. J'ai l'habitude, lui dit-elle, c'est pas la première fois, mon mari est un vrai obsédé sexuel, il ne fait pas l'amour, il fout son truc dans le trou et soulage ses parties, c'est un pauvre type, je le supporte parce que j'ai cinq enfants avec lui, quand ils seront grands, je le balancerai!

Azel attendait dans le salon que Widad dorme pour voir enfin Siham. Il regardait la décoration. Il y avait des dizaines de tableaux de style orientaliste tous faux, enfin plutôt des copies assez bien faites. À quoi bon accrocher un faux tableau chez soi? Pour vous rappeler le vrai? Pour meubler l'espace? Pour montrer l'intérêt que l'on porte à la manière dont les peintres du dix-neuvième nous percevaient? Miguel n'avait pas chez lui de copies, uniquement des originaux.

Siham prépara à dîner, Azel sortit une bouteille de vin et ils dînèrent dans une atmosphère de paix et de douceur. Elle lui apprit qu'elle avait mis sa patronne au courant de son existence, qu'il pourrait venir la voir quand elle n'était pas là. La seule chose qu'elle lui avait interdite, c'était l'alcool. Pour ce soir, ça irait, aucun risque qu'elle débarque à l'improviste. Ils ne firent pas l'amour mais discutèrent très tard dans la nuit. Azel dormit sur le canapé, Siham dans sa chambre.

Siham avait fini par obtenir une formation une fois par semaine dans un centre pour handicapés à Málaga. Elle partait tous les lundis et revenait tard le soir. Un jour, elle proposa à Azel de la retrouver en fin de journée pour dîner et faire l'amour dans la chambre d'hôtel que lui réservait le père de Widad. Azel n'était pas dans son meilleur jour. Grincheux, mal à l'aise, il fumait trop et n'arrivait pas à se concentrer. Pour la première fois il parla d'aller consulter un médecin, peut-être même un psychothérapeute :

— Moi aussi, j'en peux plus, je ne suis pas heureux, je vis comme un parasite, et les choses viennent de se compliquer, il va falloir trouver du boulot à Kenza, continuer à faire semblant, j'ai besoin de stabilité, de clarté...

— Qu'est-ce qu'il est pour toi, Miguel ?

— Il est important, je l'aime beaucoup, il m'a aidé, il aide ma famille, mais on ne vit pas qu'avec l'aide des autres. Lui, il dit qu'il m'aime, qu'il est amoureux, mais moi, je ne suis pas amoureux, il y a même des moments où je ne supporte pas qu'il me touche. Je n'ai plus d'érection, alors l'autre jour il m'a fait avaler une petite pilule bleue, du Viagra, tu te rends compte, à mon âge ? Je suis une pute, voilà ce que je suis, ou plus exactement ce que je pense être devenu.

Siham essaya de dédramatiser. En le caressant elle découvrit que son sexe ne se levait pas.

— T'as pas envie ?

— Non, ce n'est pas une question d'envie, mais je suis troublé, je ne bande pas !

— C'est passager, c'est le stress, t'en fais pas pour moi, je sais que tu es un homme, j'adore quand tu me fais l'amour, mets un peu d'ordre dans ta tête et sois clair avec toi-même, c'est ce qui compte.

— Il faut que j'aille voir un médecin.

— Si nous étions à Tanger, je t'aurais emmené voir El Haj Mbarek, il est fort, peut-être que tu es bloqué, une femme t'en veut et t'a enchaîné !

— Arrête tes conneries, tu sais bien que ça n'existe pas.

Tard le soir, Azel prit le train et s'endormit comme une souche dans le compartiment.

19

Kenza

Trois mois plus tard, Kenza débarqua à Barcelone comme une vraie princesse. Accueillie à l'aéroport par Miguel caché derrière un immense bouquet de roses, elle avait les mains et les pieds décorés par le henné. Elle était émue, faillit tomber en trébuchant. Miguel l'installa dans la chambre d'amis. Dans ses bagages Kenza apportait une caisse de nourriture préparée par Lalla Zohra. Azel était gêné, essayait de sourire, de dire qu'il était content. Le Maroc débarquait en Espagne avec des tajines de poulet aux olives et citron confit, des pastillas de caille, des cornes de gazelle, des gâteaux au miel pour le ramadan, des épices, de la menthe séchée, de la coriandre moulue, de l'encens et un dossier à remplir sur lequel était écrit en gros LALLA ZOHRA.

Azel ferma les yeux. Miguel le surveillait du coin de l'œil.

— Pardonne-moi, Miguel, je vais au marché acheter un kilo de patience.

— Et dans quel marché ça se trouve?

— Chez les Jésuites !

— Ça alors. Je n'en aurais pas eu l'idée. Ne rentre pas trop tard, surtout.

Kenza s'adapta assez vite. Elle parlait espagnol, ce qui l'aidait dans sa recherche de travail. Elle voulait trouver un emploi dans le social, servir par exemple d'intermédiaire entre les immigrés et l'administration. Elle était décidée à se débrouiller toute seule. Il n'était pas question d'être une nouvelle charge pour Miguel. Il lui avait donné quelques lettres de recommandation et avait aussi passé des coups de fil. Au bout d'un mois elle était engagée par les services de la Cruz Roja.

Discrète, elle voulut aussi aider Carmen à la cuisine, mais celle-ci, pour marquer son mécontentement, refusa net. Miguel appelait Kenza « l'épouse fantôme », il eut pour elle une sympathie immédiate, il aimait son énergie, sa détermination à s'en sortir et aussi son esprit ouvert. Il disait en l'observant agir : tu es le Maroc de demain, ce sont les femmes qui feront bouger ce pays, elles sont formidables, j'avoue même avoir un faible pour les femmes de ta génération, elles me plaisent et je leur fais confiance.

Azel était de plus en plus tendu, et évitait de se retrouver seul avec sa sœur. Miguel l'envoya à Madrid remplacer à la galerie le responsable qui venait de tomber malade. Il apprit rapidement qu'elle n'était pas ouverte tout le temps. Azel faisait la fête et ne se réveillait qu'en début d'après-midi. Miguel savait qu'il était inutile de lui parler. Il était de plus en plus têtu et surtout très mal dans sa peau. Miguel en concevait de la peine. Il se confia à un vieil ami qui fut très clair :

— Ton ami Azel n'est pas fait pour cette vie, tu l'aurais mis à travailler comme manœuvre sur un chantier, je suis sûr qu'il serait heureux, car il aurait été un immigré comme des milliers de ses compatriotes. Là, tu lui offres une vie de pacha, de l'argent à gogo, tout est facile, et par-dessus le marché il n'est même pas homo ! Sa famille a rencontré son Père Noël. Tu seras très vite envahi, mon cher. Après le fils et la fille, tu auras la mère et la grand-mère si elle existe. Dès qu'ils trouvent une bonne poire, ils ne se gênent plus !

— Mais tu es raciste !

— Non, c'est de l'expérience. Te souviens-tu d'Ahmed, le beau, le sublime Ahmed ? Il m'a fait souffrir, il m'a dépouillé, il a profité de la situation de manière éhontée. C'est simple, il a compris qu'avec son sexe il pouvait tout obtenir. Devant lui j'étais faible, incapable de lui refuser quoi que ce soit. Il est parti avec beaucoup d'argent. Il me faisait chanter, il voulait aller tout raconter à mes deux enfants avec lesquels j'entretiens des relations délicates, difficiles, et que leur mère encourage à me rejeter. Pour éviter le scandale, j'ai fermé ma gueule. Résultat : il m'a volé tout ce qu'il a trouvé. Tu sais ce qu'il est devenu ? Un escroc international, spécialisé dans les vieux, on m'a dit qu'il s'est installé à Majorque parce que c'est là que viennent les riches homos allemands. C'est une salope, un prostitué de haut vol. Si je le retrouve, je suis capable de le massacrer.

— Je sais, il a fait une fortune avec son système gérontophile. Un jour ou l'autre il tombera sur un os, une lame rouillée qui lui déchirera les tripes.

— Tu dis ça pour me consoler, mais il est fort, il dit même qu'il est croyant, prétend faire le ramadan ; on m'a dit qu'il est en fuite, recherché par plusieurs polices. Il aurait provoqué la mort d'un grand avocat américain en lui faisant avaler une pilule contre-indiquée dans les maladies cardiaques. Un de ses fils a demandé à la police de Majorque de faire une enquête, persuadé que son père avait été assassiné. Ahmed en est tout à fait capable, un jour, alors qu'on se disputait pour des histoires d'argent, il m'a menacé en me parlant de cette pilule, justement. C'est un sale gosse, j'espère qu'il payera un jour. C'est le genre à terminer sa vie une balle dans la nuque, jeté entre deux voitures sur un parking.

— Azel n'est pas comme ça. Il est simplement paumé, il a honte d'être à ma charge, surtout depuis que sa sœur est là et qu'elle travaille.

— Quand on dépasse la soixantaine, mon cher, la séduction devient problématique.

— Ah ! La vie est belle !

— Oh oui, mon cher ! Très belle !

20

Moha

Moha, le vieux Moha, Moha le fou, Moha le sage, sortit de son arbre, les cheveux hirsutes, la voix grave, l'œil vif, et se précipita à Casabarata dans un café où se font les tractations entre passeurs et clandestins.

À l'origine, Casabarata était un bidonville, mais, avec le temps, l'endroit s'était transformé en marché pour les pauvres. On y trouvait de tout, aussi bien de vieilles chaussures trouées que des appareils de télévision. On y vendait tout ce qu'on pouvait imaginer. Progressivement, les produits chinois, des marchandises de contrefaçon, avaient tout envahi. Mais ce qui intéressait Moha à Casabarata, c'était les hommes qui buvaient du thé en fumant quelques pipes de kif.

Il s'empara d'un journal posé sur la table, demanda un briquet au garçon, regarda fixement deux hommes à l'air hébété à force d'avoir fumé, agita le journal puis le brûla.

Moi aussi je brûle, je brûle comme ce journal

qui ne raconte pas la vérité, il dit que tout va bien, que le gouvernement fait tout ce qu'il peut pour donner du travail aux jeunes, il dit que ceux qui brûlent le détroit sont des égarés, des désespérés, oui, il y a de quoi être vidé de tout espoir, mais la vie, elle passe et nous laisse sur le bord, le bord de quoi, allez savoir, je ne vous le dirai pas, la vie, mais quelle vie, celle qui nous écrase, celle qui nous déchire ? Tenez, ramassez les cendres des nouvelles que j'ai brûlées, il y en a plein, de fausses nouvelles, comme cette jeune femme qui écrit au courrier « cœur sur cœur », pied à pied, mon pied ton pied, pour demander si elle doit laisser son mari l'embrasser sur les lèvres inférieures ? Une autre demande si notre religion autorise à prendre dans la bouche le pénis du mari, mais c'est quoi cette folie ? Il paraît que ces lettres n'existent pas, il y aurait un type bourré d'imagination qui les écrit et les envoie au journal. Depuis, ce quotidien de gauche a fait fortune, c'est fou ce que les gens ont envie de savoir comment les autres se débrouillent avec leur sexe, bon, je ne suis pas venu pour faire de la morale, si une femme veut se donner à son mari, qu'elle le fasse et qu'elle n'aille pas le claironner dans les journaux. Alors ainsi vous voulez déguerpir, partir, quitter le pays, aller chez les Européens, mais ils ne vous attendent pas, ou plutôt ils vous attendent avec des chiens, des bergers allemands, des menottes, et un coup de pied dans le derrière, vous croyez que là-bas il y a du travail, du confort, de la beauté et de la grâce, mais mes pauvres amis, il y a de la tristesse, de la solitude, de la grisaille, il y a aussi de l'argent, mais pas pour ceux qui viennent sans être invités. Bon, vous savez de quoi je parle, combien de gars sont partis et se sont noyés? Combien de gars sont partis et ont été renvoyés? Combien de gars ont disparu dans la nature, on ne sait même pas s'ils existent encore, leurs familles n'ont pas de nouvelles, mais moi je sais où ils se trouvent, ils sont là, dans ma capuche, ils sont entassés les uns sur les autres, tapis comme des voleurs, et attendent la lumière pour sortir, c'est pas une vie. Hé, toi! le gros avec le bonnet qui cache son front et ses sourcils, tu te crois malin, tu empoches l'argent et tu les envoies à la mort, un jour tu seras bouffé par tous ces noyés, ils viendront te trouver dans ton lit et te mangeront le foie, le cœur et les couilles, tu verras, demande où est passé Sif, oui, celui qui se faisait appeler « sabre » parce qu'il maniait le sabre comme un revolver, il a été égorgé par des morts, oui, des centaines de cadavres se sont présentés à lui et lui ont demandé des comptes, il a sorti son sabre qui a fondu sous les regards vitreux des morts et il s'est collé au mur où des mains aussi tranchantes qu'un couteau de boucher l'ont déchiqueté. Partir, oui, moi aussi j'ai envie de m'en aller, tiens, je vais faire le voyage dans l'autre sens, je vais brûler le désert, je vais traverser le Sahara comme le vent, vite, rapide, invisible, je passerai entre les dunes, il n'y aura pas de traces, pas d'odeur, Moha passera par là et personne ne le verra, mais où vas-tu, Moha ? Je vais en Afrique, la terre de nos ancêtres, l'Afrique est immense, les gens ont le temps de regarder la vie même si la vie n'est pas généreuse avec eux, mais ils prennent le temps de faire des choses gratuites, l'Afrique, maudite par le ciel, l'Afrique pillée par des Noirs en cravate, par des Blancs en cravate, par des singes en smoking, par des gens parfois même totalement invisibles, mais les Africains le savent, ils n'attendent pas qu'on leur explique ce qui se passe, je parle de l'Afrique parce que des gens de là-bas ont marché des jours et des nuits pour arriver jusqu'ici, à Tanger, on leur a dit à Tanger c'est déjà l'Europe, vous sentez l'Europe, vous voyez l'Europe et ses lumières, vous touchez l'Europe des doigts, elle sent bon, elle vous attend, il suffit de traverser quatorze petits kilomètres et vous y êtes mieux encore, allez à Ceuta et vous êtes déjà en Europe, oui Ceuta et Melilla sont des villes européennes, il suffit d'escalader une barrière en fils barbelés, la Guardia Civil ne peut pas tout contrôler, il lui arrive de tirer dans le tas, alors mourir dans les eaux glacées du détroit ou sur le bitume de la frontière, vous avez le choix, mes amis, l'Afrique est là et les gars ont cru que l'Europe avait sa frontière à Tanger, dans le port, dans le Socco Chico, là dans ce café misérable, ils arrivent comme des ombres vacillantes, des hommes d'incertitude, des hommes vidés de leur substance, ils traînent dans les rues, dorment dans les cimetières, mangent les chats, oui, c'est la rumeur qui le dit, je crois la rumeur, c'est une méchanceté gratuite, les Africains perdent un peu plus leur âme, nous autres Arabes blancs, disons à la peau mate, brune, marron, nous nous sentons supérieurs, bêtement supérieurs, en eux nous croyons avoir trouvé enfin des hommes à mépriser, notre racisme avait besoin de s'exercer, on maltraitait déjà les pauvres, mais quand les pauvres sont des Africains à la peau noire, on ne se sent plus, on se croit autorisés à les regarder de haut, on fait comme certains hommes politiques européens, ils vous regardent de haut, et en fait ils ne vous regardent même pas, tiens, le voilà le grand manitou, le super-flic qui n'arrête pas les passeurs, on se demande pourquoi il les laisse tranquilles, ah, ce n'est pas un mystère, mais là je m'arrête, je ne dis plus rien, je me tais, je ferme ma bouche, si vous entendez des paroles, c'est qu'elles sortent toutes seules, elles prennent le large, elles se libèrent, elles disent la vérité, bon, donne-moi un verre d'eau, la petite Malika a besoin de moi, elle tousse, elle est malade, à force de décortiquer les crevettes dans le froid elle a attrapé une pneumonie, il faut lui trouver des médicaments, ses parents n'ont pas de quoi les acheter, je vais faire une collecte, il faut la sauver, c'est une belle jeune fille qui mérite de vivre, de rire, de danser, d'aller sur les cimes des montagnes et de parler aux étoiles...

Partir, partir ! Partir n'importe comment, à n'importe quel prix, se noyer, flotter sur l'eau, le ventre gonflé, le visage mangé par le sel, les yeux perdus... Partir ! C'est tout ce que vous avez trouvé comme solution. Regardez la mer : elle est belle dans sa robe étincelante, avec ses parfums subtils, mais la mer vous avale puis vous rejette en morceaux...

Je vous laisse, Malika m'attend.

21

Azel

Carmen n'était pas contente. Son Miguel perdait la tête. Ce mariage avec la sœur du parasite, comme elle l'appelait, la mettait hors d'elle. Elle voyait bien que son protégé était manipulé, exploité, qu'il se laissait faire, ne supportait aucune critique. Après avoir demandé conseil à María, une vieille gitane voyante et jeteuse de sorts, elle rentra chez elle bien décidée à mettre fin à cette situation. Elle fit brûler de l'encens et disposa des clous de girofle dans des endroits précis de la maison. D'après María, l'effet de cette mise en scène prendrait quelque temps. Il suffisait d'attendre et de prier.

Miguel détestait l'odeur des clous de girofle, ça lui rappelait trop le dentiste. Il demanda d'abord à Kenza si c'était elle qui utilisait ce parfum, les paysans de l'Atlas en étaient fous. Kenza en resta interloquée et chercha à son tour d'où venait l'odeur. Elle suspecta Carmen qui lui jetait depuis toujours des regards méchants mais ne dit rien. Elle aurait très bien pu profiter

de sa position de femme de Miguel et de maîtresse de maison, mais elle préféra n'en rien
faire. Il lui fallait avant tout apaiser la situation.
Cette maison était en train de se transformer en
un théâtre où se jouait une mauvaise pièce.

Kenza prit la décision d'aller habiter dans une
chambre de la Cruz Roja et d'essayer de
convaincre son frère de changer de comportement. Elle attendait encore sa carte de séjour et
de travail, qui lui permettrait enfin d'être tout à
fait à l'aise en Espagne, mais elle savait que le
vrai problème était Azel, qu'elle voyait de moins
en moins et sur lequel elle n'avait pas prise. Elle
était gênée de parler de sexualité avec son frère,
cela ne se faisait pas dans les familles marocaines ; elle savait tout ce qui se passait mais
avec quels mots dire les choses ? Azel niait avant
même qu'elle ait abordé la question ; il s'enflam-
mait, criait : mais quoi, pour qui me prends-tu ?
Je ne suis pas une paillasse, je ne suis pas un
mendiant, Miguel est un ami, un prophète
envoyé par Dieu pour sauver une famille, c'est
un homme généreux, pourquoi insinues-tu que
cette générosité est minée par l'intérêt, mais
enfin, tu ne connais rien de ma vie, ma vraie vie,
tu juges, tu t'inquiètes, mais sais-tu seulement si
je suis heureux, si je vis bien, si mon moral est
bon, si j'ai envie de me flinguer, de disparaître,
de ne plus exister, pose-toi ces questions, et
cesse de penser que je ne suis là que pour des
choses inavouables, tu me soupçonnes, tu te

soucies davantage de toi, de ta réputation que de ta propre survie, oui, je fais des efforts pour vivre, pour trouver un goût aux choses, je ne suis pas un héros ni un monstre, je suis un homme pris au piège de ses faiblesses, j'aime l'argent, j'aime la vie facile, je me rends compte à présent que ça se paye, et je ne t'en dirai pas le prix et encore moins comment je le paye !

J'aurais pu suivre un itinéraire normal, trouver un boulot après mes études, un travail honorable, quelque chose qui me procure un statut, qui me rassure et me donne envie d'aller loin, j'aurais pu faire des choses merveilleuses, être droit, garder ma fantaisie tout en étant dans le réel, efficace et utile, non, j'ai été cassé, je ne suis pas le seul, nous sommes nombreux à être jeunes avec un avenir bouché, pourri, rien à l'horizon, tu te rends compte, se lever tous les matins pour revivre les mêmes choses que la veille, vivre dans la répétition, dans le retour merdique des mêmes choses, et on te demande de garder le moral, de ne pas te laisser aller aux tentations, de ne pas accepter une main tendue parce que derrière cette main il y a autre chose, et justement quelque chose d'inavouable. Aller tous les matins au même café et voir les mêmes gens, entendre les mêmes commentaires sur ce qu'ils ont vu la veille à la télé, entendre deux diplômés se disputer pour savoir si le moteur de telle Mercedes est plus fiable que celui de telle BMW, si le prix du terrain à Tanger va monter ou descendre, si l'été sera chaud et humide, si l'Espagne va fermer ses frontières aux *Moros*, boire le même café au lait et fumer des cigarettes américaines achetées en contrebande, sentir que le temps ne passe pas, le temps traîne, devient paresseux, les heures mettent un temps fou à traverser l'air, on est là, on regarde ailleurs, on dit n'importe quoi, on fait semblant d'être intéressé, on a envie de tout envoyer bouler, de donner un coup de pied dans la table, de renverser le café au lait sur la chemise blanche de celui qui sait tout et qui parle tout le temps, alors on joue aux cartes, aux dominos, on oublie le temps qui s'incruste en nous comme une sangsue, il nous pompe l'énergie, mais nous n'avons que faire de cette énergie qui nous fait tourner en bourrique, alors on parle des femmes, celles qui existent et celles qu'on invente, on parle de leur cul, de leurs seins, on se défoule, et on n'est pas fier, non, je ne suis pas fier... avec tout ça il faut bien se tenir, tenir son rang, être présentable, mais ma chère grande sœur, la pauvreté ne te permet pas de tenir ton rang, elle te cloue sur place, là, sur une chaise bancale, t'as pas le droit de te lever, d'aller voir ailleurs si le ciel est plus clément, non, la pauvreté est une malédiction, je suis pas le seul à en souffrir, toi aussi tu en es victime, tu mérites mieux que cette combine, un mariage blanc pour avoir des papiers, pour effacer notre misère, notre amertume, oui, je ne suis pas le seul, va voir ce qui se passe au Mexique,

185

oui, à la frontière du Mexique et de l'Amérique, des gens se faufilent, prennent des risques, quittent leur terre pour aller tenter leur chance dans le pays où l'argent est roi, partout les gens ont envie de s'arracher, de partir comme si c'était une épidémie, une maladie qu'il faut fuir, oui, la pauvreté est une maladie, va voir les Africaines qui se prostituent pour quelques billets, va voir les Marocains qui traficotent comme des nuls, un jour ils se feront choper, ils diront que les Espagnols sont racistes, qu'ils n'aiment pas *los Moros*, c'est ça, quand on n'a plus d'argument il reste toujours le racisme, oui, nous sommes des *Moros* et nous ne sommes pas aimables, on a perdu notre dignité, ah ! si tu voyais, ma sœur, ce qui se passe dans les bas-fonds de cette ville, dans l'arrière-pays de ce pays, tu n'en croirais pas tes yeux ! Si tu voyais comment on traite *las espaldas mojadas*, c'est comme ça qu'on nous appelle, nous qui avons réussi à passer entre les mailles du filet, ils ont raison, ça se voit qu'on a les épaules mouillées, nous sortons à peine de l'eau, l'eau de la mer ne s'en va pas, elle ne sèche pas, elle reste sur nos habits, sur notre peau ; des *espaldas mojadas*, voilà ce que nous sommes, avant, bien avant, on traitait les Italiens de ritals, les Espagnols d'espingouins ou de youpins, je ne sais plus, et nous, ça n'a pas changé, nous sommes *los Moros*, les Zarabes, des Zarabes aux épaules mouillées, nous surgissons de la mer comme des monstres ou des fantômes ! À présent je me tire !

Le soir, Miguel appela Kenza.

— Je suis inquiet, Azel est introuvable, son téléphone est éteint, je crains qu'il ne lui soit arrivé quelque chose.

Ce n'était apparemment pas le moment de parler à Miguel de la proposition de Carlos, un ami qu'elle avait rencontré chez lui et qui lui avait suggéré de venir, un ou deux soirs par semaine, danser dans son restaurant et se faire ainsi un peu d'argent. Elle essaya donc de le rassurer autant qu'elle put mais elle savait que c'était peine perdue, son frère ne supportait plus la situation. Elle était vraiment en souci, Azel était tout à fait capable de s'embarquer dans des combines dangereuses juste pour se prouver qu'il était encore lui-même. Elle savait qu'il fréquentait depuis quelque temps une bande de Marocains oisifs qui vivaient de petits trafics. Même s'il n'aimait pas leur façon de vivre, il allait souvent les rejoindre et se coulait dans leur moule comme s'il avait besoin de retrouver un instant la misère qu'il avait quittée. Parmi eux, il y avait un certain Abbas, sans papiers, sans domicile connu, sans travail, qui se vantait de « niquer » tout le monde, la Guardia Civil, les services de sécurité, l'office de l'immigration, les indicateurs, les flics en civil, le consulat du Maroc, l'Espagne des socialistes et des non-socialistes...

Après un moment de silence, Kenza parla de Carlos.

— Mais c'est une excellente idée, ma chérie, d'autant que c'est un restaurant très bien fréquenté, pas une boîte de nuit. Fais-le, je serai au premier rang, tu danses divinement bien...

22

Abbas

Abbas était intarissable sur les comptes qu'il
prétendait régler avec ce pays. Petit de taille, la
peau mate, les yeux vifs mais souvent rouges à
cause de tout ce qu'il prenait, il était arrivé en
Espagne encore adolescent, caché dans un
camion de marchandises. Il avait failli mourir
étouffé pendant le trajet. Il en retirait d'ailleurs
une certaine fierté et surtout gardait une ran-
cune maladive contre l'Espagne qui l'avait
expulsé une première fois, puis arrêté et remis
aux autorités marocaines lors d'une deuxième
tentative d'immigration clandestine.

Je les connais, les Spanioulis, des pauvres qui
sont devenus riches et ont oublié qu'ils ont été
pauvres, je me souviens, mon père me racontait
que les Spanioulis venaient chez nous comme
des mendiants, ils étaient mal habillés,
balayaient les rues, coupaient les cheveux, con-
duisaient nos bus, ils étaient pires que nous,
nous, on n'avait rien mais on était chez nous,
mais eux prétendaient être mieux que nous, tu

te rends compte, Spania, le pays des pantalons rapiécés, des cols de chemise élimés, de l'eau de toilette qui pue, au Maroc, ils vivaient comme des rois, ils se croyaient supérieurs, mon père me disait qu'à l'indépendance du Maroc ils avaient eu la trouille de leur vie, ils pensaient qu'on leur ferait comme en Algérie, dans notre village ils ont eu tellement peur qu'ils se sont réfugiés dans l'église. C'est là seulement qu'ils ont pu voir qu'on était des gens bien finalement, qu'on les massacrerait pas. Des années plus tard, j'ai voulu leur rendre la politesse, je veux dire aller chez eux, je me suis pointé au consulat, j'ai fait la queue durant des heures sous le soleil, rempli un dossier aussi indiscret que si j'étais un criminel recherché, eh bien, après tout ça : *walou*, pas de visa, pas de toi chez nous. Alors, là, je me suis énervé, j'ai juré d'entrer dans leur pays sans aucun papier, anonyme, comme Superman, j'allais pas sauter en parachute, mais j'avais ma petite idée, je me suis dit, l'Europe les a gâtés, elle leur a filé plein de blé, ils sont même devenus démocratiques, ça, c'est grâce à Juan Carlos, celui-là je l'aime bien, je suis sûr que si je m'adressais directement à lui, j'aurais aucun problème, c'est lui qui a mis la démocratie dans la tête des Spanioulis, il est doué, il y a aussi Felipe, je lui ai même servi une fois un thé à la menthe, quand je travaillais au Café de Paris, oui, j'y étais cireur officiel, j'avais ma boîte de cirage, ma blouse bleue, mais un jour il n'y avait plus de chaussures en cuir, plus de boulot, j'ai changé de blouse et suis devenu serveur, pas terrible, c'est après ça que j'ai pris le bateau, j'ai pas payé la traversée, je me suis faufilé comme si j'étais marin, arrivé à Algésiras, ils m'ont accueilli avec des armes, mains en l'air et tout le tralala, c'est incroyable, j'étais devenu important, j'ai dit, du calme, j'ai pas d'armes, pas de papiers, j'ai même pas d'argent sur moi pour vous amadouer, ils m'ont remis au commandant du bateau, un fils d'adultère, il m'a emprisonné et m'a oublié dans la cale durant trois jours et trois nuits avec juste une bouteille d'eau du robinet, même pas minérale, le radin, je hurlais, tapais des pieds et des mains contre la porte, j'étais affamé, réduit à l'état d'animal traqué, le salaud, quand il m'a revu, il m'a dit « non, je ne t'ai pas oublié, je t'ai laissé mariner dans ton jus pour que plus jamais tu ne rêves d'Espagne », il devait pas être spaniouli à cent pour cent, il devait avoir du sang arabe, sûr qu'il avait quelque chose de chez nous, parce que sa gueule n'était pas blanche, il ressemblait au général Oufkir, en tout cas, pour être aussi méchant il devait pas être très bien dans sa peau, peut-être qu'il n'aimait pas sa gueule, c'est pour ça qu'il se vengeait, j'étais son prisonnier ; une nuit, alors que le bateau accostait au port d'Algésiras, un marin me libéra. Il me dit en refrain « file et bonne chance ». Enfin mainte-nant que je suis là je bouge plus, je les connais, les Spanioulis, ils n'ont pas avalé les siècles d'or et d'argent des Arabes en Andalousie, ils se disent, c'est pas possible, des *Moros* ont occupé le sud de notre pays, *los Moros* et *los judíos, lyahoud*, tous dehors, sinon on les brûle, je veux pas dire qu'aujourd'hui on revient, mais ils n'aiment pas nous revoir rôder autour de leurs frontières, c'est instinctif chez eux, dès qu'ils voient un *Moro*, ils se méfient, ils voient *una mala pata*, *una cosa negra*, ils sont superstitieux, ils ont intérêt à faire gaffe parce qu'on n'est pas commodes, moi, je sais de quoi je parle, les Spanioulis sont méfiants mais encore très naïfs, tu vois, tous ces musulmans qui s'installent, pour certains ils pensent reconquérir ce que leurs ancêtres ont perdu, moi je crois que c'est exagéré, y a rien à reconquérir, mais y a des cassettes qui circulent et parlent de ça, je suis pas sûr que ça va pas péter un jour, le pays va vite, l'Europe le tire vers le haut et l'éloigne de nous, avant on pensait qu'on était proches, je veux dire que nous étions voisins, quatorze kilomètres, quatorze petits kilomètres, quatorze malheureux kilomètres nous séparaient, en vérité il y a des milliers de kilomètres entre eux et nous, pour eux Marocains veut dire musulmans, ils se souviennent de ce que disait l'Église des musulmans, rien de très bon il faut dire, alors nous sommes musulmans, pauvres, sans papiers, donc dangereux, on a beau leur dire que de plus en plus de chrétiens se convertissent à l'islam, ils ont chaque jour plus peur... je les connais, je sais ce qu'ils pensent et je les comprends, on n'est pas des cadeaux, tu vois tous ces gars qui n'ont pas de travail, qui rôdent dans les gares, sur les grandes places, qui ont transformé le Barrio Chino en souk, qui ont fait du Barrio Gótico une médina sale, ils n'ont rien à faire, ils attendent, bricolent, d'ailleurs j'en fais partie, mais moi, je suis plus malin, je glisse entre les mailles du filet, et le filet, quand je le sens venir, je prends la fuite et puis plus rien, je dors dans la mosquée et je disparais... Faut faire gaffe, j'ai pas du tout envie de retourner au bled, pas envie, je fais des petits boulots, je mange bien, je bois bien, je fume un peu, et la vie est belle, oui, très belle ! N'est-ce pas, Azz El Arab ? T'as pas trouvé ton bonheur dans ce pays ? T'as l'air coincé, qu'est-ce qui t'arrive ? T'es pas content de niquer le vieux ? Pourtant il te file plein de pognon, tu devrais être satisfait, moi j'ai essayé, mais je suis tombé sur un radin, alors j'ai tout de suite débandé, je l'ai laissé le cul en l'air, j'ai piqué sa montre, une vraie Rolex or et argent, et je l'ai revendue à un Arabe de passage, ça m'a fait vivre deux mois, après le vieux radin n'osait pas s'approcher de mon quartier général, c'est un mec de la politique, il avait peur pour sa réputation, en plus il est marié et a des enfants... Tu sais, tu devrais pas te fâcher, prends la vie comme elle vient, fais ta place dans ce pays et va de l'avant, surtout pas de regrets ou de remords, fais comme moi, je vole, je trafique, rien de grave, je vais pas vendre de la drogue à la sortie des lycées, non, ça c'est dégueulasse, là, je leur vends des téléphones portables avec des puces trafiquées, ils téléphonent et sans payer, c'est pas mal, non! Ça marche un temps, et puis le téléphone se détraque, et je suis là pour le leur remplacer, je vends aussi des cartes pour regarder toutes les chaînes de télé du monde, pour rien t'as la planète entière à ta portée, il suffit d'avoir un décodeur, plus besoin de s'abonner et de payer un max, non, grâce aux cartes piratées, je vis très bien, remarque, celui qui fait le boulot, c'est pas moi, je suis incapable de trouver les codes sur Internet, non, c'est un Pakistanais champion du piratage qui fait ça pour moi, il me dit c'est notre revanche, car on n'est pas plus bêtes qu'eux, être pauvre, ça veut pas dire être stupide, je l'aime bien, il est travailleur et discret, quand je me rappelle ma vie là-bas dans le bled, je suis pas mécontent d'être ici, même si c'est pas le paradis, au pays, faudrait plus qu'on se raconte des bobards du genre, l'Espagne c'est le rêve, le paradis sur terre, l'argent facile, les filles qui tombent, la sécurité sociale, etc., etc., mais je crois qu'au fond les gens savent la vérité, ils regardent la télé, ils voient bien comment nous sommes reçus ici, ils voient bien que ce n'est pas le paradis, mais au fait il se trouve où, le paradis sur cette terre? Tu sais, toi? Moi, je sais, le paradis c'est lorsque je me retrouve dans mon lit, seul, que je fume un joint, et que je pense à ce que je serais devenu si j'étais encore au bled, et puis je bois un verre ou deux et je me laisse emporter par le sommeil, content, paisible, heureux, pas trop exigeant, je dors et je fais plein de rêves en couleurs, en arabe et en espagnol, avec des poissons bigarrés qui dansent dans ma tête, et une musique jouée par la plus belle femme du monde, ma mère.

Pendant qu'il faisait son discours, un homme, assis sur une natte au fond de la boutique minuscule, toussa à plusieurs reprises. Azel se renseigna sur lui.

— C'est Hamou, un gars qui a brûlé une partie de la mer dans une barque et une autre à la nage. Il a attrapé une pneumonie ou quelque chose comme ça ; il tousse, crache des saloperies, faut lui trouver un médecin qui le dénonce pas à la police, ton ami, il doit pouvoir arranger ça, non ?

Azel ne voulait pas mêler Miguel à cette histoire.

— Je pourrais ramasser un peu d'argent pour lui acheter des médicaments...

— Non, laisse tomber, je crois que les Frères vont s'en occuper. Ils aiment venir en aide dans ce genre de situations.

Azel comprit que les « Frères » étaient des islamistes. Il ne fit pas de commentaire mais Abbas vit bien qu'Azel avait fait la moue.

— Bon, je sais, les Frères ne font rien gratuitement, ils vont rappliquer et demander qu'on leur rende des services, jusqu'à présent je ne voulais pas de leur aide, c'est pour ça que je t'ai parlé de ton ami, mais si c'est impossible, je vais être obligé d'accepter leur offre ; ils ont parmi eux des médecins, des avocats, des gens friqués, ils sont bien organisés, je savais pas que les musulmans pouvaient être aussi bien organisés.

— Tu es vraiment raciste !

— On ne peut pas être raciste contre son propre camp ; c'est pas du racisme, c'est de la lucidité. J'ai pas fait d'études, je me débrouille, l'école de la vie m'a appris plein de choses, par exemple : si on veut avancer, il faut accepter d'entendre des choses pas très agréables sur sa propre communauté ; attention, je parle comme ça devant toi, devant les Spanioulis, par contre, je suis plus arabe que Kadhafi.

— Parce que tu penses que Kadhafi est une référence ?

— Non, je crois qu'il nous fait du tort, mais il est des nôtres.

— Non, il n'est pas des nôtres. Tu savais qu'il est milliardaire en dollars ?

— Et alors ? Moi, je suis pauvre en euros !

Abbas riait en tapant Azel dans le dos.

— T'as fait des études, toi !

— Oui, mais ça m'a servi à rien.

— Franchement, moi qui suis une grande

gueule, eh bien, tu sais, ça m'arrive de pleurer, tout seul dans mon cagibi, oui, de temps en temps je verse des chaudes larmes sur ma vie, sur ma condition ; ma mère me manque terriblement, je lui parle au téléphone, mais je peux pas aller la voir, j'ai plus aucun papier, ni passeport marocain, ni carte nationale, ni carte de séjour, si je pars d'ici, je m'en irai avec des menottes et un grand coup de pied au cul. Tu crois que c'est une vie ? Je suis le champion toutes catégories de la clandestinité, je me fais aussi noir que la nuit pour qu'on ne me voie pas, je me fais aussi gris que l'aube et la brume pour passer inaperçu, j'évite les endroits déserts, je me tiens tout le temps prêt à courir, j'ai repéré toutes les entrées des églises du coin, comme ça ni une ni deux hop dans les bras du curé, ils peuvent pas me déloger, ça m'est déjà arrivé, c'était Noël, ils ont abandonné les recherches et j'ai passé les fêtes avec les prêtres, ils vivent bien, j'ai même fait des prières, je m'adapte, toujours, un vrai champion de l'adapte ! Ils voulaient que je travaille avec eux, sous-entendu que je devienne chrétien, mais ça, jamais, je suis pas un bon musulman, je bois, je fais pas toujours le bien, je ne prie pas, mais changer de religion par intérêt, pas question, j'ai des principes, quand même.

Azel l'invita à boire. Il lui dit qu'à eux deux ils pourraient tout à fait monter une affaire.

Abbas ne prenait pas Azel au sérieux ; il

l'aimait bien, mais le considérait comme quelqu'un de déjà arrivé.

Azel enviait la facilité qu'avait Abbas pour parler de sa vie, dire ses problèmes, ses difficultés, se confier, lui, il n'osait pas. Quelque chose dans cette boutique où tout était illégal et risqué l'attirait. L'endroit appartenait à un autre Marocain recherché pour trafic de haschisch et Abbas l'occupait en attendant son retour. La police, quant à elle, laissait faire, espérant trouver des indices qui la conduiraient au fugitif. Les téléphones portables venaient pour la plupart de la contrebande. Abbas, pour s'en sortir, jouait sur plusieurs tableaux et parvenait même à corrompre quelques indicateurs qui le protégeaient. Azel, à vrai dire, n'avait rien à faire dans cette boutique, il aimait pourtant y passer du temps, surtout quand il déprimait. Dans ces moments, il se négligeait, ne se rasait pas et fumait trop.

23

Nâzim

Ses parents l'avaient appelé Nâzim en
mémoire du poète turc Nâzim Hikmet. Grand de
taille, brun, les yeux clairs, arborant une épaisse
moustache, il travaillait comme serveur dans un
restaurant dit oriental où Kenza mangeait de
temps en temps avec ses amies de la Cruz Roja.
Le restaurant Kebab appartenait à un vague cousin kurde installé à Barcelone depuis une dizaine
d'années. Nâzim avait quitté son pays dans des
conditions obscures, tantôt il disait que c'était
pour des raisons politiques, tantôt pour des raisons familiales. Il brouillait les pistes. Avec son
sourire et ses beaux yeux, Kenza était sous le
charme. Ses amies la taquinaient, elle riait.

En sortant un soir de la Cruz Roja elle tomba
sur Nâzim. Il prétendit qu'il passait par là par
hasard. Il l'invita à boire un café, elle refusa, elle
devait aller danser au restaurant de Carlos. Il
insista, elle lui promit qu'elle reviendrait bientôt
le voir au Kebab, ils conviendraient alors d'un
rendez-vous.

Il la suivit. Quand il la vit entrer dans le restaurant, il fut persuadé qu'elle y était attendue. Il poussa la porte, faisant mine de chercher un ami avec lequel il aurait un rendez-vous. Le garçon le fit asseoir à une petite table au fond et lui dit :

— En attendant, profitez du spectacle ! Vous allez voir danser Estrella, la plus belle danseuse de l'Orient.

Une vingtaine de minutes plus tard apparut Kenza, maquillée, portant des voiles de plusieurs couleurs et dansant avec grâce et subtilité. Les clients l'applaudissaient, certains lui accrochaient des billets de banque autour de la ceinture. Elle, belle et souveraine, était concentrée tout entière sur le rythme et ses mouvements afin que chaque partie de son corps bouge le plus délicatement possible. Elle avait une façon inimitable de faire vibrer ses épaules en même temps que ses fesses sans faire un pas ; immobile, elle dansait encore, comme si tout le corps tremblait. Nâzim eut du mal à la reconnaître. Son spectacle dura un bon quart d'heure, avant qu'elle soit remplacée par une Asiatique. Nâzim en profita pour s'éclipser.

Quand, tard dans la soirée, Miguel vit arriver Kenza, il ouvrit grands ses bras et la serra contre lui. Il était content de la revoir et surtout espérait reparler avec elle d'Azel, qui l'inquiétait de plus en plus.

— Je suis mille fois désolé, je voulais venir te voir danser mais j'ai eu une communication avec New York qui a duré longtemps. Mais te voilà, enfin. Je suis si heureux de te voir. Veux-tu te rafraîchir, prendre une douche? Après tout tu es chez toi!

Ils dînèrent au salon, seuls. Kenza but pour la première fois un verre de vin, un rioja 1995. Très bonne année, lui dit Miguel qui se mit à lui parler de sa passion pour le bon vin et lui expliqua les vertus de ce don de la nature. Kenza était tout ouïe, fascinée par ce savoir et surtout par la manière dont cet homme si fin parlait de quelque chose qu'elle assimilait encore étroitement au vice et à la débauche.

— Si je n'ai jamais touché au vin, c'est parce que chez nous, lui dit-elle, les hommes quand ils boivent exagèrent toujours et ne savent pas s'arrêter, ils boivent jusqu'à perdre l'équilibre et la raison. Chez nous, on ne goûte pas, on ne boit pas, on se saoule.

À vrai dire, elle ne savait que penser de ce verre de rioja. Elle gardait en bouche un goût étrange et aurait bien volontiers bu un deuxième verre. Elle était gaie, heureuse, et regrettait que Miguel fût à cette heure aussi préoccupé par le comportement de son frère.

Miguel se rappela brutalement qu'il était musulman :

— Tu sais, tu vas me dire que je suis un mauvais musulman parce que je bois du vin; figure-toi que je me suis bien renseigné sur cette affaire : il y a des interprétations contradictoires de certains versets à propos du vin. Je pense que l'islam n'accepte pas l'ivresse, parce que l'être perd de sa dignité et ne sait pas ce qu'il fait surtout s'il doit prier. Là, toutes les religions s'accordent : on ne s'adresse pas à Dieu quand on n'est pas maître de soi ; c'est normal. Je bois pour le plaisir, pas pour perdre l'équilibre, comme tu dis.

— As-tu remarqué que ceux-là mêmes qui se saoulent refusent de manger de la viande de porc, alors que le jambon ne fait pas de mal à l'équilibre ni à la dignité, ils le rejettent. C'est curieux, n'est-ce pas ?

— Attention, si on abuse du jambon, on finit par avoir du cholestérol, mais je doute que ce soit la véritable raison pour laquelle les musulmans qui boivent de l'alcool ne mangent pas de porc. Azel prétend même qu'il est allergique à cette viande. Quelle mauvaise foi !

Après le dîner, Miguel raccompagna Kenza chez elle ; il lui fit part des problèmes qu'il avait avec Azel et la galerie de Madrid. On venait de lui apprendre que, malgré son salaire et le remboursement de tous ses frais, il se permettait de piquer dans la caisse.

— Azel me prend pour Jean Genet, tu sais, l'écrivain français qui venait souvent à Tanger, homme rebelle, grand poète, homosexuel, qui avait fait de la prison pour vol ; il aimait être volé par ses amants, y trouvant une sorte de trahison qui le rassurait ou l'excitait, ça dépendait. C'est curieux, même si je suis sûr qu'Azel n'a pas lu Genet, il doit penser qu'il me fait plaisir en se conduisant comme un voyou.

Kenza était choquée qu'il le traite de « voyou ». Elle savait pourtant bien à quel point son frère manquait de correction, faisait n'importe quoi et décevait tout le monde. Elle essaya en vain de le joindre. Le même soir, elle reçut un appel de sa mère qui s'inquiétait elle aussi. Elle avait entendu à la radio que la police espagnole avait arrêté des Marocains soupçonnés d'appartenir à des organisations terroristes. Kenza fut étonnée par le rapprochement qu'avait fait sa mère, qui s'empressa de dissiper un possible malentendu. Son fils ne pouvait qu'être en dehors de ce genre de choses. Kenza voulait maintenant en avoir le cœur net, mais Azel était introuvable.

La nuit fut longue et blanche. Des images laides et angoissantes s'imprimaient de façon obsessionnelle dans sa tête. Du sang sur une chemise blanche, des têtes écrabouillées, des mains coupées, la police partout, des mots en arabe, d'autres en espagnol, des visages anonymes traversaient la nuit, les yeux d'Azel suppliaient un bourreau, une voix lisait des versets du Coran d'un ton nasillard, un chat noir sautait sur des corps d'enfants abandonnés, des ombres s'incrustaient dans le mur, et une grande agitation régnait tout autour.

Impossible de s'endormir. Elle prit une douche, s'habilla et sortit marcher dans la rue.

Barcelone au petit matin est une ville qui perd de son caractère métallique, elle est douce, large comme un rêve où tout se passe bien. Les maisons sont voilées. Les avenues nettoyées. Quelques lumières disparaissent dans la brume. La ville s'éveille. Elle retire sa robe et accueille les premiers passants. Les kiosques installent leurs tréteaux, les bistrots arrangent les tables sur le trottoir, des odeurs de café et de toasts grillés montent dans l'air. La ville doucement s'enroule dans les premières lueurs de la journée. Kenza ne pensait plus aux rêves désagréables de la nuit, elle avait un sentiment de bonheur discret. L'image de Nâzim s'imposa soudain à elle. Elle le voyait dans la foule. Elle souriait comme dans ces films américains où l'on voit un homme et une femme qui viennent de se rencontrer se jouer une belle romance, une de ces histoires qui n'existent qu'au cinéma. Elle était même persuadée qu'une caméra la filmait depuis qu'elle avait mis le pied dehors, elle se sentait si légère. Une voix lui disait : tu es quand même heureuse dans cette ville, tu as bien fait de forcer le destin et de quitter Tanger, la famille, les problèmes quotidiens, tu es belle et disponible, tu as de la chance d'avoir rencontré Miguel, c'est un homme de qualité, ne t'arrête surtout pas, continue ton chemin, tu es en paix avec toi-même, tu n'es ni responsable de ton frère ni coupable de ce qu'il pourrait commettre comme bêtise, Kenza, c'est moi qui te parle, je suis l'autre Kenza, celle qui t'a toujours poussée à aller de l'avant, celle qui t'a appris à lutter, à ne pas te résigner, celle qui a fait de toi une fille libre, n'écoute pas trop ta mère, elle va te manger, fais attention à toi, à ta vie, ne te laisse pas prendre dans le filet de la fatalité, lève la tête et regarde les oiseaux migrateurs qui se sont donné rendez-vous dans ce morceau du ciel de Barcelone, observe comment ils suivent le rythme du ballet qu'ils exécutent ce matin juste pour toi, pour tes yeux qui ont tant besoin de lumière, la vie est belle même si les imbéciles sont nombreux à précipiter le malheur, à le propager, tu es hors d'atteinte, tu es sauve, cours, vis et ris...

Elle s'installa à une table et commanda du café noir et des toasts ; un moment de plaisir, un moment de belle solitude. Puis le bruit de la ville commença à naître, suivi de l'agitation habituelle propre à cette heure de la journée. Il fallait maintenant penser à rejoindre la Cruz Roja.

Le soir, elle invita ses amies à dîner au Kebab. Elle chercha des yeux Nâzim. Il n'était pas là. C'était peut-être son jour de congé. En fait, il s'était caché parce qu'il avait appris que des contrôleurs du travail devaient faire une inspection. En partant, elle lui laissa le mot suivant : « Nous sommes trois femmes à ta recherche ; le Kebab pas terrible sans toi ! »

Après quelque temps, elle réalisa que ce qu'elle avait écrit était assez osé, elle voulut alors revenir pour récupérer son mot et le déchirer. Elle se reprit un instant, et renonça finalement à changer le cours des choses. Plus tard, en route vers le restaurant de Carlos, elle entendit des pas se rapprocher d'elle. Essoufflé, Nâzim l'aborda et s'excusa aussitôt de l'avoir ratée au restaurant. Il parlait un français impeccable, appris au lycée.

— Juste un verre, un petit verre ou une tisane avant de rentrer...

Il insista. Elle ne pouvait pas accepter, et encore moins lui dire qu'elle allait danser dans un restaurant chic.

— Demain, ce soir je suis fatiguée. Au Kebab vers neuf heures, promis.

Elle avait le trac. Tandis qu'elle ajustait sa robe de danseuse orientale, elle pensa à Nâzim. Puis elle entra en scène, se faufilant entre les tables comme un ange envoyé par les étoiles. La musique égyptienne était parfaite. Elle fermait les yeux et suivait le rythme en s'imaginant dans un mariage au pays. Les gens l'applaudirent avec chaleur, surtout au moment où elle vibrait de tout son corps. Elle salua, lança ses voiles en direction de ses admirateurs puis s'en alla. Dans les coulisses, elle se dépêcha de se rhabiller, signa une feuille que lui tendait un des garçons et disparut dans la nuit.

Le lendemain, elle arriva en retard au Kebab.

Nâzim l'attendait, souriant; de but en blanc, il se mit à lui réciter de la poésie.

— Écoute ce que disait Nâzim Hikmet de ce pays :

L'Espagne est une rose sanglante éclose à nos poitrines.
L'Espagne, notre amitié dans la pénombre de la mort,
L'Espagne, notre amitié à la lumière de notre espoir invincible.
Et les vieux oliviers déchiquetés, et la terre jaune et la terre rouge percée de part en part.

« C'est de l'Espagne de 1939 qu'il parle. Rien à voir avec la belle démocratie d'aujourd'hui. Les gens ont changé, les mentalités sont devenues modernes. Un seul problème subsiste : certains Espagnols n'aiment pas beaucoup *los Moros*. Et j'en sais quelque chose, on me prend souvent pour un *Moro*, ici. Quand je dis que je suis turc, ils ne trouvent rien de mieux que me répondre que les Turcs sont bien placés pour connaître *los Moros*. Un jour, à un propriétaire andalou rencontré dans un train, j'ai cité notre grand poète :

J'ai un arbre en moi
Dont j'ai rapporté le plant du soleil,
Poissons de feu ses feuilles se balancent
Ses fruits tels des oiseaux gazouillent.

« Il m'a regardé, a ri, puis a répété "des fruits gazouillent"! Puis il m'a tendu la main et m'a dit : "T'es pas un *Moro*, toi!" Pour lui, c'était un compliment.

« Cette haine contre les Arabes reste pour moi incompréhensible. »

Kenza l'écoutait et buvait ses paroles. Elle n'avait plus sommeil, plus envie de rentrer chez elle. Il faisait doux. Ils firent une promenade en se tenant par la main. Il lui parlait de l'Andalousie arabe, de cette époque où juifs et musulmans composaient des poèmes et des musiques ensemble dans une belle symbiose.

24

Kenza et Nâzim

Le Kebab fermait le lundi. Kenza demanda un jour de congé à sa directrice et partit retrouver Nâzim au café de la gare. Ils avaient décidé de passer la journée ensemble dans un petit village à une demi-heure de Barcelone. Faire connaissance, se parler sans être pressé et se sentir un peu en vacances. Nâzim était élégant et séduisant. Il était en avance, observait les voyageurs qui bizarrement se ressemblaient tous. C'était curieux, ils couraient, se bousculaient et semblaient avoir la tête ailleurs. Heureusement, une famille d'Africains venait de débarquer. Avec toutes ses couleurs elle apportait à la grisaille de la gare un vent de sable chaud, un air de gaieté, une musique qui donnait envie de danser. En attendant, Nâzim se mêla à ces visiteurs joyeux et ravis d'être là. Ils venaient du Mali et avaient transité par le Maroc. Ce n'étaient pas des immigrés, des envahisseurs, comme le lui dit le père des enfants. Permettez-moi de me présenter, je suis le professeur Mohamed Touré, ostéopathe, invité par le doyen de la faculté de médecine de Barcelone pour donner une série de conférences. Ma femme est pédiatre, elle vient voir le service de la Cruz Roja qui développe un programme pour l'Afrique de l'Ouest. Nos enfants nous accompagnent souvent dans nos déplacements. Il y a deux mois, nous étions tous à Princeton, c'était très intéressant, le seul problème, c'est que tout le monde s'exprimait en anglais, une langue que je comprends mais que je ne parle pas, contrairement au castillan que j'ai étudié en classe il y a longtemps. Et vous, que faites-vous?

Nâzim se présenta. Il aperçut au même moment Kenza qui le cherchait. M. Touré lui tendit sa carte. Si vous venez au Mali un jour, appelez-moi, que vous ayez ou non besoin d'un ostéopathe. Les couleurs quittèrent le hall de la gare. Kenza avait disparu. La foule était encore plus dense et plus grise que tout à l'heure. C'était en tout cas ainsi que Nâzim voyait le monde. Était-ce un défaut de perception ou seulement une vision pleine de désarroi et de déception? Il était pourtant sûr d'avoir aperçu Kenza à l'instant. Le doute l'envahit. Il courait dans tous les sens, ne voyait plus rien. Il revint au café, s'installa et commanda une boisson gazeuse.

Kenza apparut soudain, comme sortie de la boîte d'un magicien. Elle portait une robe à fleurs, se pencha sur Nâzim et lui murmura : Ne perdons pas de temps.

Dans le train, ils étaient face à face, s'observaient et ne disaient rien. Elle trouvait qu'il avait l'air inquiet, essayait de comprendre pourquoi il était dans cet état. Peut-être était-il choqué par les initiatives qu'elle prenait. Quand ses yeux se posaient sur elle, elle sentait une douceur étrange s'emparer d'elle. Il avait de belles mains, grandes et fines. Elle fixait ses lèvres épaisses et s'imaginait en train de les mordre. Elle rit. Il lui demanda pourquoi. Ah, mon ami, si tu savais ! Il ne devina pas ce qu'elle sous-entendait et n'osait pas regarder sa poitrine bien faite, ses yeux marron clair rieurs, sa chevelure longue et dense, ses jambes, sa bouche.

Depuis son arrivée en Espagne, Nâzim n'était sorti qu'avec deux femmes. La première était une compatriote qui croyait avoir trouvé en lui un mari et un père pour l'enfant qu'elle élevait seule. Leur relation avait été brève et tumultueuse. La seconde était cubaine, une employée de bureau. Elle avait quitté son pays après être tombée amoureuse d'un professeur espagnol venu faire des conférences à l'université de La Havane. À l'expiration de son visa, elle avait refusé de retourner dans son pays et était devenue clandestine comme des milliers d'immigrés d'Amérique latine et du Maroc. Entre elle et Nâzim, l'entente était uniquement sexuelle. Au bout de quelques mois, ils se séparèrent sans drame. Depuis, Nâzim cherchait une femme moins étrangère à sa culture. Il avait besoin d'entendre parler le turc ou au moins l'arabe, de vibrer à la musique de son pays et de partager des émotions, des pensées. Kenza correspondait tout à fait à ce profil. Arabe, même si elle avait l'apparence d'une Européenne du Sud, disponible, belle, et surtout installée légalement en Espagne. Il espérait secrètement pouvoir profiter du statut de Kenza pour régulariser sa propre situation. Il était fatigué de la clandestinité. Mais Nâzim, sur ce sujet, restait prudent. Il ne voulait pas passer pour un opportuniste, un homme intéressé et dépourvu de sincérité.

À la petite gare de Sabadell, des policiers opéraient un contrôle d'identité. Ils arrêtaient systématiquement les Africains et autres Maghrébins et gitans. Kenza prit Nâzim par le bras et avança tranquillement. Il eut peur un moment, puis vit que Kenza était sûre d'elle et lui serra fortement la main comme pour la remercier.

Ils s'embrassèrent sur le trottoir. Nâzim était gêné, Kenza pas du tout. Ce fut elle qui le tira vers elle pour coller ses lèvres sur les siennes. Tel un adolescent, il rougit, il était ému et content. Il lui proposa d'aller boire un café au lait. Elle refusa, elle, ce qu'elle aimait c'était la mousse du café frappé.

Kenza décida alors de prendre les choses en main. En femme libre et déterminée, elle se leva et lui dit : Suis-moi, nous allons passer la journée au Bristol, c'est un petit hôtel plein de charme, tu verras.

Cela faisait plus d'un an qu'elle n'avait pas touché la peau d'un homme. Elle déshabilla Nâzim et lécha son corps tout en le sentant comme si c'était une fleur, elle le reniflait, le caressait, le suçait. Lui se laissait faire et se demandait à quel moment il prendrait la situation en main. Quand il se mit sur elle, elle l'attira de toutes ses forces en lui disant, écrase-moi, je veux sentir tout ton poids sur moi, je ne veux rien perdre de ton corps, je le veux en moi, entièrement, profondément.

Ils firent l'amour comme des affamés. Elle lui parlait en arabe dialectal de Tanger, lui, répondait en turc. Les sonorités de leurs langues les excitaient. En allant à la salle de bains, elle fit quelques pas de danse en chantant. Nâzim savait à quel point elle était douée pour la danse orientale, qui rendait le moindre de ses gestes érotique. Elle profita de l'occasion pour lui avouer que deux soirs par semaine elle dansait à L'huile d'olive. Il aurait voulu lui dire qu'il l'avait déjà vue danser mais préféra ne pas faire de commentaire.

Au retour ils se parlèrent à peine, submergés par une belle fatigue et tout pleins l'un de l'autre.

25

Azel

Azel reçut une gifle qui le fit tomber et le laissa hébété. Jamais il n'avait pensé qu'un jour Miguel le frapperait. Il mit même un certain temps à réaliser ce qui lui arrivait. Quand il se releva, Carmen lui apporta sa valise et lui désigna la sortie. Elle avait maintes fois mis en garde Miguel à propos de certains comportements de son protégé, mais jusqu'à présent il avait toujours répondu par des gestes d'impuissance et des sourires. C'était l'époque où il était encore amoureux.

Azel comprenait que cette fois-ci il ne pourrait rien négocier. Il était allé trop loin, n'avait pas tenu parole et ne récoltait que ce qu'il méritait. Il prit donc la porte sans protester, bredouillant qu'il reviendrait chercher ses affaires. Carmen tendit la main pour qu'il rende les clés de la maison. Azel hésita un instant avant de fouiller dans ses poches, et en sortit un trousseau qu'il posa sur la table de l'entrée. Son regard exprimait tout à coup quelque chose de pathétique. Carmen baissa la tête et tourna les talons comme s'il n'était plus là. Miguel devait partir à Madrid pour préparer la grande exposition de Claudio Bravo, qui n'avait pas exposé en Espagne depuis une quinzaine d'années. Il avait rejoint sa chambre et attendait qu'Azel quitte la maison pour sortir. Miguel, qui n'aimait pas les conflits, avait à plusieurs reprises laissé Carmen s'en charger. Il justifiait sa lâcheté en se persuadant qu'une nouvelle confrontation avec son amant n'aurait rien changé. Leur dernière dispute avait failli tourner au drame. Contrarié, il devenait méchant et vulgaire. Dans ces moments, son côté voyou des Ramblas, qu'il avait pourtant refoulé parce qu'il le détestait, ressortait d'un coup. Il pouvait alors s'emparer du premier objet tranchant qui traînait pour frapper celui qui le provoquait. Or c'était exactement cela que déclenchait en lui le comportement d'Azel.

Azel était de plus en plus paumé. Il s'inventait un monde, croyait fermement au destin, aux rêves prémonitoires, et se laissait guider par ce qu'il appelait « les effluves du parfum de la mort ». Il était devenu un véritable menteur professionnel, un comédien qui savait retourner la situation la plus inextricable en sa faveur. Il comptait sur ses yeux noirs et rieurs, et ses longs cils. Sa mère lui disait qu'il était le plus beau garçon de Tanger. Il la prenait aujourd'hui enfin au mot et en jouait en toutes circonstances.

Azel alluma une cigarette, il savait qu'il quittait pour toujours le quartier résidentiel Eixample et partit en direction des Ramblas. Le ciel de Barcelone était inondé d'une sublime lumière, mais le cœur d'Azel était froissé, serré entre les doigts d'une main étrangère. Il avait les larmes aux yeux. Sa salive était rare et amère. Il voulut croire que c'était à cause de la cigarette et du mauvais vin bu la veille. Il avançait la tête baissée. Pas envie de parler, pas envie de penser. Comme il l'aimait pourtant, cette grande avenue Passeig de Gracia où l'on pouvait marcher à l'infini. Mais ce matin, plus rien n'était comme d'habitude et les gens qu'il croisait ressemblaient à des ombres, des corps transparents annonçant quelque malheur imminent. Il avait l'impression de dévaler une pente dangereuse. De temps en temps, il s'arrêtait un instant et s'adossait à un arbre. Les bruits de la ville lui parvenaient soudain amplifiés, résonnant dans sa tête avec une violence de cauchemar.

Arrivé en bas des Ramblas, à l'entrée du Barrio Gótico, il reconnut quelques visages, des Marocains, petits trafiquants ou jeunes oisifs qui traînaient à longueur de journée dans ces rues à la recherche de nouvelles combines ou de nouvelles aventures. Aucune envie de parler avec eux, ce matin, il se sentait même étranger à leur langue, à leurs manières, à leur monde. Il éprouvait de la pitié pour eux. Il pressa le pas pour surtout ne pas se voir proposer quelque objet à acheter ou à échanger contre un peu de kif.

Il but un café sans sucre, cracha par terre et maudit le jour où il avait foulé pour la première fois le sol de ce pays. Un chat sauvage traversa à toute vitesse la rue. Azel envia sa liberté.

Sale, pas rasé, les yeux cernés, Azel sonna chez Kenza, qui dormait alors profondément pour récupérer de ses nuits de garde. Elle refusa de lui ouvrir et lui demanda de repasser plus tard. Il se mit à cogner sur la porte. Nâzim, qui dormait ce jour-là chez Kenza, se leva pour faire cesser ce vacarme. En ouvrant, il se prit un coup de poing sur le menton.

— Qu'est-ce qu'il fait là, ce youpin? À moins que ce soit un de ces khorotos qui tournent autour des filles de famille?

Kenza, à peine vêtue, demanda à Nâzim de s'écarter, cette affaire ne le regardait pas. Puis s'adressant à Azel, elle hurla sa colère :

— Ce n'est ni un youpin ni un khoroto, cet homme a un nom, un prénom, un pays, cet homme travaille, figure-toi...

— Ah bon, mais alors pourquoi ne m'as-tu rien dit? Il vient d'où, ce type?

— Son nom, c'est Nâzim, il est turc.

— C'est bien ce que je disais, c'est un khoroto!

— Ne me parle pas en ces termes. Je te

l'interdis. Tu me déçois, Azel, avec toi rien ne va, tu fais tout rater, tu gâches tout.

— D'accord, mais je ne supporte pas qu'il te touche.

— Mais qui es-tu pour supporter ou ne pas supporter? J'en ai rien à faire de ce que tu penses. Et puis tu t'es regardé? T'as vu dans quel état tu es?

— J'aime pas les Turcs. J'aime pas leur langue, j'aime pas leurs loukoums, j'aime pas leur regard.

— T'es raciste!

— Et alors? J'ai le droit de ne pas aimer les Turcs, les Grecs non plus... les hommes, en tout cas ceux qui te touchent, je ne supporte pas que tu leur appartiennes...

— Tu ne voudrais pas ajouter à la liste les Arabes, les Juifs, les Africains?

— Les Arabes? J'ai jamais pu les blairer. Je suis un Arabe qui ne s'aime pas. Voilà. Au moins les choses sont claires. Bon, allez, je m'en vais, tu tournes mal, tu es en train de devenir une pute, et tu fais du mal à notre mère.

— C'est ça, parle de notre mère! J'en connais une qui serait bien triste si elle voyait ce qu'est devenu son fils chéri.

— Tout ça est de ta faute! On aurait pu rester ensemble, ne jamais se quitter, être unis comme les doigts d'une main. Mais toi, tu as magouillé pour quitter le pays et la famille et maintenant tu te laisses aller à la débauche! Un

Turc qui nique ma sœur, comment veux-tu que je supporte ça !

Azel claqua la porte et sortit en courant. Il pleurait. Il s'arrêta dans un bar et se mit à boire du whisky verre sur verre. Une fois saoul, il prit un taxi et se présenta de nouveau devant la maison de Miguel.

Il vomit sur le tapis d'entrée. Carmen prit sa valise et la posa sur le trottoir, lui ordonnant de ne plus jamais réapparaître. Le choc l'aida à redevenir brusquement lucide, il vit les choses avec clarté et précision. Il sut que c'était la fin. Il sut que c'était la dernière fois qu'il franchissait cette porte. Il eut alors comme un sentiment de soulagement. Il était enfin libre d'aller fumer du kif, boire du mauvais vin, traîner dans les rues et revoir ses copains avec lesquels il partageait le même désespoir. À pied, il lui fallut un peu de temps pour arriver au Barrio sur lequel régnait son ami Abbas. Dès qu'il l'aperçut, il lui hurla :

— Je suis libre, enfin libre, je n'ai plus besoin de baiser un mec pour vivre confortablement !

26

Malika

Malika redoutait la nuit. C'était le moment où elle toussait le plus. Elle toussait tellement qu'elle manquait parfois s'étouffer. Ses yeux pleuraient quand elle essayait de dégager les glaires qui encombraient ses bronches. Pour se soigner elle avalait des cuillerées de miel, elle aimait sentir ce liquide traverser sa gorge. Cela l'apaisait un instant, puis, dès qu'elle se couchait la toux reprenait et devenait nerveuse. Le mari de sa sœur se plaignait parce qu'à chaque fois ça le réveillait. Ce fut la sœur de Malika qui l'emmena un jour à l'hôpital Kortobi, qui se trouvait à une centaine de mètres de la maison. Il fallut attendre toute une matinée avant d'accéder à la consultation du généraliste. Pour passer plus tôt il fallait glisser un billet de cinquante dirhams dans la main de l'infirmier mais elle ne les avait pas. Le médecin était un jeune type, l'air excédé par son travail. Trop de malades et pas assez de moyens. Lui aussi rêvait de s'installer en ville et de mieux gagner sa vie, peut-être s'en aller travailler dans une clinique privée ou même dans un établissement hospitalier d'Oslo, par exemple. La Norvège, manquant de médecins, avait récemment recruté quelques Maghrébins qui ne craignaient pas le grand froid. Pour le moment, il était obligé d'accomplir son service civil dans cet hôpital public construit plus de quarante ans auparavant, juste après l'indépendance. Tout y était délabré, les murs, les salles, les employés, les stagiaires, les chats et les chiens errants. Seuls les arbres avaient grandi et avaient l'air d'être en bonne santé.

À peine vit-il Malika qu'il s'exclama :

— Encore une victime des crevettes !

Dans cet hôpital, c'étaient les pauvres qui consultaient. Et c'étaient justement les enfants des pauvres qui travaillaient dans l'usine des crevettes. Malika avait peur ; elle pleurait. Le médecin dit qu'il ne lui ferait pas de mal. Mais ce n'était pas de la consultation qu'elle avait peur, c'était de mourir, de partir sans avoir réalisé son rêve, de partir sans avoir quitté ce pays, de tomber dans un trou et d'être ensevelie sous la terre froide. Elle avait peur parce qu'elle avait lu dans le regard du médecin la gravité de sa maladie. Elle avait vu que son état l'avait impressionné. Malgré ce travail harassant qui le contrariait, ce médecin restait humain au fond de lui. Ne pas pouvoir soigner cette gamine le mettait sincèrement en colère. Il lui fit tout de même passer une radio, l'examina puis téléphona à un autre médecin à qui il parla en termes très techniques. Elle entendit le mot « néo » revenir dans la discussion, puis le mot « pneumonie »...

Il prit la décision de la garder et la fit installer dans une salle avec d'autres malades. À la sœur de Malika, il donna une ordonnance en lui précisant qu'il avait prescrit des médicaments forts, mais qui coûtaient malheureusement assez cher. Je vais me débrouiller, lui répondit-elle. Elle venait de se rendre compte que Malika était dans un état grave. À la pharmacie, la facture dépassa les mille dirhams. Elle retira aussitôt un de ses bracelets en or et courut le vendre à Hassan, le bijoutier de la rue Siaghine. En plus des médicaments, elle acheta du nougat, sa petite sœur en raffolait. Sur place, l'infirmier, un certain Bargach, lui laissa entendre qu'il pourrait bien s'occuper de Malika. Elle lui donna donc cent dirhams. Il lui conseilla alors de ne surtout pas laisser le sac de médicaments sur la petite table. Ici on vole tout, prévint-il. Il vaut mieux lui apporter les comprimés de la journée et garder le reste à la maison. Ce qu'elle prend, ce sont des antibiotiques importés de France, ils sont très chers et donc très recherchés par les gens de l'hôpital. Ne t'en fais pas, je veille, la petite, si Dieu le veut, *inch'Allah*, sera guérie et sortira comme une fleur, car les antibiotiques, c'est très fort et très cher, plus c'est cher plus ça soigne, c'est normal, non ? L'aspirine, par exemple, ça coûte pas grand-chose, eh ben, ça guérit presque

222

rien. Je lui donnerai aussi une double ration de soupe, elle est bien, cette petite, je veillerai sur elle, va tranquille, le médecin est un homme de bien, il s'en occupera comme il faut.

Malika ne savait quoi faire pour arrêter ses larmes, c'était la peur qui tombait de ses yeux et coulait sur ses joues. Elle regarda autour d'elle. Tout le monde souffrait, en silence. Quand un médecin passait, soudain, l'espace d'un instant, des têtes se relevaient et réclamaient de l'aide.

Malika toussait moins mais n'arrivait pas à dormir. Elle gardait les yeux ouverts et était persuadée que la mort la guettait dans le couloir, qu'elle était même peut-être déjà entrée dans la chambrée à la recherche d'un candidat pour le grand départ. Elle se boucha le nez. L'odeur de la mort avait envahi tout l'espace. Oui, se dit-elle, la mort a une odeur, quelque chose d'âcre, de pernicieux, une odeur entre le pus et le moisi, une odeur d'été recouverte par l'humidité de l'hiver, une odeur qui a une couleur, une sorte de jaune pâle qui vire vers le gris, une odeur qui pèse sur le corps. Elle soupçonnait maintenant la mort d'avoir emporté la vieille femme qui avait son lit juste à côté du sien. Elle ne respirait plus. Malika avait beau fixer sa poitrine, rien ne bougeait ; elle était bien morte. Elle tendit sa main pour toucher le front de la vieille dame, il était froid et sa bouche restait ouverte. Malika poussa alors un cri. Les infirmiers arrivèrent sans se presser avec un brancard ; ils avaient l'habitude, quand un cri jaillissait soudain dans la nuit, c'était que quelqu'un venait de mourir. Les deux brancardiers faisaient du bruit et plaisantaient comme s'ils embarquaient une marchandise avariée. Ils prirent la direction de la morgue. Malika tremblait. La mort avait soufflé son air glacial. Maintenant, elle imaginait cette femme dans la chambre froide. Là-bas, se disait-elle, au moins elle ne ressentirait plus le froid. Et demain sa famille serait enfin là, réunie autour d'elle en pleurs. Comment dormir quand la mort rôde autour de vous ? Elle la sentait encore et toujours. Son odeur la trahissait. Elle se mettait à rêver. Si seulement j'étais en France, je ne serais pas dans un hôpital tout simplement parce que je ne serais pas malade, je n'aurais pas non plus travaillé dans une usine glaciale, je n'aurais pas attrapé cette maladie des poumons, je ne serais pas en train de subir l'odeur nauséabonde de la mort qui m'empêche de fermer l'œil parce qu'elle est capable de croire que je ne respire plus et qu'elle m'emportera dans son élan, ça lui arrive de se tromper, de commettre des erreurs terribles, en tout cas, elle, elle ne m'aura pas, que ce soit ici ou ailleurs. J'aurais dû partir, j'aurais dû tenir la main d'Azel et ne plus la lâcher, il est beau et très gentil, il ne m'aurait jamais abandonnée. Ah, Azel, où es-tu à présent ? Pourquoi ne viens-tu pas m'emmener de l'autre côté de la mer ? J'aurais dû accepter de monter dans cette voiture pleine d'enfants endormis, mais je ne voulais pas faire de peine à mes parents, ils m'auraient cherchée partout, ma mère serait devenue folle, alors j'ai refusé, pourtant c'était facile, l'homme avait un passe-port avec les photos de six enfants, il partait la nuit, les enfants dormaient, le douanier jetait un œil sur l'arrière de la voiture puis tamponnait le passeport. Cette histoire, on me l'a racontée plusieurs fois. Cet homme venait d'Italie du Nord, il plaçait ensuite les enfants chez un autre Marocain qui les faisait travailler dans la rue, moi, on m'avait promis que je travaillerais dans une famille tout en continuant mes cours. J'étais tentée, apprendre l'italien, connaître du pays, mais je ne pouvais pas laisser mes parents, je ne leur ai même pas parlé de ce projet, pas la peine de les inquiéter, surtout ma mère, mais je regrette, j'aurais dû tenter l'aventure... Ma mère m'a dit l'autre jour que la sœur d'Azz El Arab est partie en Espagne, même sa mère serait sur le point de rejoindre son fils et sa fille, tout ça parce qu'un homme riche a voulu les aider, quelle chance ils ont eue ! Si seulement...

Malika dormait à présent, les médicaments commençaient à faire de l'effet. Elle rêvait. Elle est guérie, elle est grande et belle, elle porte une robe longue bleue, marche lentement sur un tapis rouge déroulé pour l'occasion. D'autres femmes aussi bien habillées qu'elle défilent à ses côtés, la dépassent puis, arrivées au bout du tapis, disparaissent comme s'il y avait une falaise abrupte qui les happait. Malika décide de ralentir le pas, elle n'a pas envie de disparaître, elle cherche des yeux quelqu'un pour lui prendre la main. Avant d'arriver au bout de sa course, un homme tout de blanc vêtu lui tend les bras, il la prend par la main pour la conduire sur un podium où une voiture noire très longue l'attend. C'est alors qu'elle reconnaît le médecin qui s'est occupé d'elle. Il a changé d'expression, a l'air apaisé, heureux. La cale d'un immense paquebot est ouverte. La limousine est à moitié dedans. Malika se laisse guider. Le médecin lui sourit, lui parle mais, comme dans un film muet, elle n'entend pas ce qu'il lui dit. La voiture où elle a pris place glisse lentement et se trouve maintenant au fond de la cale. D'autres limousines sont garées là, rangées avec précision. Un léger mouvement se fait sentir puis c'est le calme plat. Le bateau avance sur la mer sans bruit. Le médecin a disparu. C'est alors qu'elle reconnaît assise à côté d'elle la vieille femme morte. Malika hurle mais aucun son ne sort de sa gorge. Elle déchire sa robe. La vieille sourit et l'on voit sa bouche sans dents. À la place des yeux, elle a de petits trous noirs. Plus elle sourit, plus Malika hurle. Le bateau s'éloigne du port de Tanger. Il sombre dans la nuit. La vieille maintenant ne sourit plus. Malika ne crie plus. C'est dans un silence éternel qu'elle quitte le pays. Elle est enfin partie. Pour toujours.

27

Kenza

Kenza se regardait dans la glace et pour la première fois se trouvait belle. Elle était heureuse. Pour s'amuser elle cachait ses cheveux dans un foulard hideux et imitait les musulmanes voilées. C'est leur liberté, se disait-elle, ça ne regarde qu'elles, moi, ma liberté, c'est d'aimer un homme qui a tout pour me plaire et me rendre heureuse. Chez Nâzim, ce qu'elle préférait, c'était ses yeux clairs, presque verts, ses mains longues et fortes, sa peau mate et son sourire. Elle prit un bain et se trouva submergée par des souvenirs d'enfance. Elle entendait ses cris de joie le jour où son père lui offrit un vélo pour se rendre à l'école. Elle était l'unique fille du quartier à en posséder un. Et puis elle regarda attentivement son corps, caressa son ventre, soupesa ses seins et finit par se trouver très désirable.

Il aura donc fallu que je quitte le Maroc pour que je tombe enfin amoureuse, pour que je connaisse cet état merveilleux qui rend si léger et si présent; il a fallu que je me débarrasse de tout ce qui me pesait, tout ce qui me retenait et me ramenait vers la résignation et le silence pour que je devienne une femme, une amante entre les bras d'un homme mûr, attentif, différent de tous les Marocains que j'ai rencontrés. Avec lui j'ai osé agir et ma liberté s'est affermie. Ma virginité m'obsédait; à vingt ans j'ai décidé de me débarrasser de cette question et me suis donnée à mon cousin Abderrahim, qui disait être amoureux fou de moi. Mauvais souvenir! Quel drame! J'ai dû l'aider à me percer, il tremblait tellement! Et puis quand il a vu du sang sa quéquette s'est froissée tout d'un coup et a disparu entre ses cuisses. Il transpirait et bafouillait. Je n'étais même pas certaine que l'opération avait réussi. Je considérais que je n'étais plus vierge, c'était l'essentiel. Une autre fois, avant son départ, j'ai cédé à mon cousin Noureddine, qu'Azel espérait me voir épouser. Il était vigoureux, un peu brutal peut-être. Il ne m'a pas fait jouir mais au moins son pénis était-il énergique. Je le revois encore, fier de lui, nettoyant les draps tachés par le sperme, il parlait de son voyage comme nos grands-parents parlaient du pèlerinage à La Mecque. Pour lui ce départ allait résoudre tous les problèmes. Évidemment, je faisais partie de ses projets, mariage à Tanger, regroupement familial à Bruxelles, enfants et tout le reste. Je le laissais rêver. Je n'avais pas spécialement envie de faire ma vie avec lui; je le trouvais agréable, beau, mais ne me sentais pas amoureuse. Quand je lui racontais ça, ma mère me disait : Parce que tu crois que j'étais amoureuse de ton père ? L'amour, ce que vous les jeunes appelez l'amour, c'est un luxe, ça vient avec le temps ou ça vient jamais, avec ton père, on n'a pas eu le temps, il a été très tôt emporté, allons, ma fille, ne rate pas ce garçon, épouse-le et ensuite seulement tu en feras ce que tu voudras, je t'aiderai, tu verras, la femme, c'est elle qui décide tout, elle fait croire à l'homme que c'est lui le chef, en vérité c'est la femme le chef !

Azel ne devait pas savoir que nous avions couché ensemble. Je n'avais pas l'intention de le crier sur les toits, mais le jour de sa mort, le jour où son corps a été rendu à sa famille, je n'ai pas pu m'empêcher de lui raconter l'après-midi que j'avais passé avec Noureddine dans la cabane d'Agla. Je voyais son cercueil et je me disais que j'avais été la dernière femme à lui avoir donné du plaisir. J'ai pleuré longtemps. Aujourd'hui, je suis une autre femme, je dis ça parce que j'ai eu peur un temps de ne plus jamais désirer un autre homme. Cette mort m'a brisée. Alors que mes sentiments se limitaient à une attirance physique, la mort avait brouillé mes émotions et m'avait persuadée que j'étais amoureuse de Noureddine. C'était contre mon gré. Durant des mois j'ai vécu avec son fantôme, j'avais des sentiments étranges, j'aimais un homme qui n'était plus, un mort, un homme disparu, enterré. Un jour, je suis allée à la fameuse cabane. Je l'ai ouverte et me suis couchée dans le lit où les draps n'avaient pas été changés. Je les humais, ils sentaient très mauvais. La mort était passée par là, elle avait déposé un peu de sa cendre. J'ai alors quitté la cabane en courant. Un chien sauvage m'a poursuivie. C'est un gardien qui m'a sauvée, ensuite, il m'a gentiment offert sa jument pour remonter la falaise. Il y avait là des groupes d'Africains assis à l'ombre ; ils attendaient. Je ne pouvais pas m'empêcher de penser que certains parmi eux se noieraient bientôt dans la nuit noire. J'imaginais leur enfance dans un village malien ou sénégalais, leur vie pauvre mais pas forcément triste, j'imaginais leurs mères, grands-mères, tantes en train de préparer le manger, je devinais leurs rêves mais j'ai eu le sentiment qu'ils n'avaient pas peur de mourir. Malgré leur condition de misère et d'isolement, ils blaguaient et riaient... De retour à la maison j'ai recommencé à pleurer. Il fallait en finir avec cette histoire, ne plus penser à Noureddine, ne plus escalader la montagne de ses rêves qui à présent se trouvaient engloutis au fond de la Méditerranée. Voir ces Africains sourire et rire m'avait fait du bien.

Il aura fallu... Il aura fallu que je quitte mon pays, ma famille, que je devienne d'abord la femme d'un charmant personnage, que le hasard me mette ensuite sur le chemin de

Nâzim, un immigré ou exilé, je n'ai jamais su, un homme vrai, pour que non seulement je sorte de mon histoire triste, mais aussi pour que je connaisse l'amour, le grand amour, celui qui donne des frissons, celui qui vous fait chavirer, qui vous rend transparente, fragile, prête à tout. Je ne connaissais pas cet état où le corps, quand il est si désiré et si bien aimé, monte sur des cimes et regarde la ville avec l'appétit de celui qui veut tout essayer, tout avaler, tout embrasser, tout enlacer.

Au début, Nâzim était si attentionné que je croyais presque qu'il faisait semblant. Au lit, il me caressait longtemps ; il me préparait, comme il disait, il me portait vers le ciel, sur le dos, entre les mains, dans les bras, il dansait, me serrait contre lui, puis il arrivait en moi sans que je m'en rende compte, il entrait doucement et me rendait folle. Je n'avais jamais rien connu de tel jusque-là. Il me parlait dans sa langue, me faisait rire. Je lui répondais dans l'arabe dialectal de Tanger et il aimait les sons aigus de cette langue. Je lui appartenais. J'en étais heureuse. Je me confiais à mon mari. Miguel était content. Il me disait, tu es si belle, tu mérites d'être aimée par un homme de cette qualité ! Ah, si tu savais combien je t'envie !

Kenza sortit du bain, mit un peignoir et courut vers le téléphone. C'était la police qui lui demandait de venir chercher son frère. Sur place, Azel était dans un tel état d'ébriété qu'il la reconnut à peine. L'agent lui dit qu'ils avaient trouvé sur lui le papier suivant : « En cas d'urgence appeler ma sœur Kenza au 93 35 36 54. » Elle le ramena chez elle, le mit au lit et attendit qu'il dessoûlât. Surtout, se dit-elle, ne pas appeler Miguel.

Quand Azel se réveilla enfin, il prit une douche, demanda du café et insista pour que Kenza écoute ses explications. Elle refusa d'abord, elle devait reprendre son travail. Il l'obligea à téléphoner pour prévenir qu'elle arriverait avec une heure de retard. Azel avait tellement besoin de parler.

28

Azel

Ma sœur, mon aînée, mon amie, il faut que tu m'écoutes, j'ai besoin de toi, ça ne peut plus durer, je suis en train de sombrer dans un enfer dont tu n'as pas idée. Je rate tout. La semaine dernière, je suis allé rejoindre ma copine Siham qui travaille à Marbella. On s'aime bien. J'ai toujours aimé sa compagnie… Excuse-moi, ma sœur, il faut que je te dise des choses qui ne se disent pas entre frère et sœur, la relation entre Siham et moi, c'était surtout du sexe, j'en avais besoin pour ne pas perdre ma virilité, elle aussi y trouvait son compte, on était complices, on se rendait service mutuellement et on en éprouvait du plaisir. Eh bien, la semaine dernière, *walou*! Tu sais ce que ça veut dire, *walou*? Rien de rien, j'étais incapable d'être un homme, excuse-moi, mais il faut que je parle, il faut que ça sorte, la honte, l'immense honte, la *hchouma*! Elle a été gentille, elle n'a pas fait de commentaire, elle a juste dit, c'est pas grave, c'est la fatigue, le stress, le changement de climat. Quelle fatigue, quel stress ? Et pourquoi pas le taux du dollar et l'invasion des criquets ? Je suis foutu, je ne suis plus capable d'être un homme, je ne sais pas quoi faire, hier j'ai rendu visite à la petite Marocaine qui fait la pute depuis que son Koweitien de pseudo-mari l'a abandonnée, je ne sais plus comment elle s'appelle, je sais juste qu'elle s'éclatait avec moi, qu'elle hurlait quand elle jouissait, eh bien, je l'ai vue hier soir, j'avais picolé un peu pour me donner de l'assurance, j'avais peur de ne pas être un homme de nouveau, quand je me suis déshabillé, elle a éclaté de rire, elle m'a dit mais où a disparu ton ami ? Je lui ai dit mais quel ami ? Mais l'ami de l'homme, celui qui se réveille dès qu'il voit une femme, qui la salue et devient tout raide pour la rendre folle... *Walou ! Walou !* je suis devenu un *walou*, un rien, une absence, un souvenir d'homme, une ombre... Je suis sûr que c'est cette salope de Carmen, la vieille, celle qui domine Miguel et dirige sa vie, elle ne m'a jamais supporté, elle m'a toujours regardé comme si j'étais un intrus, un voleur, elle a dû faire marcher ses sorciers ou sorcières, elle m'a bloqué, ça n'arrive pas que chez nous, ces histoires, même les Européens ont recours à ce genre de choses, sauf qu'on ne les soupçonne pas, on croit qu'ils sont civilisés, rationnels, etc., mais au fond ils sont comme nous, dès qu'il s'agit de sexe et d'argent, ils réagissent tout pareil !

Tout ça, je sais exactement de quand ça date. Un soir, une vraie nuit d'horreur, Miguel a reçu la visite de ses amis brésiliens, des fous furieux du sexe, il m'a demandé de faire l'amour avec une femme très belle qui était en fait un mec, une horreur, j'ai été dégoûté, ils me regardaient faire, nous étions au milieu du salon, au début ça m'amusait, je jouais, j'étais en forme, ensuite le mec-femme m'a dit en brésilien de lui pisser dessus, je n'ai pas compris, il a pris sa quéquette et a mimé le geste, Miguel m'a dit fais ce qu'il te demande, pisse-lui dessus, décharge ton urine, ça l'excite, tu t'en fous, on ne te demande pas de la boire, juste de l'arroser! J'étais dégoûté, j'avais pas envie de pisser, mon sexe n'était pas d'accord; j'ai crié et j'ai quitté le salon. Ils étaient fous, ces Brésiliens; pourquoi Miguel les avait-il invités? Excuse-moi, mais ça me soulage de te parler, voilà où j'en suis, au ras du sol, je ne vaux rien, je n'ai plus aucun respect pour moi-même. Après cette histoire, je suis allé voir mon copain marocain, tu sais, le débrouillard, le grand manitou, j'ai pas osé en parler avec lui, il a vu que j'étais malheureux, il m'a donné un truc à boire et à fumer, je ne me souviens plus exactement de ce que c'était, résultat, à dix heures du soir la police m'a ramassé, j'étais sur le trottoir, ils croyaient que j'avais eu un malaise. En un sens ils n'avaient pas tort, mais c'est un malaise ancien, très ancien, un malaise qui dure depuis si longtemps, un immense malaise, quelque chose qui fait mal, comme des aiguilles qui joueraient avec mon cœur, avec mon foie, des aigreurs, des envies de vomir. La police a essayé de m'interroger mais je dormais, ensuite un médecin m'a fait une piqûre, ça m'a réveillé un peu, mais j'étais mal, très mal, j'avais envie de mourir, envie de me jeter sous les roues d'un bus... C'est alors qu'ils t'ont appelée. Et heureusement, ils t'ont trouvée, grande sœur!

Je peux dormir chez toi?

Kenza était estomaquée; elle n'avait jamais imaginé que son petit frère lui raconterait un jour des histoires pareilles. Elle ne savait ni quoi dire ni quoi faire; mais elle voyait clairement qu'Azel allait mal, très mal. Après un long moment de silence, elle se leva, prit son sac et lui fit remarquer qu'elle ne pourrait pas l'héberger longtemps. Il allait falloir envisager sérieusement son retour au pays. Azel hurla puis se mit à pleurer comme un gosse. Kenza devait absolument partir travailler. Elle lui demanda de ne pas répondre au téléphone et surtout de dormir.

De son travail elle appela Miguel. Il était alité, écrasé par une bronchite. C'est lui qui aborda directement le sujet d'Azel; le sachant malade, Kenza n'osait pas l'ennuyer. Il ne va pas bien, n'est-ce pas? demanda-t-il. Ça devait arriver, malheureusement... Tu sais, je me sens un peu responsable, j'ai cru qu'il était assez mûr, qu'il savait ce qu'il faisait, quand il est parti avec moi... Mais son envie de quitter le Maroc était si forte qu'elle a fini par l'aveugler et a faussé tout ce qu'il a entrepris. Je ne veux plus le voir, il a été beaucoup trop loin. Je ne te l'ai jamais avoué, mais il m'a volé des choses précieuses qu'il a dû revendre à des prix ridicules, il s'est comporté comme un voyou de la pire espèce, il savait que l'argent n'était pas un problème entre nous, mais il voulait plus, il voulait m'humilier. Un soir avec des amis, il a été odieux, il les a insultés, a cassé une bouteille de vin et cherchait la bagarre. Non, Kenza, ma Kenza, mon amie, mon épouse chérie, ton petit frère est irrécupérable, tu as raison de dire qu'il ferait mieux de rentrer au pays, là-bas, il retrouverait ses marques et ses limites. Ici, il a eu tout avec trop de facilité, il ne sait pas combien j'ai travaillé, combien j'ai souffert pour arriver là où je suis aujourd'hui, mais, voilà, quand on est amoureux, on ne raisonne pas, on obéit à ses sentiments, à ses émotions. J'ai été amoureux d'Azel, lui jamais de moi, il faisait comme si je ne me rendais pas compte qu'il simulait. Je suis un vieux singe, tu le sais, toi, à moi on ne la fait pas ! Bon, arrêtons un peu de parler de lui. Quand est-ce que tu viens dorloter ton mari ? Au fait, je ne te l'ai pas encore dit mais ça y est, grâce à quelques bonnes interventions, ton dossier a abouti, tu es espagnole, tu es citoyenne européenne, l'avis de la préfecture est arrivé hier, il suffit que tu ailles signer et retirer le document qui te permettra de demander le passeport bordeaux avec écrit dessus en doré « Union européenne » ! Après, on divorce quand tu veux, je t'adore, ma belle, tu es une femme merveilleuse !

Avant de rentrer chez elle, Kenza fit un détour pour rendre visite à Miguel. À la porte, Carmen lui répondit qu'il dormait profondément. Elle baissa la tête et s'en alla. C'est alors qu'elle se souvint qu'elle avait promis de danser le soir au restaurant. Elle s'y rendit directement et arriva à l'heure. Sous les yeux des spectateurs, elle prit du plaisir à se laisser aller et faire de son corps une superbe métaphore de l'érotisme et du rêve. Elle se produisit à plusieurs reprises et gagna, ce soir-là, pas mal d'argent.

29

Nâzim

Nâzim était devant l'immeuble de Kenza, inquiet, nerveux. Il s'attendait toujours au pire. C'était sa nature, et c'était peut-être pour ça qu'il avait eu très tôt des cheveux blancs. Ce soir, il était décidé à maîtriser son angoisse, aucune raison de se faire du mauvais sang. Kenza serait là d'un moment à l'autre, il la prendrait dans ses bras, la soulèverait et partirait loin avec elle. Il avait tellement envie d'être libre, tellement envie d'avoir ses papiers en règle et tellement envie d'avoir un peu d'argent. Comme ça, il pourrait emmener Kenza dans son Anatolie natale, lui montrer l'insolente beauté des montagnes et la densité des arbres. Il pensa soudain aux siens, à ceux qu'il n'avait pas vus depuis plus de deux ans, ces gens qui lui manquaient mais dont il ne parlait jamais, une façon à lui un peu magique de les éloigner de sa pensée, de les garder dans un territoire d'attente, persuadé qu'il était de les retrouver un jour, un jour particulièrement faste, le cœur plein de lumière, les yeux remplis de larmes heureuses, un jour vraiment différent des autres, un jour où il serait enfin redevenu lui-même, celui qu'il avait été, un jour où son exil serait brusquement effacé de sa mémoire.

Quand Kenza apparut enfin au bout de la rue, il courut vers elle et l'entoura de ses bras. Il lui dit combien il était heureux de la voir, combien son absence lui avait coûté, il lui baisa les mains et lui récita une fois de plus un poème turc. Mais Kenza se montrait embarrassée, Azel dormait chez elle, elle ne pouvait pas le faire monter. Allons à l'hôtel! proposa Nâzim. Kenza hésitait, et pourquoi pas chez toi? Je ne sais même pas où tu habites. L'hôtel, c'est pour les amants clandestins ou pour les prostituées, à Sabadell c'était différent, nous étions en voyage. Nâzim insistait, tu sais, chez moi c'est misérable, tu mérites mieux que mon trou à rat. Elle lui demanda de l'attendre le temps de monter prendre quelques affaires pour le lendemain.

Nâzim fit les cent pas. Il commençait à s'impatienter. Peut-être Azel avait-il refusé qu'elle descende le rejoindre, peut-être avait-elle changé d'avis. La lumière était allumée dans l'appartement. Enfin, après vingt longues minutes, Kenza était là. L'idée de passer de nouveau la nuit dans une chambre d'hôtel excitait Nâzim. En route, il se mit à chanter en turc et en arabe :

Tu es mon ivresse
De toi je n'ai point dessoûlé
Je ne puis dessoûler
Je ne veux point dessoûler.

Elle riait, elle avait envie qu'il la prenne tout de suite, hésitait, ça ne se fait pas, c'est mal vu, surtout venant d'une femme, arabe de surcroît. Mais il pouvait sûrement comprendre. Même si elle s'était aperçue qu'il était presque aussi possessif et jaloux que les hommes marocains. Ils marchaient maintenant en se tenant par la main. Dans l'oreille, elle lui glissa : « J'ai envie de toi. » Il s'arrêta, sourit et l'attira en la plaquant contre le mur. Il l'embrassait avec fougue. Des gens passaient et faisaient semblant de ne rien voir. À l'hôtel, il paya la chambre d'avance et demanda une bouteille d'eau. Il avait apporté dans son sac une bouteille d'arak.

La chambre était petite et quelconque, sans confort particulier. Ça sentait le renfermé. La moquette était usée, la lumière faible, mais leur désir était fort et aveugle. Nâzim demanda à Kenza de le laisser faire. À l'aide de sa cravate noire, il lui banda les yeux et commença à lui décrire à sa façon ce qui les entourait : La pièce est petite mais pleine de charme, les murs sont tapissés d'une soie couleur saumon, dans un coin, il y a un canapé de cuir, à côté une armoire ancienne, près de la fenêtre est accrochée une jolie reproduction d'un tableau orientaliste, le couvre-lit est fait d'un velours rare ; un grand tapis persan couvre le sol ; à présent je vais te déshabiller comme on retire les pétales d'une jolie rose, ne bouge surtout pas, je t'enlève d'abord ta veste, ensuite ton chemisier, ta jupe, tes chaussures, tes bas, attends, attends, laisse-moi retirer ton soutien-gorge, mais tu ne portes pas de slip, même pas de string ! C'est fou, ça me rend fou ! Tu es formidable, tu as deviné ce que je voulais, que tu es belle, notre amour est si fort, tu es une perle et je ne sais pas quoi faire pour te mériter, pour arriver à ta hauteur, quelle chance ! J'ai tellement envie de crier !

Elle tendait les mains et le cherchait, il lui échappait, il riait, elle criait, ils étaient heureux, ils tombèrent sur le lit et firent longuement l'amour, les yeux de Kenza étaient toujours bandés.

Les lumières étaient éteintes, les rideaux tirés, ils attendaient dans le silence le lever du jour. Et puis soudain, le ciel devint blanc : Tu vois, ma belle, c'est le moment où les chevaux descendent du ciel, s'habillent avec les couleurs de l'automne et font la ronde autour d'un gros paquet de nuages ; tu vois ce chameau portant une armoire pleine de robes de soie et de satin, il avance sur l'horizon à la recherche des amants qui se sont unis cette nuit ; l'aurore s'est dispersée dans les arbres les plus hauts ; et toi tu es belle comme cette caresse de la lumière, tu es là et je chante pour que plus jamais tu ne me quittes, ô Kenza, au nom de ce matin si beau, au nom de ce rêve qui bouleverse le ciel, veux-tu devenir ma femme, mon épouse légitime ?

Kenza retira le bandeau de ses yeux, releva la tête et lui dit :

— Tu es sérieux ?

— Je t'aime. Tu sais, chez moi, un homme a du mal à avouer son amour à une femme, ce sont des choses qui ne se disent pas, c'est à peine si on le fait comprendre, mais je considère que je ne suis pas en Anatolie, je suis ici en Espagne, et nous sommes différents, nous ne sommes plus cernés par nos interdits, par nos traditions, je suis certain que le fait d'avoir quitté nos pays respectifs nous a permis d'être nous-mêmes, nous nous aimons sans avoir peur du regard des autres, sans craindre les paroles médisantes des voisins et des hypocrites, l'Espagne nous libère, alors toi la Marocaine, moi le Turc, nous allons nous marier et oublier d'où nous venons.

— Attends, attends, ne va pas si vite. On n'oublie jamais d'où l'on vient ; nos origines nous poursuivent partout où l'on va, on ne se débarrasse pas de ses racines aussi facilement que ça ; on croit souvent qu'on a changé de mentalité, mais elle résiste, et je sais de quoi je parle, une femme arabe ici est sommée de changer de comportement. Si elle ne le fait pas, elle est broyée, dominée, méprisée. Tu vois, tout ça est une vaste question. Quant à nous deux, j'ai besoin de réfléchir et de régler un certain nombre de problèmes. Laisse-moi du temps. Comme tu sais, je suis déjà mariée.

Ils se quittèrent sur le seuil de l'hôtel. Kenza se sentit alors prise d'hésitation. J'ai tellement envie d'être heureuse, se disait-elle, d'oublier le passé, j'ai envie de vivre, de réaliser tant de choses. Il faut maintenant que je me décide. Elle ne savait pourtant trop quoi penser de la proposition de Nâzim. Elle ne savait presque rien de cet homme. Quand elle lui posait des questions sur sa vie en Turquie, il restait toujours vague. Elle avait appris à se méfier. Elle avait au moins une certitude, au lit elle se sentait bien avec lui, son corps découvrait chaque fois un plaisir différent. Elle éprouvait aussi des sentiments pour lui bien sûr, peut-être même de l'amour, et pourtant elle avait encore un doute. Que faisait à Barcelone cet homme cultivé, pourquoi avait-il quitté son pays ? Il disait que c'était à cause de problèmes politiques, mais quelque chose d'indéfinissable la dérangeait. Elle marchait en pensant à cette nuit, une des plus belles nuits de sa vie. Une Française de Tanger répudiée par son mari marocain parce qu'elle était soupçonnée d'adultère ne lui avait-elle pas dit un jour que les plus belles nuits d'amour étaient toujours clandestines? L'amour était plus fort quand il échappait à l'habitude. Pourquoi alors se marier? Pour ne pas rester seule?

Elle avait besoin d'en parler avec Miguel, son meilleur ami.

30

Miguel

Miguel portait un burnous blanc en laine. Il était assis à son bureau, écrivait des lettres, signait des chèques, mettait de l'ordre dans ses affaires. Kenza s'approcha de lui et l'embrassa. Elle avait du mal à l'imaginer nu dans une orgie, entouré de folles du Brésil. Elle n'avait jamais osé parler avec lui de sa vie intime.

— Tu tombes bien ! Je viens de découvrir un cahier dans lequel mon père a tenu une sorte de journal. J'ai appris des choses étonnantes. Il faut que je te les raconte ou, mieux, que je te lise quelques pages sur le Maroc :

24 juin 1951 : Je me trouve à Rabat dans une chambre de l'Hôtel Balima. C'est notre service consulaire qui nous a installés dans cet hôtel en attendant que l'enquête soit terminée.

Nous sommes dix, dix Espagnols à être montés sur une petite barque au port de Tarifa la nuit du 22 au 23 juin. Il y a José l'imprimeur renvoyé pour avoir osé parler de syndicat, son frère Pablo le journaliste surveillé par la police, Juan l'avocat interdit d'exercer son métier, Balthazar le poète qui ne trouve pas d'éditeur, Ramon le libraire combattu par les éditeurs et journaux franquistes, Ignacio l'étudiant en médecine fâché avec ses parents, Pedro l'ambulancier, juif pratiquant et plusieurs fois persécuté, García le barman, André, un écrivain français installé en Espagne et qui se dit espagnol. Nous sommes tous des communistes, des militants anti-franquistes, nous sommes tous passés par la prison. Je ne sais plus comment ça s'est décidé, mais un jour José nous a proposé de quitter l'Espagne pour aller vivre et travailler au Maroc. Le nord de ce pays et son extrême sud sont occupés par l'Espagne, le reste par la France. Nous étions épiés, souvent contrôlés, nous vivions dans la peur d'être arrêtés et accusés de n'importe quel crime. La police savait organiser ce genre de chose ; on arrivait au commissariat et notre dossier était déjà rempli de faits et de délits que nous n'avions pas commis. Nous n'avions pas de passeport, pas de permis de quitter le territoire. Nos réunions se tenaient dans des lieux secrets mais nous en avions assez de nous cacher. C'est García, qui a été marin avant de devenir barman, qui nous a trouvé la barque. Personne ne l'avait fait auparavant : quitter clandestinement l'Espagne pour le Maroc. On aurait pu faire comme beaucoup de camarades et nous exiler en

France, mais nous autres, nous étions attirés par ce pays où le soleil brûlait toute l'année. Le Maroc, c'était déjà l'Afrique et l'aventure. Nous sommes partis la nuit du 22, une nuit sombre. Nous avons ramé à tour de rôle toute la nuit. Nous nous sommes perdus. García avait oublié comment se diriger en mer. Nous avons échoué au large de Salé, une jolie petite ville à côté de Rabat. La police française nous a récupérés, nous avons dit que nous étions une bande de copains partis pêcher et que nous nous étions égarés. Ils nous ont crus. Le consul espagnol aussi. Personne n'a pensé que nous étions la première patera de l'histoire hispano-marocaine.

Avant que le consul ne se rende compte à qui il avait affaire, nous avons quitté l'hôtel et nous nous sommes éparpillés dans le pays, principalement dans le Nord. Le lendemain dans Le Petit Marocain *ainsi que dans* España, *un quotidien paraissant à Tanger, j'ai pu lire ceci : « Dix immigrés espagnols ont failli mourir noyés au large de Salé ; ils ont été recueillis et soignés et ont disparu ensuite dans la nature ; la police et leurs familles sont à leur recherche. »*

26 juin 1951 : J'ai pris le train pour Tanger. À Arbaoua, la Guardia Civil fouillait surtout les voyageurs marocains. J'ai parlé à voix haute en espagnol avec Juan. En passant, les policiers nous ont salués, l'un d'eux nous a même demandé une cigarette. Juan lui a laissé tout le paquet. *Arrivés quelque dix heures après à Tanger, nous avons été émerveillés par la beauté de cette ville cernée par la mer. Tout le monde parlait notre langue, la peseta étant la monnaie principale. Ville internationale, elle grouillait de monde. Pour nous, ce fut la ville du dépaysement et de la liberté. Il y avait là des voitures américaines très longues et luxueuses ; je me souviens d'une Cadillac peinte en rose, décapotable, conduite par un homme très mince habillé de manière très ostentatoire ; à côté de lui une superbe Européenne fumait des cigarettes comme dans la publicité. J'ai appris plus tard que ce jeune homme était le fils unique d'une vieille famille juive de Tanger, famille très riche. Il s'appelait Momy.*

Juan a trouvé dans la semaine du travail dans un grand cabinet d'avocats où des Espagnols travaillent avec des Anglais et des Français. L'hôtel El Minzah cherchait quelqu'un pour leur comptabilité. J'y ai travaillé, j'y ai rencontré des personnalités du monde littéraire et politique, je me souviens surtout d'un écrivain américain qui ne dessoûlait pas ; on disait qu'il y avait là pas mal d'espions, je n'en ai jamais vu, mais il y avait un barman qui travaillait manifestement avec la police, mais laquelle des polices, chaque nation avait la sienne, il devait renseigner tous ceux qui le payaient. J'ai flairé chez lui l'indicateur parce qu'il s'est mis à faire la critique du Caudillo pour m'amener à le suivre dans ce sens, une technique assez classique, je lui ai dit que je ne faisais pas de politique, il a compris. J'ai beaucoup aimé les huit mois passés dans cette ville : j'ai adoré le « Gran Socco » avec toutes ces paysannes qui vendaient leurs fruits, légumes, fromage de vache, fleurs, plantes ; j'ai aimé l'autre Socco, « el Socco Chico », là où on fumait tranquillement des pipes de kif, ce n'était pas interdit, il y avait même des enseignes en bleu qui représentaient la carte du Maroc dessinée par la fumée d'une cigarette, au-dessus il y avait écrit « Régie marocaine de tabac et de kif ». Oui, à l'époque le kif se fumait sans problème. J'ai aimé aussi la Vieille Montagne avec ses villas coloniales, ses réceptions guindées, ses petites Anglaises snobs et ses belles Espagnoles qui servaient les invités. C'est lors d'une de ces soirées que Juan est tombé amoureux de Stéphanie, une Française venue passer des vacances chez son oncle, un décorateur qui n'aimait pas les femmes. Juan et Stéphanie se sont mariés en France et ont eu comme on dit beaucoup d'enfants. Il y avait un peintre anglais et sa femme, il dessinait la médina, les scènes de la vie marocaine ; il y avait aussi un membre de la famille royale britannique, adorant la fête et les garçons, et qui ne s'en cachait pas ; on parlait aussi à l'époque d'un écrivain américain installé là depuis plusieurs années, et qui vivait, disait-on, avec un *garçon marocain analphabète, tandis que son épouse s'était installée avec une femme du peuple. Tanger était comme un cirque où se retrouvaient des gens vivant en marge de la société. Je regardais ce monde avec un œil critique et je ne me mêlais pas à ces gens.*

13 février 1952 : De là je suis parti sur un bateau de la compagnie Paquet; j'ai débarqué à Marseille où des amis du Parti m'ont recueilli et donné du travail à la gare Saint-Charles. C'était une époque difficile. Il y avait beaucoup de réfugiés espagnols. Un jour j'ai appris que mon père avait été hospitalisé, et pour la première fois je suis rentré en Espagne muni de faux papiers. À la maison j'ai retrouvé Mercedes, ma femme, qui travaillait dur pour élever nos deux enfants; Miguel avait quinze ans, c'était un rebelle, María, sa jumelle, travaillait bien en classe. La vie a été plus forte que mes idéaux, je n'ai pas retourné ma veste mais j'ai pris progressivement mes distances avec le Parti surtout après l'invasion de la Hongrie par les troupes soviétiques.

Je tenais à raconter l'histoire de cette patera du mois de juin 1951. Elle est unique, historique.

Miguel ferma le cahier, se frotta les yeux, regarda Kenza :

— C'est incroyable! Qui l'aurait cru? Déjà en 1951, il y avait des clandestins, mais pas du sud vers le nord comme aujourd'hui, c'est fou, non ? Jamais mon père ne m'a parlé de cet épisode de sa vie. C'est curieux, n'est-ce pas ?

Kenza ne savait quoi répondre. Comme tout le monde, elle pensait que les Marocains avaient inventé les pateras.

— Sais-tu, ma belle, que les Espagnols qui occupaient le Maroc étaient des gens d'une pauvreté inouïe, ils n'avaient pas les moyens des Français. Franco avait puisé dans le Rif les meilleurs éléments de son armée, puis s'était désintéressé de tout ce qui pouvait aider ce pays à se développer, à exister. Là-bas, il n'a rien construit de qualité, ni barrages ni routes ; il y avait bien un hôpital espagnol, mais c'était surtout les bonnes sœurs qui s'en occupaient. Enfin, quelle époque ! C'est pour ça que les Marocains n'ont jamais considéré les Espagnols comme de vrais colons. En revanche, certains Espagnols ont gardé un sentiment de supériorité sur les Marocains, *los Moros*, comme ils disent. À part ça, comment vas-tu ?

Kenza voulait parler de la proposition de Nâzim. Elle remarqua une grande fatigue sur le visage pâle de Miguel. Elle se dit que ce n'était pas le moment. Il devait être malade.

Elle allait partir quand il lui apprit qu'il avait demandé à son avocat d'entamer la procédure de divorce. Elle lui répondit :

— Tu n'as qu'à me répudier, tu dis devant témoin trois fois « je te répudie » et c'est tout, ensuite tu me fais envoyer une lettre par les adouls qui m'informeront officiellement de ta décision. C'est ainsi que cela se passe au Maroc.

Miguel avait enregistré son mariage à la mairie de Barcelone, il savait que le mariage marocain n'était pas un contrat mais un acte qui n'avait pas de valeur juridique en dehors de l'aire musulmane.

À aucun moment Kenza n'avait essayé de profiter de la situation. Elle embrassa Miguel puis lui dit :

— Nâzim, tu sais, mon ami turc, me demande en mariage.

— Tu vas faire des enfants, je vais être père ou grand-père !

— Je n'en suis pas encore là. Cet homme me plaît mais je ne le connais pas très bien. Je ne sais pas s'il est sincère. J'ai comme un pressentiment. Cela dit, c'est le premier Turc que je rencontre, j'ai peut-être des préjugés.

— Veux-tu que je me renseigne ?

— Non, ce n'est pas la peine.

— Donne-moi quand même son nom et la date de son arrivée en Espagne.

— Il est entré par des voies clandestines. Il est illégal.

— Comment est-ce possible ? S'il n'a pas de papiers, il ne pourra pas se marier légalement.

— Non, il me propose de nous marier et à partir de là de demander une régularisation.

— Tant que notre divorce n'a pas été

prononcé, tu ne pourras pas te remarier. Quant à lui, s'il veut faire les choses dans les règles, il a de toute façon besoin de régulariser sa situation, ça me paraît compliqué, tout ça.

— Tu as raison ; c'est juste une proposition, on n'a rien décidé.

— Tu es amoureuse ?

— Oui, Miguel.

— Ne sois pas pressée. Attends que ta propre situation se normalise. Après, tu feras ce que tu as envie de faire. Une Marocaine et un Turc ! Quel beau mélange, vous aurez de beaux enfants !

31

Azel

Azel savait pour l'avoir fréquenté que le Barrio Chino n'appartenait plus aux Espagnols. En bas des Ramblas, des ruelles rappelant tantôt la médina de Fès tantôt la vieille ville de Naples étaient devenues le lieu où des commerçants indiens et pakistanais faisaient des affaires. Rien d'extraordinaire. Les murs étaient fatigués. Les gens tristes et les quelques Africaines qui attendaient en plein jour des clients étaient la désolation de ce quartier, dont une partie avait été récupérée par la ville pour la construction d'une cinémathèque. Des Marocains traînaient là, ne sachant que faire de leur temps. Certains prenaient le soleil, le dos contre le mur, d'autres humaient l'air ; on aurait dit qu'ils attendaient l'arrivée du Prophète. Une boutique de téléphone au nom paradoxal, « *Al Intissar* » (la victoire), leur servait de point de rencontre. Elle était étroite et peu accueillante, et se trouvait, Carrer Sant Pau, coincée entre un coiffeur dont le minuscule salon se nommait

« *Ma Cha'a Allah* » (ce que Dieu a voulu) et un lieu de prière appelé « Mezquita Tarik Bin Ziyad ».

C'était là qu'Azel trouvait refuge. Il ne faisait rien de précis, comme les autres, il attendait. Abbas, un jour, lui avait dit : Attendre, c'est notre nouveau métier ! Azel se tenait donc là, immobile, fixant le sol, sa cigarette se consumant lentement entre ses lèvres, l'allure très négligée, il ne s'était pas lavé depuis une semaine. Azziya, une prostituée nigériane, lui proposa de fuir avec elle, disparaître en Inde ou en Australie. Il sourit, hocha la tête puis lui demanda si elle n'avait pas vu Abbas ce matin. Elle s'éloigna et s'en alla boire une bière au bar Alegría.

Soumaya ! s'exclama-t-il soudain, alors qu'il venait à l'instant de se rappeler son nom. S'il y a quelqu'un sur terre qui peut encore me sauver, c'est certainement elle. Elle seule est capable de redonner vie à mon âme, me faire retrouver ma virilité. Je dois absolument la voir ! Abbas doit savoir où elle est. Mais où est Abbas, au fait ? Il se cache ? On a parlé de rafles ces derniers temps. Peut-être a-t-il pris les devants et a-t-il carrément disparu ?

Azel marchait dans la rue en suivant un rayon de soleil. Il s'arrêta devant un Marocain qui proposait un vrai bric-à-brac : une paire de chaussures usées, un téléphone noir qui ne fonctionnait plus, une louche, des cendriers en plastique, trois cravates sales, une casquette militaire, l'annuaire de Séville, un plan de Barcelone, un abat-jour, des ampoules probablement mortes, un drap plié, quatre cintres dont un en bois. Ils se regardèrent, se sourirent puis se serrèrent la main.

Azel espérait qu'il trouverait Abbas dans une pension au Barrio Gótico. Il marchait la tête baissée, pensait de plus en plus à Soumaya, la voyait, se souvenait de son odeur, une chaleur furtive traversait son ventre, c'est ça, se dit-il, elle saura remettre les choses à leur place, elle a le pouvoir d'inonder mon corps de chaleur, ses gros seins sont redoutables, elle sait si bien en jouer, c'est exactement ça, je me contenterai de sa poitrine comme la première fois où elle a tenu à me faire jouir entre ses seins, elle a deviné mon point faible, mais est-elle seulement encore à Barcelone ? Elle lui avait souvent parlé de son projet de repartir au Maroc ouvrir un salon de coiffure ; Abbas, qui savait tout, pourrait le renseigner.

Carrer del Bisbe, des Marocains étaient adossés au mur. Ils se calaient comme s'ils avaient voulu empêcher la maison de s'écrouler. Un Pakistanais vendait des foulards en tissu synthétique. Il ne parlait pas, attendait que le client s'arrête et lui enroulait autour du cou un de ces foulards aux couleurs vives.

Abbas dormait encore. La pension où il habitait était tenue par des gens d'Amérique latine.

257

Azel le réveilla et le tira de son lit pour l'entraîner dans un café sur les Ramblas.

— Je me cache, j'ai eu des informations concernant l'entrée sur le territoire d'Arabes venus d'Afghanistan via Islamabad. La police craint des attentats, tu sais, ceux qu'on appelle les « Afghans », des tueurs sans scrupules, sans conscience et fanatisés. Alors la police ratisse large et arrête pas mal de *Moros*. Et toi, quoi de neuf ?

— J'ai quitté l'Espagnol, baiser des mecs, c'est pas mon truc.

— OK ! Tu me l'as déjà dit, mais comment faisais-tu pour bander ?

— Il me suçait, je fermais les yeux et je pensais à Siham ou à Soumaya, d'ailleurs il s'y prenait mieux qu'elles.

— Ah, la pauvre Soumaya !

— Où est-elle ? Je la cherche, j'ai besoin d'elle.

— Il vaut mieux laisser tomber, elle a cette maladie qui ne se soigne pas, la malheureuse, elle s'est mise à la drogue puis les choses se sont enchaînées, tu ne la reconnaîtrais pas si tu la voyais, tout amaigrie, ses seins flasques, ses yeux vitreux, elle n'a pas les moyens de se faire soigner et puis elle a tellement peur qu'on la renvoie au pays. Pourquoi voulais-tu la voir ?

— Comme ça, pour la saluer, elle a été sympa avec moi.

— Demain, je t'emmène lui rendre visite, si

tu veux, mais il faut la laisser en paix; elle est très malade, la pauvre. Elle partage la chambre d'une Mexicaine paumée.

La belle Soumaya, pulpeuse et vive, était devenue une ombre grise, le visage froissé, le regard vide et le corps meurtri par les souffrances de la maladie et de la faim. Elle dormait ou était peut-être dans le coma. Azel détourna les yeux, inondés soudain de larmes. Il quitta la chambre en courant. Accablé, il voulait faire quelque chose pour elle, la sauver s'il avait pu. Abbas lui dit qu'il était trop tard.

Azel se rappela qu'il connaissait un médecin français ami de Miguel installé à Barcelone à qui il pourrait peut-être demander de l'aide. Impossible d'oublier son nom, il s'appelait Gabriel Lemerveilleux. C'était son vrai nom. Il venait d'une famille de pieds-noirs de Mostaganem en Algérie. Cultivé, drôle, profondément humain, il adorait rendre service et avait de l'amitié un sens très aigu sans toutefois avoir beaucoup d'illusions sur le genre humain. Il travaillait le moins possible, laissant la priorité à ses amours nombreuses et tumultueuses avec des hommes. Vif, intelligent, Gabriel avait en plus de ses compétences professionnelles une passion pour les autres. On disait de lui qu'il avait « l'amour du prochain ». Certains en riaient, d'autres ironisaient. Mais tout le monde lui reconnaissait le don de lire dans le regard des gens, et d'être toujours là quand on avait besoin de lui. Azel l'avait connu à Tanger à l'occasion d'une fête donnée par Miguel. En consultant un annuaire de la ville, il trouva immédiatement l'adresse de son cabinet.

En se présentant chez lui, Azel était loin de se douter de ce qu'il allait apprendre.

32

Gabriel

Gabriel était la personne qui connaissait certainement le mieux Miguel. Même s'ils se voyaient rarement, ils avaient gardé des liens très forts. Gabriel savait des choses sur son ami mais refusait d'en parler. Ce matin-là pourtant, quand il vit Azel débarquer dans son cabinet, il le pria de l'attendre et de ne surtout pas s'en aller, il avait quelque chose à lui dire.

— Tu tombes bien, Azel. Je ne savais pas où te trouver. Mais dis-moi d'abord ce qui t'amène.

Azel hésita puis lui parla de la situation de Soumaya. Gabriel le rassura immédiatement. Il se trouve qu'elle était venue le voir quelques jours plus tôt et qu'elle n'était atteinte que d'une hépatite sévère. Elle suivait déjà pour cela un traitement qui la remettrait vite d'aplomb.

— Mais je l'ai vue, moi, elle est très malade !

— Ne t'en fais pas, elle s'en sortira. Avec

quelques petites interventions à la marocaine, j'ai réussi à la faire admettre dans une clinique dépendant de la Cruz Roja, il faut qu'elle se repose et surtout qu'elle ait une bonne hygiène de vie, la pauvre, elle a été abandonnée, elle s'est tellement laissée aller. Je lui ai même dit qu'avant toute chose elle ferait bien de commencer par se laver. À la voir, on dirait qu'elle est à l'article de la mort.

Après un moment de silence, Gabriel reprit la parole :

— Tu as fait beaucoup de peine à Miguel, tu sais.

— Oh, n'exagérons rien, je me suis permis de prendre chez lui quelques bibelots parce que j'avais besoin de payer une dette, c'est tout. Miguel a été très généreux avec ma famille, moi en revanche j'ai tout perdu, je suis démoli. C'est moi qu'il faut plaindre, pas lui.

— Alors écoute au moins l'histoire que je vais te raconter. Miguel n'est pas celui que tu crois, il s'est fabriqué lui-même son personnage, mais il emprunte en quelque sorte le même chemin que toi. La famille dans laquelle il est né était très pauvre. Son père avait dû s'exiler au Maroc puis en France et travailler dans le port de Marseille. Sa mère était concierge dans un quartier résidentiel, et pour survivre elle a été obligée d'abandonner ses deux enfants à l'assistance publique. À ton âge, Miguel était bien plus démuni que toi aujourd'hui. Dès qu'il l'a pu il a quitté l'Espagne. Il voulait sauver sa peau. Pour cela, comme toi, il a dû suivre un homme, un lord anglais, riche et puissant, un homme compliqué et sévère. Ce lord l'a pris sous sa protection parce que Miguel était très beau et, arrivé à Londres, il l'a installé dans une de ses propriétés. Miguel était son amant, son esclave dévoué, son domestique, son valet de chambre et le lord l'obligeait même de temps en temps à coucher avec sa sœur, une vieille peau dont personne ne voulait. Contrairement à toi, Miguel avait déjà eu des relations sexuelles avec des hommes en Espagne, il aimait ça et ne s'en cachait pas, même si la société de l'époque ne le tolérait guère. Miguel subissait son maître et le satisfaisait. Il savait cependant qu'il finirait un jour par en être récompensé. Intelligent et malin, il profitait donc autant qu'il pouvait des quelques moments où le lord ne lui refusait rien. Miguel avait en tête un seul et unique objectif : s'en sortir, et ne plus jamais connaître le manque et la misère. C'est ainsi qu'il est allé jusqu'à utiliser la sœur pour obtenir ce que le lord avait le plus de mal à lui offrir, un petit Picasso dont Miguel raffolait. Il fallait être fort, je t'assure, avoir une énergie formidable pour aller jusqu'au bout de ce jeu et surtout pour en sortir gagnant. Bref, à la mort du lord, Miguel a hérité d'une grande fortune. Le lord lui a tout laissé par testament. La sœur a essayé de casser la succession, la justice lui a donné tort. Elle a même fait circuler le bruit que son frère était mort empoisonné par Miguel. Après cela, Miguel est parti à Tanger, il a acheté une maison superbe, installé ses parents dans une petite ferme à Málaga et mis de l'ordre dans sa vie. Il a commencé par changer de nom, a trouvé un travail et un mari à sa sœur, a approché la famille royale d'Espagne, on prétend même que la reine l'appréciait et lui facilitait certaines relations, il aimait briller, donner de grandes fêtes, dépenser de l'argent et tout faire pour l'être dont il tombait amoureux. Et vois-tu, Azel, je crois qu'avec toi il a revécu une partie de cette jeunesse et tu l'as profondément déçu.

Azel était étonné. Il ne put s'empêcher de penser à ce que Miguel pourrait lui laisser après sa mort. Il songea même revenir auprès de lui, lui demander pardon, rentrer dans ses bonnes grâces et lui administrer la fameuse petite pilule qui arrête le cœur sans laisser de trace.

Maintenant qu'il était moins inquiet pour Soumaya, Gabriel avait su le rassurer, il réfléchissait à son propre sort. Alors qu'il était sur le point de quitter Gabriel, il baissa les yeux et bredouilla :

— Tu sais, je ne bande plus !

— Et alors ? Ça arrive à tout le monde, le coup de la panne, tous les hommes passent un jour ou l'autre par là, ce n'est rien, ne t'inquiète pas.

— Ce n'est pas physique, c'est ma tête qui ne va pas bien ; je suis perdu, je n'ai plus aucune confiance en moi, je suis foutu, j'ai honte.

— Appelle-moi donc la semaine prochaine, qu'on en parle sérieusement.

33

Flaubert

C'est par un hasard étrange que les chemins d'Azel et de Flaubert s'étaient croisés par un matin froid sur un banc dans un jardin public. Azel fumait, Flaubert pas.

— Hé, vous ! Vous avez une façon meurtrière de fumer !

— C'est quoi, meurtrière ?

— Vous avalez la fumée de toutes vos forces pour qu'elle dépose tout le goudron dans vos poumons. Rien ne leur échappe. Vous cherchez à vous débarrasser de vous-même. Enfin, ça ne me regarde pas, mais comme on dit chez moi au Cameroun, plus exactement dans le pays des Bangangté dans le Ndé, on dirait que vous avez peur d'avoir un deuil sec.

Azel le regarda, sourit puis lui tapa sur l'épaule.

— T'es un drôle de mec ! Qui t'a envoyé pour me faire la morale ? Ma mère, ma sœur ou bien mon bienfaiteur ?

— Personne, je suis de passage, je suis venu

chercher André Marie, un cousin que la famille cherche désespérément pour des problèmes de tontine. André Marie est un grand Noir, je crois qu'il mesure deux mètres, il est parti un jour avec la ferme intention de trouver du travail en Europe, il est entré au Maroc par la frontière avec la Mauritanie, a passé quelques mois à Tanger où il a pas mal souffert, puis a fini par traverser la mer. Je crois qu'il a même réussi du premier coup. Du moins, c'est ce qu'il prétendait dans le message qu'il a envoyé un jour par un de ses cousins revenu au pays.

— Je vois, encore un de ces Africains qui mangent les chats de Tanger tellement ils n'ont rien pour survivre ! À cause d'eux, dit-on, les souris et les rats ont réapparu dans les quartiers autour du port. Et toi, d'où viens-tu ?

— Je travaille pour une ONG franco-allemande. J'étais à Toulouse quand la famille m'a téléphoné pour me demander de partir à sa recherche, on m'a dit que je le trouverais à Barcelone dans le quartier africain. Alors j'ai pris le train et me voilà donc à la recherche d'André Marie. Vous ne le connaîtriez pas, par hasard ? Un homme de deux mètres, ça se remarque !

— Non, je ne connais pas d'Africain. Ah si, je connais Azziya, une pute du Nigeria.

— Azziya, mais ce n'est pas un nom africain !

— Exact ! Ce sont les Marocains qui l'ont surnommée ainsi, au pays, les Noirs, on les appelle souvent Azzis, un mot méprisant, parfois même Abid, qui veut dire esclave. Mais revenons à vous, c'est quoi, cette histoire de « deuil sec » et de « tontine » ?

— Chez nous, au pays bamiléké, on vit avec le devoir de respecter sa parole, de ne pas porter atteinte à l'honneur de la famille. La pire des hontes pour un Bamiléké, c'est que les gens ne viennent pas à son deuil, je veux dire à ses funérailles. Si vous ne respectez pas votre parole, vous ne faites plus partie de la famille et de la tribu. Le deuil sec, c'est lorsqu'on fait acte de présence dans les funérailles mais qu'on ne boit pas, on ne mange pas, on ne reste pas longtemps.

— Mais le mort, ça lui fait une belle jambe qu'il y ait des gens ou pas le jour de son enterrement.

— Non, parce que chez nous les morts ne sont jamais morts, ils changent de statut et deviennent des ancêtres qu'on consulte quand il y a un problème.

— Et la « tontine », c'est quoi ?

— C'est un système de crédit. Un petit groupe de personnes se réunissent et chacun s'engage à verser une certaine somme par mois dans une caisse commune. Ensuite, à tour de rôle, chacun a accès à la somme totale en tant que crédit. L'argent est prêté sans papier, sans signature, sans rien, il y a juste la parole donnée. Si l'un des membres du groupe ne rembourse pas le crédit, c'est l'honneur de toute la famille qui est sali, c'est alors les frères et sœurs qui se verront dans l'obligation de rembourser afin de sauver l'honneur de la famille. Je viens chercher André Marie parce qu'il avait eu un crédit pour partir travailler en France puis a disparu et n'a pas remboursé la tontine. Son père est malade, il n'est pas mort, mais il craint qu'à cause de son fils maudit son deuil soit sec. On m'a appelé pour sauver la situation avant l'arrivée de la saison des pluies. J'ai deux ou trois semaines pour régler ce problème. Sinon ce sera un drame, il ne pourra plus se dire originaire du Ndé.

— Ndé, c'est le nom de ton village ?

— C'est plus qu'un village, c'est comme un département et ça signifie Noblesse, Dignité, Élégance.

Azel crut que c'était une plaisanterie.

— Avec toutes ces valeurs traditionnelles chez vous, pourquoi avez-vous besoin de partir ?... J'ai toujours eu de la peine à voir ces Africains traîner dans les rues de Tanger comme des ombres perdues ; ils sont gentils, pas agressifs, pas mauvais. Ils mendient, nettoient les cimetières, font des travaux pénibles et acceptent d'être mal payés. Certains se mettent le long de la route, surtout vers la ville de Ceuta, et interpellent les automobilistes en faisant le geste de vouloir manger. C'est assez triste à voir. Qu'est-ce qui les pousse sur les routes ?

— Nous partons mais toujours pour revenir. Nous faisons notre vie en fonction de la famille, dont chacun se sent responsable. Écoutez l'histoire d'Apollinaire, pas le poète français, mais mon cousin qui travaille dans le transport de marchandises. Il y a quelques années, son père est mort brusquement sans avoir remboursé l'argent que sa famille devait à la tontine. Le deuil était plus que sec, personne ne vint rendre hommage au défunt, c'était un deuil désert, aride et très malheureux. Apollinaire prit donc la décision d'émigrer en France pour amasser l'argent que son père n'avait pas eu le temps de gagner. Il se débrouilla pour entrer clandestinement en France et travailla dans le trafic de voitures d'occasion. En cinq ans à peine il avait amassé une belle somme. Il rentra à Douala et mit tout en place pour les funérailles de son père au village; il avait évidemment remboursé la dette.

— Mais son père n'était pas mort depuis cinq ans?

— Si, bien sûr, mais il fallait laver la honte de la famille, même avec cinq ans de retard. Telle est l'histoire d'Apollinaire. Aujourd'hui il est riche et puissant et dirige ses affaires depuis le pays. Il est polygame, bien portant, et sa mère est convaincue qu'il doit sa fortune au respect de la parole donnée.

— Alors finalement, chez vous, vous vous sentez bien?

— On a des problèmes surtout économiques, des problèmes de gouvernance et de corruption, entre autres parce qu'on n'est pas encore sortis du giron de Madame-la-France qui nous traite comme des enfants attardés. Vous savez, le pire dans tout ça, c'est que nous laissons faire !

— C'est à cause de Madame-la-France que vous êtes parti de votre bled ?

— Non, je suis un privilégié, j'ai la possibilité de partir et de revenir en fonction de ce que nécessite mon travail. Et puis surtout, j'ai besoin de mes montagnes comme vous vous avez besoin de vos cigarettes.

— Vous restez dans votre bled pour une histoire de montagnes ?

— C'est bien plus que ça, c'est la terre de mes ancêtres, et chez nous les ancêtres sont essentiels, sans eux, je ne vis pas.

Azel leva les yeux vers le ciel et rêva de l'Afrique. Il se demandait pour quelles raisons les Marocains ne se sentaient pas africains et ignoraient tout de ce continent. Flaubert lui dit :

— Vous savez, les étrangers sont bien reçus chez nous. Si ça vous dit, vous pourrez vendre des tapis dans le nord du pays, à Maroua, ou à Garoua ; les Aladji vous les achèteront. Ils adorent les tapis marocains, surtout les tapis de prière. Alors réfléchissez, si vous avez envie d'oublier vos angoisses, quitter l'Europe sans rentrer au Maroc, le Cameroun vous ouvre les bras. Ce ne sont pas des mots en l'air, n'oubliez pas, nous sommes le pays de la parole donnée mais surtout respectée. Tenez, je vous donne le téléphone de ma famille dans le Ndé. Vous appelez quand vous voulez.

— Vous avez confiance en moi! Vous ne savez rien sur ma vie et vous m'invitez déjà chez vous!

— Vous savez, il vaut mieux partir du principe que l'homme est bon, s'il se révèle mauvais, c'est lui qui se fait mal. C'est une question de sagesse.

— Vous croyez que je pourrai rendre visite à un marabout?

— Évidemment, mais tout dépend de ce que vous attendez de lui.

— Guérir.

— Mais de quoi?

— De tout. De moi, de ma vie, de mes échecs, de mes peurs, de mes faiblesses, de mes manques. Je veux être bien, voilà, être bien avec moi-même.

Avant de partir, Flaubert lui tendit sa carte :

— Au fait, comment vous appelez-vous?

— Azz El Arab.

— C'est le nom d'un écrivain?

— Même pas!

34

Kenza

Miguel avait prévenu Kenza qu'il s'absenterait pendant plusieurs mois. La procédure de divorce était entamée. Juste avant de partir, il lui fit porter un paquet contenant un superbe collier ancien et une jolie somme d'argent, accompagné d'un petit mot. « Ma chérie, je pars loin, je suis un peu fatigué de tout ce qui m'arrive, je cherche la juste distance entre cette vie compliquée et mes espérances. Ce n'est pas facile. J'ai besoin de prendre l'air et surtout de cultiver un jardin d'oubli. Sois heureuse, fais-moi des enfants avec ce Turc, je les élèverai afin que ma vieillesse ne soit pas triste. »

Elle en avait envie mais elle avait encore des doutes sur Nâzim. Dès qu'elle évoquait l'avenir, il devenait fuyant. Elle était amoureuse, lui hésitait, ne savait pas exprimer ses sentiments, par pudeur ou par calcul, elle n'en savait rien. Cela faisait maintenant plus d'un an qu'ils se fréquentaient et ils s'entendaient toujours aussi bien au lit. Kenza voulait avancer, faire des projets, et fonder une famille, dès que le divorce avec Miguel serait prononcé. Elle aimait ce pays, envoyait régulièrement de l'argent à sa mère, dansait toujours à L'huile d'olive et acceptait de temps en temps de se produire dans des mariages, la danse orientale était à la mode ; elle économisait et avait décidé de ne plus s'en faire pour Azel. Chacun sa vie, chacun son destin, se répétait-elle comme pour se convaincre qu'elle n'était pas responsable de lui.

Et puis du jour au lendemain Nâzim disparut. Kenza le chercha partout, s'attendant au pire. Elle avait entendu dire que le ministère de l'Intérieur avait convoqué une centaine de Maliens et de Sénégalais sans papiers, avec la promesse de les régulariser. Ils s'étaient tous présentés à l'heure dite, la police avait été tellement aimable que certains s'étaient même mis à danser devant le commissariat. Ensuite on leur avait offert des boissons chaudes et des petits pains au fromage. Pas de porc, ils avaient apprécié l'attention. Après ce repas, on les avait installés dans une grande salle et on les avait oubliés pendant un peu plus d'une heure, le temps que les somnifères dilués dans les boissons fassent leur effet. Tout le monde dormait profondément. Des agents bien entraînés leur passèrent les menottes et les transportèrent dans des bus jusqu'à l'aéroport militaire où un avion les attendait. Certains parvinrent à ouvrir un œil, mais ils avaient du mal à parler. Ils voyaient flou et ne comprenaient pas ce qui leur arrivait. Une fois dans l'avion, d'autres agents les attachèrent sur les sièges à l'aide d'un scotch particulièrement résistant, et les bâillonnèrent. L'avion s'envola. Quelques heures plus tard, ils se réveillaient à l'aéroport de Bamako. Les mêmes agents les détachèrent. Dans la cabine, les coups se mirent soudain à pleuvoir, les sièges volaient, l'équipage, lui, s'était enfermé à l'avant de l'avion. Le pilote désapprouvait, bien sûr, mais préférait faire comme si de rien n'était. Complice mais pas tout à fait consentant. Les ordres. Voilà, c'était un ordre, personne ne lui avait expliqué les détails de l'opération.

À Bamako, les autorités étaient gênées. On se demandait pourquoi l'avion n'avait pas atterri à Dakar. Les revenants, c'est ainsi que le ministre de l'Intérieur malien les désigna, furent donc lâchés dans la nature. Les Sénégalais reprirent la route, certains pour Dakar, d'autres pour le nord du Maroc. Ils voulaient retourner en Espagne. Ils n'avaient rien à perdre.

C'est la presse espagnole qui avait révélé l'histoire, dénonçant les méthodes inhumaines du gouvernement du petit Aznar. Le Premier ministre répondit avec son cynisme habituel : « Il y avait un problème, il n'y a plus de problème, alors où est le problème ? »

Cette histoire sordide tourmentait Kenza. Peut-être un autre charter avait-il été affrété pour la Turquie? Elle se rassura en se disant qu'il n'y avait pas assez de Turcs en Espagne pour remplir un avion entier. Elle passa au restaurant, où un des garçons lui apprit qu'on n'avait pas vu Nâzim depuis une semaine. Il lui donna une adresse où elle pourrait peut-être le trouver. Kenza prit un taxi et se retrouva dans une ruelle sombre entre le Barrio Chino et le Barrio Gótico. L'entrée était sale. Un Latino éméché mendiait un peu d'argent. Elle lui donna une pièce et lui demanda s'il connaissait un Turc, grand de taille, brun avec une moustache épaisse et noire.

— Ah, *el Moro*, dernier étage au fond, la porte rouge.

Elle frappa à la porte, appela Nâzim à plusieurs reprises. Derrière, elle entendit seulement la voix d'un enfant. Elle frappa encore plus fort.

— Nâzim, c'est Kenza, ouvre-moi, c'est important.

L'enfant pleurait. Elle entendit la voix d'une femme qui le calmait.

Kenza se dit qu'elle avait certainement été mal renseignée. Il ne devait pas y avoir de Nâzim dans cet immeuble à l'abandon. À moins qu'il ne soit marié et qu'il vive là avec sa famille. Elle s'en voulut aussitôt d'avoir pensé cela. Tout était possible, pourtant, Miguel le lui disait souvent. Le doute au sujet de Nâzim s'était maintenant immiscé profondément en elle, il prenait toute la place, la rongeait, lui jouait des tours et la faisait souffrir. À présent, elle n'avait plus qu'une chose à faire, retrouver son homme et lui poser carrément la question.

Le lendemain, en fin d'après-midi, Nâzim réapparut. Il avait l'air fatigué et préoccupé. Il expliqua à Kenza qu'il avait dû partir en Galice pour un travail bien payé, il n'avait pas voulu le lui avouer car il avait pris des risques. Après un instant pendant lequel ils restèrent silencieux, il la prit par l'épaule et lui parla doucement :

— Tu sais, Kenza, j'ai une vie compliquée, j'ai des dettes, je dois rembourser quelqu'un de très méchant. Je ne peux pas entrer dans les détails, de toute façon je n'ai même pas le droit d'en parler ; je te demande juste de me faire confiance.

Ils étaient installés dans un café. Il la serra dans ses bras. Kenza avait envie de pleurer, son intuition lui répétait : méfiance, méfiance. Nâzim se leva pour aller aux toilettes. Kenza s'aperçut alors que son portefeuille était tombé par terre. Elle le ramassa, le posa sur la table, et le regarda fixement. Une idée folle traversa son esprit : Si tu ouvres ce portefeuille, tu découvriras quelque chose d'important. C'était comme un signe du destin. Elle n'osa pourtant pas le toucher, mais Nâzim tardait. Elle approcha tout doucement sa main et l'entrouvrit d'un doigt. Une photo. Elle représentait Nâzim tenant entre ses bras une jeune femme brune avec une longue chevelure, entouré de deux enfants. Une photo de famille. La photo classique que les pères mettent dans leur portefeuille. Des larmes coulèrent sur ses joues. Impossible de les arrêter. Nâzim reparut enfin, souriant, prêt à passer une belle journée avec sa bien-aimée. Kenza s'était ressaisie. Elle se leva sans un mot, sortit du café, arrêta un taxi et disparut, laissant Nâzim seul sur le trottoir.

35

Nâzim

Le secret avait failli pourrir son corps et son esprit. Il l'avait gardé comme une boîte fermée sur des souvenirs qui ne demandaient qu'à sortir et à vivre. Des morceaux de vie antérieure tenus prisonniers durant quelques mois, peut-être quelques années. Il s'était exercé à ne pas les fréquenter, à ne pas les rappeler. Il savait que les souvenirs n'existent que s'ils sont ramenés au présent. Il lui arrivait de tourner autour, de respirer leurs parfums, de s'enivrer de solitude et d'ouvrir les yeux comme pour se convaincre qu'il ne servait à rien d'aller et venir entre son passé et sa vie actuelle. Maintenant, il n'avait plus de précaution à prendre. L'infamie, il la portait en lui comme une vieille chose sale, puante et qui lui faisait honte. Il pensait pouvoir s'en débarrasser, la refouler vers le pays des délits inavouables. Il avait menti par omission. Il s'était tu, rien de plus. Jamais Kenza ne lui avait posé de questions précises sur sa vie passée. Qu'aurait-il répondu si elle lui avait demandé s'il avait été marié en Turquie ? Il aurait bafouillé quelques mots puis aurait détourné la conversation. Moi, marié ? bien sûr que non ! J'aurais certes pu épouser ma voisine mais on l'avait promise à son cousin. Et comme disait le grand Nâzim Hikmet :

J'ai arraché la gazelle aux mains du chasseur, mais toujours évanouie, elle n'a pu être ranimée
J'ai cueilli l'orange sur sa branche, mais elle n'a pu être pelée
Je me suis confondu avec les étoiles, pêle-mêle, mais on n'a pu toutes les compter...

Cela faisait maintenant deux ans et trois mois qu'il n'avait pas vu sa femme et ses deux fils. Il leur envoyait de l'argent, leur téléphonait de temps en temps d'une cabine, racontait n'importe quoi, disait qu'il travaillait dans une université privée dont il taisait le nom, qu'il vivait à Madrid mais qu'il donnait aussi des cours de mathématiques à Tolède. Il inventait, se trompait, s'embrouillait, s'excusait puis rac- crochait sèchement. Il savait qu'il pouvait faire confiance à sa femme, elle travaillait dans un bureau d'architectes, elle savait bien s'occuper des enfants, et puis elle l'attendrait. Il avait quitté la Turquie après avoir tout perdu au jeu et s'être retrouvé brutalement sous la pression d'un de ses créanciers riche et pervers. Celui-ci lui avait dit : Je sais que tu n'as rien, rien du tout, tu ne pourras jamais rembourser tout ce que tu me dois. Te tuer, ça ne me rendra pas mon argent. L'argent, j'en ai au-delà de ce que tu imagines, mais vois-tu, j'aime le Mal, j'aime voir mon prochain souffrir, je ne peux t'expliquer ce qui se passe en moi, mais je jouis quand je vois quelqu'un, surtout quelqu'un de sympathique comme toi, en train de trimer et de subir les pires humiliations de la vie. Ta punition, c'est l'exil. Je te jette hors du pays. Je t'envoie en enfer, pas en prison, ce serait trop simple, non, je te condamne à l'exil. Je te sépare de ta femme et de tes enfants, sur lesquels je garderai un œil. Durant trois ans, ne te pointe pas en Turquie. Mes hommes sont partout, impitoyables, ils adorent découper leur prochain en petits morceaux, c'est comme ça, tu me dois trois briques, je te condamne donc à trois ans d'inexistence en Turquie. Nous sommes bien d'accord ? Et ne me fais surtout pas pleurer. Quand je pleure, je deviens méchant. Tu as de la chance, tu sais, ta punition n'est pas assez cruelle, estime-toi heureux d'être tombé sur un créancier de ma qualité. Attends, ne pars pas, tu ne sais pas encore quelle destination je t'ai choisie. Je vais t'envoyer là où les Turcs n'ont pas l'habitude d'aller. Tiens, l'Espagne par exemple, c'est un beau pays, l'Espagne, un pays accueillant. Tu feras des découvertes, peut-être même que tu t'y plairas. Ne demande pas de visa, tu ne l'auras jamais. Prends la route, marche, marche jour et nuit, si tu es fatigué, pense à moi, je serai en train de jouir. Tu as quarante-huit heures pour disparaître. Tiens, prends le numéro de téléphone d'Omar, ses amis le surnomment « Tarass Boulba », c'est pas un poète, mais il aime enculer les hommes de ton genre, tu lui donnes ton cul et il te facilitera la sortie du territoire. À toi de voir, Omar est un malade, dès qu'il voit un fessier, il sort sa bite et cherche à l'enfoncer dedans, c'est un type curieux et fidèle, il ne m'a jamais trahi, il n'a ni sentiments ni émotions. À moins que tu préfères te débrouiller tout seul... Ne t'avise pas de parler à qui que ce soit de notre contrat, ni de demander par exemple l'asile politique, je sais que les Européens ont le cœur sensible, dès qu'ils voient quelqu'un d'un peu égaré, ils lui filent l'asile politique, t'as pas intérêt à essayer, je tiens ta famille dans la paume de ma main. Remarque, tu n'es pas obligé d'aller en Espagne, tu pourrais aller en Allemagne, mais là-bas ce serait trop facile, avec tous les Turcs qui y vivent. L'Allemagne, ce ne serait plus l'exil, l'exil c'est un territoire glacial... Mais n'oublie pas, même là-bas, j'ai mes informateurs.

Nâzim savait qu'il avait affaire à un pervers. Il n'avait pas d'autre choix que fuir, partir, quitter la Turquie au plus vite et rejoindre l'Espagne pour trois ans, exactement comme on le lui avait ordonné. Le créancier devait avoir des hommes là-bas. Nâzim prenait toutes ces menaces très au sérieux et se voyait déjà, comme dans les films sur la mafia, poursuivi par des tueurs, et sa femme et ses enfants en danger. Ses dettes étaient énormes, comment en était-il arrivé là ? Une sorte d'inconscience, une folie, une malédiction. Le jeu avait été pour lui comme l'alcool pour certains, une véritable descente en enfer. Sa femme, pourtant, n'en avait jamais rien su. Il ne lui en aurait parlé pour rien au monde. Il disparaissait seulement de temps en temps, disait qu'il avait des réunions à l'université ou qu'il avait retrouvé des copains d'enfance, qu'il rentrerait tard. Son exil en Espagne était une punition, certes, mais il y vit aussi l'occasion d'en finir avec le jeu. Avant de partir, il expliqua à sa femme que l'université l'envoyait pour quelques mois en Europe sans lui donner plus de détails. Il embrassa ses enfants dans leur sommeil, prit un sac et disparut, la gorge serrée.

C'est ainsi qu'il avait fini par arriver en Espagne après un court arrêt en France et quelques ennuis.

36

Azel

Qu'est-ce qu'un sans-papiers ? C'est un étranger en situation irrégulière. Un clandestin qui a brûlé toutes les preuves de son identité pour rendre impossible son renvoi dans son pays. Mais ça peut être aussi un étranger légalement entré sur le territoire qui n'a plus de permis de travail, plus de carte de séjour et plus de raison de rester dans le pays.

Azel était dans ce dernier cas. Pour renouveler sa carte de séjour arrivée à expiration depuis plusieurs mois, il fallait qu'il ait un travail avec un contrat de l'employeur et une adresse de domicile authentifiée par une facture d'eau, d'électricité ou de téléphone fixe. Or il ne pouvait fournir aucune de ces pièces. Il savait qu'il avait basculé dans l'illégalité, dans cette marge où rôdent des trafiquants et autres recruteurs, prêts à vous engager à tout moment pour d'inavouables besognes. Il le savait et ne s'en inquiétait pas. Fataliste, il pensait que son destin devait prendre ce chemin et qu'il ne fallait pas le contrarier. C'est ainsi qu'il avait rompu avec tout le monde, même avec Kenza. Il se laissait aller comme s'il voulait expier une faute grave qu'il aurait un jour commise. Il n'avait maintenant plus personne à qui parler, à qui se confier. Sa vie n'avait plus de sens. Il passait le plus clair de son temps avec Abbas, qui lui refilait des montres de contrefaçon à vendre, ou parfois quelques boîtes d'allumettes remplies de barrettes de haschisch. De temps en temps, au passage d'une femme qui le frôlait, il croyait avoir retrouvé sa puissance sexuelle d'antan. Il courait alors se masturber dans les toilettes d'un café. Un jour, Azel vendit une fausse montre Cartier à un passant, qui le remercia en arabe. Après un moment, l'homme revint vers lui et lui demanda s'il avait le temps de prendre un café. Je suis étranger dans cette ville, expliqua-t-il, je suis seulement de passage. Sauriez-vous m'indiquer l'adresse d'une mosquée dans le quartier pour la prière du soir? Je veux prier, sans quoi je suis bien malheureux.

Azel ne connaissait pas de mosquée dans le coin. Tu ne pries donc pas? lui demanda l'homme. Azel lui répondit par une moue qui signifiait que la prière ce n'était pas son truc. C'est bien dommage, mon frère, de ne pas t'adresser à Dieu ne serait-ce qu'une fois par jour. Sais-tu seulement que les cinq prières quotidiennes, tu peux les rassembler le soir et les faire ainsi en toute quiétude?

Azel comprit tout de suite que cet homme était en fait un recruteur. Il utilisait la même approche et le même discours que celui qui avait essayé de l'entraîner dans un mouvement islamiste à Tanger. Il le laissait parler, l'écoutait sans l'imaginer dans des situations grotesques, comme cela lui était arrivé avec celui de Tanger. La première fois, il avait encore la force de se défendre contre ce genre de discours politique destiné à l'embrigadement. Aujourd'hui, il était fatigué, et espérait confusément réussir à tirer profit d'une façon ou d'une autre des propositions que ne manquerait pas de lui faire le recruteur.

— Tu comprends, mon frère, nous sommes ici dans le pays de nos ancêtres, ceux qu'Isabel la Catholique a expulsés après avoir fait ériger des bûchers où des hommes de foi, des musulmans, dont nous sommes les descendants, ont été brûlés. Elle a ordonné la démolition des lieux de prière, elle a obligé ceux qui n'ont pas pu fuir à se convertir au catholicisme, elle a fait interdire l'écriture arabe et le port des vêtements traditionnels. C'était il y a longtemps, cinq cents ans, mais la brûlure est toujours là, dans nos cœurs, dans le cœur de tout musulman, de tout Arabe. L'islam a été chassé de ce pays. Il est de notre devoir de le faire revenir, de le faire respecter. Nous en avons assez des humiliations, de cette indignité dans laquelle nous tient l'Occident chrétien. Regarde comment nos frères palestiniens sont traités, comment l'Amérique soutient la politique d'Israël, regarde comment les citoyens sont traités dans nos pays. Il faut faire quelque chose, réagir, répandre, entendre la voix de l'islam et des musulmans. Dis-moi, toi, tu as fait des études, n'est-ce pas, tu n'es pas analphabète comme la plupart de tes frères ?

— Oui, je suis diplômé de l'université de droit de Rabat.

— Je l'ai tout de suite vu. Je savais que j'avais affaire à un homme de culture et de bon sens. J'aimerais t'inviter à nous rejoindre pour la prière du soir. Pas aujourd'hui, bien sûr, mais si par hasard un jour tu as envie de rencontrer des compatriotes qui ne sont ni des trafiquants ni des déchets de la société, viens voir ce que nous construisons, ce que nous préparons pour l'avenir de notre pays.

Azel, se rendant compte qu'il avait affaire à un menteur, lui demanda :

— Tu es marocain ?

— Autant que toi.

— Alors pourquoi parles-tu avec l'accent du Proche-Orient ? On dirait un de ces hommes du Golfe qui nous font la morale à la télé.

— Simplement parce que je suis sorti de l'université wahhabi de Djedda.

— Wahhabi... tu es wahhabi ?

— Revoyons-nous, je t'expliquerai alors ce qu'est la doctrine de notre guide Abd al-Wahab qui a vécu au dix-huitième siècle.

— Je sais, pas besoin de me faire un dessin,

c'est la femme cachée, voilée de la tête aux pieds, c'est la charia à la place du droit et des lois civiles... on coupe la main du voleur, on lapide la femme adultère...

— Tout cela, ce ne sont que des préjugés. Je te donne rendez-vous la semaine prochaine, même heure même café. Voici ma carte avec le numéro de mon portable. Tu me joins quand tu veux, sauf aux moments de la prière, bien sûr. J'ai oublié de te dire que par une magnifique coïncidence je m'appelle justement Abd al-Wahab !

Azel n'était pas surpris. Il examina la carte, lut et relut ce qui y était écrit : Ahmad Abd al-Wahab ; Import/Export ; Barcelone-Madrid-Tanger ; Tél. 34 606 892 05. Ce soir-là, il réussit à écouler tout le stock des montres d'Abbas.

Azel allait quitter le café quand une bagarre éclata entre deux immigrés. La police intervint avec une rapidité exceptionnelle et arrêta tout le monde. Vérification d'identité ! hurla un agent. Papiers, passeport, permis de travail, carte de séjour, carte de chômage, je veux toutes les cartes, que ceux qui n'en ont pas passent à droite, que ceux qui s'estiment en règle passent à gauche ! Les Espagnols, du balai ! C'est une affaire de *Moros*.

Azel hésita, se rangea à gauche. Il avait sur lui son passeport mais tous les autres documents étaient périmés. Il remarqua que la police laissait partir deux Maghrébins qui n'avaient même pas montré leurs papiers. C'étaient des indicateurs. Peut-être que c'était eux justement qui avaient alerté la police.

Azel fut conduit au commissariat, pensa appeler Miguel, mais n'eut pas le courage de le mêler à cette affaire. Son destin devait passer par ce café et par cette arrestation. Il en était persuadé. Il y avait une seule chose qu'il ne voulait pas : se laisser expulser vers le Maroc. La honte, la *hchouma*, la *hegra*, l'humiliation, ça non, jamais, tout sauf ça, même la prison mais pas le coup de pied au derrière, assez fort pour l'envoyer en quelques secondes sur les hauteurs de la Vieille Montagne de Tanger. Il était parti. Parti pour ne revenir qu'en prince, pas en déchet jeté par les Espagnols. La police trouva sur lui deux boîtes d'allumettes pleines de haschisch. Son cas s'aggravait.

— Non seulement tu n'es pas en règle, mais tu vends du haschisch !

Il passa la nuit au poste, dormit sur un banc à côté d'un clochard latino qui puait. Azel ne réussit pas à fermer l'œil un instant. Il pensait à sa mère. Il l'appelait, elle ne l'entendait pas. Il savait qu'elle ne pouvait pas l'entendre. Il la voyait assise sur la terrasse de leur maison ; elle regardait la mer, elle pensait au jour où elle rejoindrait ses enfants, elle avait subi assez de vexations dans sa vie pour vouloir finir ses jours dans un pays heureux entourée de ses enfants qui auraient tous les deux réussi. Chacun son rêve. Celui d'Azel s'était brisé en mille morceaux. Pour l'heure, il fallait trouver une porte de sortie, quelque chose qui convaincrait la police de sa bonne foi. Avec cinquante grammes de haschisch dans ses poches, difficile de plaider l'innocence. Alors il fallait jouer cartes sur table. Le matin il demanda à parler à un responsable, un gradé avec qui il pourrait négocier.

— Négocier! Négocier! Mais tu te crois où ici, tu n'es qu'un minable vendeur de drogue et de produits de contrefaçon, et tu veux négocier, mais pour qui tu te prends?

Le gradé arriva finalement. Il parlait arabe.

— *Assalam Alikum! Issmi Khaïmé, atakallamu larabiya wa a'rifu al Maghreb. Madha turid ya Azz El Arab?* Bonjour, mon nom est Jaime, je parle l'arabe, je connais le Maghreb, que veux-tu, Azz El Arab?

— *Mina al mumkin an ou inoukum.* Je pourrais vous être utile.

Jaime abandonna l'arabe et se mit à lui parler en français et en espagnol.

— Utile? Tu veux devenir notre indicateur?

— Enfin, plus exactement, je pourrais vous fournir des informations sur certains milieux islamistes.

Jaime se leva, téléphona puis fut rejoint par un autre officier, apparemment plus gradé que lui.

— Tu penses qu'on devient indicateur comme ça d'un coup? Il faut du temps, de la confiance, des preuves, des épreuves...

Au bout d'une heure, pendant laquelle Azel

sentit l'atmosphère changer, un troisième officier vint les rejoindre :

— Quelles preuves peux-tu nous donner pour qu'on te fasse confiance ?

Azel sortit la carte d'Abd al-Wahab et la lui tendit.

— Cet homme m'a abordé pour que je rejoigne un mouvement de fidèles musulmans, une sorte d'amicale de musulmans en Espagne. Il tient le discours de la revanche, il m'a parlé d'Isabel la Catholique, de l'Andalousie, du retour de l'islam en terre chrétienne et mécréante... J'ai rendez-vous avec lui la semaine prochaine. Donnez-moi une chance.

C'est ainsi qu'Azel devint indicateur pour la police espagnole. Il sauva sa peau mais vendit son âme. Peut-être pour une bonne cause. En vérité, il n'avait que faire d'être sur le bon chemin ou non. Son désespoir l'avait aguerri. Le lendemain, il se sentit assez mal. Il avait des fourmillements dans tout le corps. Des insectes minuscules parcouraient ses membres, ils le mangeaient et il était incapable de réagir, il ne souffrait pas mais voyait son pied droit se détacher, emporté par une forte colonne de fourmis noires, puis son autre pied arraché par des mantes religieuses. Il aurait voulu qu'ainsi elles emportent tout et lui rendent à la place un autre corps, peut-être qu'il retrouverait sa virilité et qu'il renouerait avec les plaisirs d'avant. Son visage ne changeait pas d'expression. Quand il voulut se lever pour se regarder dans le miroir, il ne pouvait pas bouger. Quelque chose le retenait. Une force extérieure et puissante le vissait au sol. Une belle Marocaine lui tendait le miroir, tout enveloppée dans un voile bleu transparent. Elle l'invitait à la rejoindre, souriait, dansait. Azel assistait au spectacle sans faire le moindre mouvement. C'était la première fois qu'il ressentait un tel changement dans sa perception. Il pensait à Kafka et à *La métamorphose*. Il ne l'avait pas lu mais il se souvenait d'un cours magistral de son professeur de philo sur le sujet. Je vais me transformer, devenir quelqu'un d'autre, après tout ce sera une bonne chose, je passe d'un personnage à un autre, j'y ajoute un peu de trahison, un peu de délation, même si c'est pour la bonne cause, quelle cause au fait? C'est quand même dégueulasse d'être un indicateur de flics.

Il lui fallait un peu de temps pour se familiariser avec ses nouvelles fonctions. Son esprit n'avait presque pas de scrupules. Parti pour ne pas revenir. Parti pour toujours. Parti pour mourir. Il avait prévu une visite du cimetière de la ville. Si je meurs, enterrez-moi ici, dans ce pays dont j'ai tant rêvé. Je ne voudrais pas être enseveli dans la terre du cimetière du Marshan, il m'est bien trop familier, ses morts sont nos voisins, ses visiteurs sont nos proches. Mourir, qu'importe...

Un matin, en se levant, il sentit le besoin de faire quelque chose de positif. Il entra à la poste et envoya un mandat télégraphique à sa mère. Puis il l'appela et lui annonça qu'il avait un nouveau travail, que Miguel était parti en Amérique pour longtemps, qu'il allait bien et que bientôt il lui rendrait visite à Tanger.

À la fin de cette communication, sa mère prit la parole sur un ton mélodramatique : Tu vois, mon fils, je ne sais pas combien de temps Dieu m'accordera encore dans cette vie, alors tu sais quelle est ma hantise : te voir marié, voir tes enfants jouer chez moi et faire du bruit, beaucoup de bruit ; je ne voudrais pas mourir sans vivre ces moments si beaux... Tu sais, ta cousine, la belle Sabah, elle t'attend, elle vient de refuser un parti riche et plein de promesse, Sabah pense à toi, sa mère me l'a confirmé hier, viens, prends une femme et donne-moi des petits-enfants ; que Dieu me donne vie et que je meure en ta vie.

Azel ne répondit rien, seulement la formule convenue : Que Dieu te donne la santé et que ta bénédiction me protège.

Protégé, il ne se sentait pas du tout. Comment avait-il pu faire pour se trouver au croisement d'autant de conflits ? Il se voyait devant un carrefour, empêché de traverser. Le flux des voitures venant de tous côtés faisait de lui un pantin sans tête. Comment se trouver après tout ce qu'il venait de vivre depuis un mois ? Comment atteindre la paix? Quelqu'un en lui l'incitait à nuire à sa vie.

Possédé. Voilà ce qu'aurait dit de lui sa mère. On t'a ensorcelé. On t'a poursuivi. Le mauvais œil, la haine, la jalousie. Voilà l'explication, mon fils, à tout ce qui t'arrive. Tu ne te rends pas compte de la malveillance des gens, dans la vie, dès que tu sors du lot, on cherche à te faire du mal, tu es beau, tu es intelligent, tu réussis — en tout cas tu as réussi à partir et à faire une belle carrière en Espagne —, du coup tu déclenches des haines féroces, des jalousies terribles, nous sommes tous persécutés par le mauvais œil, je sais, vous les jeunes d'aujourd'hui, vous n'y croyez pas, vous pensez que tout est logique, que n'arrive que ce que vous voyez, mais il faut apprendre à voir ce qui ne se montre pas, même notre prophète Sidna Mohamed a reconnu l'existence du mauvais œil; la jalousie peut faire beaucoup de dégâts, regarde ce qui est arrivé à la pauvre Hanane, elle est belle, instruite, de bonne famille, elle allait se marier avec un ingénieur, un homme de grande famille, tout était prêt, même les invitations étaient imprimées, et tu sais ce qui lui est arrivé? Non, elle n'est pas morte, pire, elle a été abandonnée par son fiancé qui a préféré épouser sa tante !

Alors le mauvais œil, je connais bien. Mon fils, n'oublie pas de lire le Coran, Dieu te protégera, sache aussi que de là où je suis, loin de vous, je ne cesse de vous bénir, toi et ta sœur.

37

Kenza

Alerté par le service des urgences de la Cruz Roja, Miguel sortit de sa réclusion volontaire et vint au chevet de son épouse qui avait fait une tentative de suicide. Kenza était d'une pâleur inquiétante, les yeux éteints, le regard ailleurs. Chagrin d'amour. Déception cruelle. Elle n'avait brusquement plus eu envie de vivre. Elle ne répondait pas aux questions de Miguel. Son mutisme était dû au choc, quelque chose de grave était arrivé, se dit-il. Miguel fouilla dans son sac, et en sortit un livre intitulé *Paysages humains*, les poèmes de Nâzim Hikmet. Une photo était glissée au milieu de l'ouvrage et servait de marque-page. Dessus, on la voyait poser à côté d'un bel homme moustachu et grand de taille, très brun et assez avenant. Derrière eux, on apercevait l'enseigne d'un restaurant appelé « Kebab ». Miguel se dit que Kenza recouvrerait peut-être la parole si elle revoyait l'homme de la photo. Le médecin l'encouragea aussi à partir à sa recherche. Il fallut un certain temps à Miguel pour trouver enfin le restaurant oriental. C'était une sorte de cantine assez modeste coincée entre un pressing et un vendeur de téléphones portables. Les tables étaient recouvertes de plastique, les chaises étaient sales. Derrière le bar, un vieil homme somnolait. Quand il vit arriver Miguel dans son beau manteau, il sursauta comme si le roi en personne lui rendait visite. Sur le mur du fond était accroché le portrait d'un chanteur ou d'un acteur. Miguel plissa les yeux, s'approcha de l'affiche et crut reconnaître l'homme qui était au côté de Kenza sur la photo.

Le vieil homme sourit puis dit à Miguel :

— Ah, vous aussi vous admirez notre star nationale ! Toutes les femmes en sont folles. C'est un chanteur magnifique.

— Il vit où ?

— C'est le genre à avoir des palais partout où il passe. Tout le monde l'admire, quel que soit le gouvernement, droite, gauche, militaire, civil, musulman, laïc, il est toujours aimé et applaudi.

— Il ne vit pas en Espagne ?

— Non, il est venu l'année dernière pour une émission de télévision. Grâce à Touria, notre plus jolie serveuse, nous avons eu l'honneur de le recevoir ici. Il a même chanté sans accompagnement parce que dans la salle il y avait une trentaine de compatriotes qui n'arrêtaient pas de lui réclamer une chanson.

— Qui est-ce ?

— Il s'appelle Ibrahim Tatlises, ça veut dire « voix douce » ! Il est originaire d'Urfa, dans le Sud-Est anatolien, pas loin de la frontière syrienne. C'est un tombeur de femmes. Les maris cachent leur épouse quand il chante dans leur ville. Touria pleure dès qu'elle entend sa voix.

Miguel lui montra la photo.

— Vous connaissez cette jeune femme ?

— Elle, non, mais l'homme, oui, il a travaillé ici quelques mois ; c'était quelqu'un d'assez secret. Je ne sais pas où il a disparu. Je n'ai jamais rien eu à lui reprocher. Il a fait quelque chose de mal ? Tiens, c'est vrai, il ressemble à Ibrahim, mais ce n'est pas lui, bien sûr !

Miguel balbutia quelques remerciements, et sortit prestement de ce lieu sombre et sale. Il prit soudain conscience que Kenza était amoureuse de l'amour. Elle voulait un homme dans sa vie, en Nâzim, elle avait cru l'avoir rencontré.

Comment cette fille sérieuse, apparemment équilibrée, qui avait passé brillamment son diplôme d'infirmière, tout en travaillant à côté, s'était-elle persuadée que cet homme dont elle ne connaissait quasiment rien était partant pour fonder une famille avec elle ? Miguel se sentit une fois de plus un peu responsable de cette dérive et surtout de cette chute. J'aurais dû, se dit-il, m'occuper d'elle de manière plus continue, suivre ce qu'elle faisait, lui présenter des gens et même des hommes qui auraient pu la rendre heureuse. Manifestement, ce Nâzim séduisant et secret espérait surtout obtenir des papiers, peut-être devenir espagnol grâce à elle. Elle n'y avait pas pensé ou plutôt avait refusé de le croire. Elle avait décidé, envers et contre tout, qu'il serait son mari et qu'elle ferait avec lui des enfants. Ils n'en avaient pourtant parlé ensemble qu'une seule fois, et Nâzim avait été très fuyant. Kenza, elle, en avait parlé avec sa mère qui la pressait depuis longtemps de se trouver un mari. Elle croyait à l'histoire avec Nâzim et était persuadée que Kenza avait trouvé l'homme qu'il lui fallait. Kenza, en réalité, n'avait rien fait d'autre qu'échafauder dans son esprit un plan qui répondrait à toutes ses envies : se marier, être comme les autres, se dépêcher de faire des enfants et surtout rentrer au pays la tête haute pour satisfaire sa mère. Nâzim était passé par là et Kenza l'avait choisi pour jouer le personnage principal de son histoire. Nâzim ne s'était jamais douté de tout cela. Maintenant, pour Kenza, tout s'était effondré. La chute était rude.

Il fallait la sauver, la rendre à la réalité, la convaincre d'entamer une thérapie. Elle devait oublier cet homme et envisager peut-être même de rentrer finalement au Maroc. Miguel découvrit soudain qu'il y avait quelque chose de terrifiant dans la solitude de l'immigration, une sorte de descente dans un gouffre, un tunnel de ténèbres qui déformait le réel. Kenza s'était laissé prendre dans un engrenage. Azel, lui, avait carrément dérapé. L'exil était le révélateur de la complexité du malheur. Miguel se rappela combien la longue analyse qu'il avait faite l'avait aidé sur cet aspect de sa vie, presque sauvé. Pas plus qu'Azel, Kenza n'était disposée dans la situation actuelle à s'allonger sur un divan et à parler d'elle. Problème de culture et de tradition, d'argent aussi. De toute façon, d'après eux, seuls les fous allaient chez le psychiatre.

Miguel prit brusquement conscience de l'urgence qu'il y avait à renvoyer Azel et Kenza au Maroc. Leur retour était certainement la seule chose qui leur permettrait de retrouver leurs repères et de guérir. Il reprit contact avec Juan, le fonctionnaire de la Generalitat qui l'avait aidé pour les papiers d'Azel. Il voulait lui demander cette fois-ci de l'aider à arrêter Azel et l'expulser vers le Maroc. Quant à Kenza, il prendrait le temps qu'il faudrait pour la convaincre de refaire sa vie dans son pays natal. Après quelques recherches, Juan apprit à Miguel que son protégé avait changé de protecteur. Il travaillait à présent à Madrid comme indicateur de la police antiterroriste. Miguel n'avait donc plus rien à craindre pour lui. Même s'il n'avait plus de sentiment pour Azel, il encaissa difficilement le choc. Leur relation avait donc bien été un échec sur toute la ligne. Il se rendait maintenant à l'évidence : on ne force jamais le destin.

38

Azel

Azel aurait pu trouver une autre issue à son histoire, mais la nostalgie du pays avait creusé un profond sillon en lui. Il avait honte, il était lucide. J'ai honte d'avoir tout raté, honte d'avoir accepté une main tendue dans un lit où les draps en soie brillaient dans mon œil comme l'éclair du péché, j'ai voulu me convaincre que ma virilité était assez grande pour satisfaire à la fois des femmes et des hommes, quelle prétention, quelle folie, comme je regrette aujourd'hui d'avoir suivi Miguel, cet homme bon et généreux, je n'ai jamais su être à sa hauteur, au début je me disais que ce n'était qu'une expérience comme une autre, je me suis même souvenu avoir eu quelques attouchements avec Mehdi, mon cousin, qui aimait tellement qu'on lui caresse les fesses, mais avec le temps, j'ai découvert que je ne pouvais mentir longtemps, j'ai menti, je me branlais dans le noir avant d'enculer Miguel, je faisais des choses sans plaisir, sans joie, il m'arrivait de rire de moi, surtout quand je me trouvais sur lui, je lui donnais des coups dans le dos, il aimait ça, alors j'en profitais, je voulais de l'argent, il m'en donnait, je me considérais comme une pute, un gigolo à domicile, j'avais tout ce que je voulais, après je me sentais mal, coupable, profiteur, pas honnête, alors je le provoquais pour le mettre en colère, pour qu'il se détache de moi, je faisais un effort pour l'énerver, j'y arrivais et là, Carmen, la vieille, intervenait et me disait des méchancetés, elle ne m'a rien épargné, elle voyait le manège, criait, surtout quand il n'était pas là, me traitait de *moro hijo de la calle*, un jour, elle m'a traité de *hijo de puta*, mon sang n'a fait qu'un tour et je lui ai donné une paire de gifles qu'elle n'oubliera pas de sitôt, toucher à ma mère, ça, elle n'avait pas le droit, ma pauvre mère qui s'est tant sacrifiée pour ses enfants, qui a pris des risques en faisant de la contrebande, la traiter de pute, mais j'aurais pu l'étrangler, la Carmen, après ça j'ai compris qu'il fallait m'en aller, je l'ai fait de manière sale, j'ai volé, j'ai déchiré les draps en soie, j'ai pissé sur les chaussures cousues main de Miguel, j'ai cassé un vase en cristal, je me suis déchaîné, je voulais ramener une vraie pute, vulgaire et trop maquillée, trop parfumée, et la baiser dans le lit de Miguel, mais je n'ai pas pu, je suis parti la tête baissée parce que la vieille a eu le dernier mot, je n'ai pas pu dire tout ce que je pensais à Miguel, je voulais crier et dénoncer tous ces Européens friqués qui viennent faire leur marché dans les milieux pauvres de Tanger, de Marrakech, d'Essaouira, je me souviens de l'histoire de la crevette, la crevette c'est l'adolescent encore tout frais que l'homosexuel européen paye avec un sandwich, oui, non seulement ils baisent ou se font baiser mais ils ne payent même pas correctement les crevettes. Je me battais comme un fou, je voulais gagner ma vie et surtout choyer ma mère qui avait eu tant de mal à nous élever dans la dignité, que de fois elle partait faire la cuisine chez des gens riches qui fêtaient un anniversaire ou un mariage, elle partait tôt le matin et revenait tard le soir, elle rapportait un peu d'argent et de la nourriture, les restes du festin, elle mettait dans des sacs en plastique des morceaux de viande mélangés à un peu de sauce ; elle réchauffait le tout et nous disait, mangez, c'est votre mère qui a cuisiné, mangez à votre faim, profitez en attendant des jours meilleurs, à mon adresse, elle ajoutait, toi, quand tu seras grand tu seras docteur ou ingénieur, tu m'emmèneras en voyage, d'abord à La Mecque, ensuite au Caire, j'ai tellement envie de visiter le pays de Farid Al Atrach et d'Oum Kalsoum, tu m'achèteras des tissus en soie, des bijoux, je vivrai une nouvelle vie, une vie de reine, une petite reine, sans couronne, sans roi, tu es mon prince, tu seras toujours mon prince, alors travaille bien à l'école, rapporte-moi de bonnes notes, sois un bon fils, tu auras ma bénédiction pour toujours ; avec ce que j'ai fait, difficile de dire que j'ai exaucé ses rêves ; cette image de pute me colle à la peau. Tous les copains du café Hafa savent que je suis parti avec le chrétien par pur intérêt, que ma bite a de tout temps préféré le vagin, que je ne suis pas, comme ils disent, celui qu'on croit, que pour quitter le Maroc j'étais prêt à tout, d'ailleurs certains m'enviaient, ils auraient bien aimé rencontrer quelqu'un qui les emmène dans ses bagages, certains cherchent des femmes, à défaut, ils sont prêts à suivre des mecs, tout le monde le sait, on en parle dans les cafés, notre réputation est faite, elle est bien mauvaise, il y a même des concierges d'hôtel ou des types installés sur les terrasses, ils alertent les copains quand ils repèrent une proie, d'habitude c'est une femme d'âge mûr, riche de préférence, seule ou avec une amie, souvent veuve ou divorcée, parfois, mais c'est rare, encore jeune, libre, disponible pour le grand amour, rêvant d'Orient, de harem et de jolis petits clichés, au début tout est beau, tout est merveilleux, le sexe fonctionne bien, on fait des projets, la femme est aveuglée par le plaisir que le mec lui donne, elle est prête à tout, elle ne veut plus quitter le Maroc sans son petit Marocain, elle s'en va et fait des pieds et des mains pour le faire venir dans sa Hollande natale ou sa ville d'Amérique, c'est bien plus tard qu'elle découvre le pot aux roses, après c'est la déception, la haine, la dépression et le rejet de tout ce qui ressemble à un Arabe ; tout ça n'a plus de sens à présent, je ne bande plus, je suis puni, je me suis puni en me persuadant que je ne méritais plus d'avoir des relations sexuelles, c'est ça, une automutilation, et j'en souffre atrocement, je pleure seul dans un coin, je ne sèche même pas mes larmes, je pleure sur mon pays, sur ce qu'il n'a pas su ou pu nous donner, je pleure sur tous ces jeunes qui traînent dans les rues à la recherche d'une main tendue, je pleure sur ma famille qui sera déçue, qui aura un besoin immense de consolation, mais moi, qui me consolera? Qui me prendra dans ses bras et me remettra sur le chemin de la vie? Mon souffle, ma vie, ma respiration sont arrêtés, ils sont en suspens, personne ne s'en soucie, je regarde passer les gens et je les envie, je les imagine vivre, rire de bon cœur, faire des projets, respirer à fond, mettre des pierres les unes sur les autres, bâtir une maison et être aussi solides que la pierre, avoir du désir et le porter à son summum, je suis là, et j'essaie d'être utile, être quelqu'un d'autre, un homme vrai, pas un menteur, pas un voleur ni un simulateur, mais comment y arriverai-je? J'ai besoin d'aide, peut-être qu'une cure de sommeil me ferait du bien, mais je n'ai pas le droit de m'absenter, de faire l'autruche, il faut juste que je réussisse à oublier l'épisode de mon départ du Maroc, juste ne plus y penser, voilà, ce souvenir n'est le reflet d'aucun acte... j'ai beau chercher, je ne trouve rien, oublié, effacé, ce moment où je partais et écrivais à mon pays...

Azel voulait surtout effacer pour toujours en lui l'image de son départ et revenir au Maroc comme un héros. Ne contribuait-il pas personnellement à lutter contre le terrorisme qui menaçait l'Europe ? Il rêvait maintenant de passer à la télévision où on le présenterait comme le bon musulman grâce à qui une tentative d'attentat aurait été déjouée. Tout cela faisait passer au second plan les problèmes sexuels d'Azel. Il n'était plus obsédé par son pénis, ne regardait plus les femmes, ne faisait plus de rêves érotiques. Il était devenu un autre homme, courageux, rigoureux et subtil. Il naviguait avec souplesse et une aisance qu'on lui reconnaissait entre les milieux intégristes décidés à mettre le feu à l'Occident et les services de police de la lutte antiterroriste. Mais il savait que cet équilibre ne pourrait durer qu'un temps. Il craignait d'un jour à l'autre une sorte de rechute que sa vie chaotique à Madrid semblait prédire. Pour qu'il ait une couverture, on lui avait trouvé un travail à mi-temps dans le service juridique d'une grande banque. Personne ne devait savoir ce qu'il faisait le reste du temps. Pour la première fois, Azel sentait qu'il était utile, que des gens avaient de la considération pour lui. Il s'habillait avec élégance, faisait attention à l'alcool. En revanche, il n'arrivait pas à arrêter le kif. Il en abusait au point de se trouver souvent mal. Des maux de tête violents le paralysaient, qu'il ne parvenait à calmer qu'en mélangeant de l'aspirine, du paracétamol et de la codéine.

Et puis, pendant plusieurs jours, Azel ne donna plus de nouvelles à personne. Ennuyé, son contact dans la police prit la décision de lui rendre visite. La concierge de l'immeuble prétendait avoir vu Azel la veille, accompagné de deux hommes, « *Moros* », précisa-t-elle. À l'étage, le policier eut beau sonner, personne n'ouvrit. Il appela du renfort pour forcer la porte.

Azel était par terre, la gorge tranchée, la tête dans une flaque de sang. Comme un mouton de l'Aïd-el-Kébir, les Frères l'avaient égorgé.

39

Kenza

Attendre. Kenza avait passé sa vie à attendre. Elle avait connu tous les arcanes de l'ennui, car attendre c'est plonger dans une mer d'ennui, c'est comme vieillir, c'est-à-dire voir l'avenir se fermer, se brouiller avec le temps, ne plus rien promettre. Si au moins elle avait su ce qu'elle attendait. Elle avait réussi à passer plusieurs étapes en douceur. Sa mère lui faisait de temps en temps des remarques du genre : dis-moi comment font les autres pour se débrouiller si bien, trouver un mari issu d'une grande famille, en bonne santé financière, bel homme et respecté ? Regarde-toi, tu as toutes les lettres de la beauté, tu as étudié assez pour travailler dans une clinique, tu es d'une famille digne et honnête, nous ne sommes pas riches mais nous ne sommes pas pauvres non plus, alors, dis-moi, qu'attends-tu pour rencontrer un homme ? Je t'attends, tous les jours je prie pour qu'une rencontre ait lieu, je prie et demande à Dieu de tenir compte de mon état, de mon âge et de mes espérances.

Kenza en avait assez de ces remontrances. Elle n'avait simplement pas de chance. Elle n'avait pas le savoir-faire de ses copines mariées que leurs maris trompaient allègrement, mais qui préféraient ne pas le savoir. Elles au moins avaient un foyer.

Kenza avait un jour fini par oser participer à une émission sur le mariage à Radio Tanger. L'animatrice avait réuni quatre jeunes femmes célibataires entre vingt-cinq et trente-cinq ans. À partir de vingt-cinq ans, commentait la journaliste, il faut commencer à s'inquiéter sérieusement. Kenza, elle, venait d'avoir trente ans et n'était plus vierge depuis longtemps. Elle voulait défendre l'idée qu'on pouvait être célibataire et heureuse, libre et digne, respectée et aimée. Elle n'attendait pas un mari mais l'amour. Elle avait une belle idée de l'amour, de la relation entre les hommes et les femmes surtout dans un beau pays comme le sien, elle savait qu'elle se faisait des illusions mais elle persistait dans son ambition : rencontrer l'amour, le vrai, le grand, l'amour sincère, l'amour bouleversant, une fois, une seule fois, connaître ces moments uniques que les films et les romans qu'elle avait vus ou lus et aimés décrivaient si bien. Elle se souvenait en particulier du *Quatuor d'Alexandrie* que son professeur de philo lui avait offert en cadeau avant son départ. Elle se souvenait aussi d'*Autant en emporte le vent*, de *La dame aux camélias*. C'est ainsi qu'elle s'était fabriqué une idée précise de ce qui la rendrait folle de bonheur. C'était aussi ainsi qu'elle s'était rendu compte qu'elle ne trouverait pas cet amour au Maroc, non que les hommes marocains en soient incapables, mais parce que l'opinion générale et la vie quotidienne finissaient par tuer tout amour véritable.

Elle avait appris le Maroc au hammam. Le lieu idéal pour les sociologues, les psychanalystes, les historiens, les romanciers, et même les poètes. C'est là, en se lavant, que parlent les femmes. C'est le plus grand divan du monde, comme les taxis, c'est un lieu collectif, où tout le monde a droit à la parole, à la confidence, à la plainte. C'est là que les femmes depuis des siècles déversaient leurs larmes et se disaient ces vérités que la société hors hammam ne veut ni entendre ni voir. C'est dans cette pénombre que Khadija, la couturière, avait osé raconter comment elle avait surpris son mari en train d'abuser de la petite apprentie qui travaillait chez elle, une fille de treize ans, douée et mignonne ; le mari se glissait dans son lit et la prenait par-derrière pour qu'elle ne perde pas sa virginité ; pour le punir de son crime, Khadija l'avait privé d'insuline durant toute une journée, il avait failli devenir fou ; c'est dans ce hammam aussi qu'elle avait entendu l'histoire de Saadia, possédée par les djinns qui habitaient sa vieille maison : dès qu'elle allumait une lampe, une main invisible l'éteignait. Depuis Saadia fréquentait tous les marabouts du pays et ne parlait qu'en fonction de ce que les djinns lui avaient ordonné de faire ; c'est encore au hammam que Kenza avait appris la recette miracle pour redonner toute sa puissance à l'homme, trois femmes au moins avaient témoigné du changement merveilleux qu'elles avaient constaté chez leur mari après qu'il avait avalé la potion magique ; c'est là enfin qu'on lui avait raconté que des femmes africaines enceintes avaient décidé de traverser clandestinement, pariant sur le fait que la police, si elle les arrêtait, aurait pitié de leur situation et les laisserait accoucher sur le sol espagnol...

C'est là qu'elle avait appris le Maroc comme on apprend une langue quasi étrangère. Les silences, par exemple, pouvaient se traduire. Au pays, les femmes qui se taisent ne le font pas parce qu'elles n'ont rien à dire, mais au contraire parce que ce qu'elles ont à dire, peu de gens sont susceptibles de l'entendre et de le comprendre. Depuis, elle faisait attention aux femmes qui ne parlaient pas beaucoup. Le langage cru des femmes entre elles avait été pour elle une autre découverte, choquante. Quand elles se parlaient, elles appelaient un sexe un sexe et accompagnaient leurs mots de gestes obscènes et vulgaires, elles ne faisaient preuve d'aucune pudeur, comme si de l'une à l'autre circulait une liberté vraie et entière. Si elles avaient pu habiter toute leur vie dans le hammam, elles l'auraient fait. Cela deviendrait le pays des femmes, elles pourraient y convoquer des hommes qu'elles consommeraient à leur guise pour les renvoyer ensuite à leur vie bien tranquille avec ce qu'il faut de lâcheté, de petites et grandes compromissions, une vie sociale où les apparences sont là pour masquer tout naturellement le reste. Imaginer un immense hammam qui serait la Cité des Femmes, avec des voiles de vapeur, avec cette semi-obscurité qui pousse à la confidence, qui libère la parole, avec des circuits clandestins, des sous-sols, des tavernes, des trappes, des antichambres pour la sexualité enfin libérée, sans entraves, sans jugement moral, sans pudeur. Les femmes se retrouveraient là pour organiser autrement les relations sociales, en tout cas les relations hommes-femmes, ce serait une jolie révolution. Où vas-tu, femme ? crierait le mari. Je vais au hammam, je vais me laver, m'épiler, me parfumer juste pour toi, pour que ce soir je sois tienne, et que tu puisses faire de moi ce que tu voudras ! Encore le hammam ! se plaindraient les pauvres maris à qui toutes ces choses échappent ! Oui, tout vous échappe mais vous ne saurez jamais rien, vous n'aurez aucun compte rendu sur ce qui se passe dans ce lieu où les femmes aiment tellement se retrouver quelques heures entre elles sans être dérangées ni par les maris ni par les enfants. Que soit maudit ce lieu d'où l'homme est banni ! répondraient à cela les maris. Nous autres, quand nous allons au hammam, on ne s'y éternise pas, on se lave vite fait et puis on repart au travail.

Ainsi Kenza avait-elle fait ses classes dans le hammam du Marshan. Ça ne l'avait pas empêchée de passer le reste du temps à attendre, attendre et encore attendre. Puis vint l'ange Gabriel, Miguel, l'homme providentiel, celui qui sèmerait de l'ordre et du désordre. Involontairement, son passage causerait dans la vie de sa famille pas mal de dégâts, dégâts que personne n'irait lui imputer. Contrairement à son frère, elle était reconnaissante à Miguel. Elle ne le rendait pas responsable de ses délires fantasmatiques. Sa brûlure, elle l'avait en elle depuis longtemps, depuis bien avant Miguel, brûlure de l'attente, de l'ennui, de cet avenir dont le miroir était brisé.

Elle s'était assoupie, apaisée. La radio diffusait de la musique légère. Comme dans un rêve elle entendit : « Le roi est mort, vive le roi ! » Puis un cri suivi d'applaudissements, puis encore : « Hassan II c'est fini, que son fils soit béni ! » Une série d'images se bousculaient dans sa tête : des hommes et des femmes habillés en blanc s'immergeaient dans un fleuve et en sortaient pour aller prier dans une immense prairie inondée de lumière. Personne ne pleurait. Des enfants couraient dans tous les sens en criant : « Vive le roi ! »

Mais ce n'était pas un rêve. En se levant, elle

sentit pour la première fois un bien-être profond. Elle eut envie de crier « Vive le roi ! » puis
se dirigea vers la salle de bains et découvrit dans
le miroir un visage radieux, le sien. Elle était
heureuse et ne cherchait même pas la raison de
ce bonheur soudain. Elle mit sa tête sous l'eau
froide, se redressa et décida de ne pas sécher ses
cheveux, elle aimait sentir les gouttes d'eau cou-
ler doucement sur ses épaules et sa poitrine. Elle
était seule et n'avait besoin de personne. Plus
tard dans la soirée, elle regarda à la télévision la
retransmission des funérailles du roi suivies de
scènes d'allégeance à un jeune homme ému
dont on attendait maintenant qu'il entretienne
le flambeau d'une dynastie vieille de plusieurs
siècles.

C'est à ce moment-là qu'elle se dit que
l'heure était enfin venue de rentrer au Maroc.

40

Revenir

Depuis plusieurs jours déjà ils sont plusieurs à
s'être mis en route, guidés par une envie irrésistible de partir loin, très loin, de prendre le large.
Ils marchent à pied, traversent des villes, des
champs, des espaces déserts, des bois, des terri-
toires froids. Ils marchent de jour et de nuit, ani-
més par une force dont ils ne soupçonnent pas
la puissance, au point de ne ressentir aucune
fatigue, ni même le besoin de boire et de manger. Le vent du retour les porte, ils vont sans se
poser de question, sans se demander ce qu'il
leur arrive. Ils croient que le destin est là, dans
cette marche, les tirant vers la terre des origines,
les ramenant vers le pays des racines, le destin
qui s'est présenté à eux comme une sorte
d'impératif, une parole non discutable, un
temps hors du temps, une ascension vers le
sommet d'une montagne, une belle promesse,
un rêve scintillant, brûlant les étapes et dépas-
sant l'horizon. Ils prennent la route, tête haute,
poussés par un vent de liberté, un souffle chaud.

Ils sentent que c'est le moment, l'heure. Une saison pour eux, rien que pour eux, pour tous ceux qui ont souffert, pour tous ceux qui n'ont pas trouvé leur place. Ils ont tout laissé derrière eux, sans rien regretter, ont déjà oublié pourquoi ils avaient émigré. Ils se dirigent vers le port, là, une voix intérieure, une voix familière leur demande de monter dans un bateau baptisé *Toutia*, un bateau modeste où le capitaine a planté un arbre, en fleur et qui sent bon, un oranger ou un citronnier.

Le capitaine est un homme d'un autre temps, portant barbe bien taillée et favoris, son corps est frêle, c'est une sorte de dandy; il est secondé par une jeune femme pleine de grâce, des yeux gris en amande, une peau mate et une longue chevelure brune qui gonfle au gré du vent. Certains affirment qu'elle est comtesse, d'autres prétendent que c'est un mannequin venu du Brésil, d'autres enfin croient qu'elle est la femme du capitaine, ne la regarde-t-il pas avec des yeux tellement amoureux? Elle est là pour ouvrir les bras et souhaiter la bienvenue aux nouveaux passagers. Elle est tatouée sur le front et le menton. Elle pose sa main droite sur l'épaule du capitaine qui l'appelle Toutia-la-Sublime. Et quand le capitaine lui donne le signal, elle interprète d'une voix limpide et juste un chant arabo-andalou. Le chant exprime une nostalgie douloureuse, et sa voix se casse à force d'émotion. Toutia ferme les yeux et chante de tout son cœur. Que ce soit sur le bateau ou sur le quai, tout le monde s'arrête et l'écoute en silence.

Ils arrivent par petits groupes dispersés, le regard fier. Ils viennent d'accomplir mieux qu'un devoir, une nécessité. La fatigue a fini par gagner certains. Ce n'est rien, juste un peu de rhumatisme. C'est le froid de l'exil, un froid pernicieux, qui vous attaque en plein été, quand il fait chaud, vous vous levez et puis votre jambe droite vous lâche, c'est ainsi, on ne sait pas pourquoi, le médecin m'a dit que c'était l'âge, il m'a menti, la tête est bien mais le corps ne suit plus, comment a-t-il seulement osé me dire ça à moi qui erre sur les routes depuis si longtemps, mais je vois qu'il ne connaît pas ce mal dont nous souffrons en silence, tant mieux pour lui après tout, je me sens bien à présent, je ne sais pas qui je suis, mais je me sens bien, en dépit de l'avis du docteur. J'ai perdu mon nom et on me dit que je n'ai plus de visage, c'est fou ce que les gens peuvent être méchants, mes douleurs rhumatismales ont disparu aussi, ce bateau a pour moi quelque chose de familier et à la fois d'étrange, ce n'est peut-être pas un bateau, juste une maquette, un trompe-l'œil, une simple image projetée sur l'eau, c'est la première fois que je monte dans un bateau sans en connaître la destination, c'est beau au fond, je vais voguer sur les flots jusqu'au jour du dernier jour, jusqu'au moment où le Maître de l'Âme viendra reprendre son bien, quant à moi, je suis prêt, prêt depuis longtemps, depuis que ma mère m'a enseigné que le grand départ n'est rien et que seules la maladie et la méchanceté des hommes doivent être craintes. Une aile se penchera et te ramassera, elle t'emmènera vers d'autres cieux, c'est ça la mort, mon fils, un songe où la souffrance n'existe plus.

Miguel marche en s'appuyant sur une canne. Il n'a rien perdu de son élégance, mais son visage est marqué par la maladie, il a le teint presque verdâtre, il avance, seul, silencieux. Lui aussi répond à l'appel. Qui l'a prévenu ? Qui l'a averti de cette expédition ? Il a tout réglé avant de quitter sa maison. Personne n'est au courant de ce qu'il a minutieusement préparé. Dans une lettre laissée à Carmen et à Gabriel tout est prévu :

Dans quelques jours, peut-être quelques semaines, je m'en irai. Je ne pleure pas sur mon état, j'avoue avoir été heureux, avoir vécu des moments difficiles comme des bonheurs inouïs, aujourd'hui je n'ai pas de regrets, je m'en vais apaisé, le cœur léger, et je vous demande une seule chose, que personne ne soit au courant du mal qui me ronge et m'emportera. Je compte sur votre sens des responsabilités, sur votre amour, votre amitié pour veiller sur mon départ qui devra être aussi beau, aussi élégant que ma vie. Discrétion, pudeur, générosité et dignité, voilà mon souhait. Je hais le bruit et la précipitation. Le jour où je sentirai que ma fin arrive, je me ferai hospitaliser pour une bronchite et mourrai dans mon lit d'hôpital. Vous serez alors prévenus, et vous viendrez me chercher même si c'est le milieu de la nuit. Vous ne me laisserez surtout pas à la morgue, non que je craigne le froid mais c'est un lieu sale et mal fréquenté, vous m'emmènerez tout de suite chez moi, dans ma vieille maison, et là vous demanderez à mon voisin Lahcen de venir faire ma toilette, c'est un homme religieux et d'une grande probité. Ensuite, achetez des fleurs, toutes les fleurs que vous trouverez au marché de Fès, disposez-les partout, faites brûler du bois de santal et ne faites surtout pas venir de prêtre, n'oubliez pas que je suis devenu musulman. Invitez enfin tous mes amis, et donnez-leur à boire et à manger.

J'ai déjà acheté la tombe, elle est au cimetière des Moudjahidin, à cent tombes à gauche en entrant, elle est sous un arbre qui domine la ville, de son emplacement on peut voir la Montagne, la mer et le vieux Tanger. J'aime les cimetières musulmans ; ils sont tellement moins angoissants que ceux bien ordonnés des autres religions. Les cimetières musulmans sont simples et modestes, ouverts, la vie les éclaire d'une lumière magnifique. Je ne suis pas un

318

bon croyant, vous le savez, mais je respecte les religions. Une fois que je serai enterré — je ne veux pas de cercueil, seulement un linceul —, vous direz les prières que vous aurez choisies parce que vous les aimez, des poèmes peut-être ou des chants soufis. C'est après cela que nous nous dirons adieu.

Pour l'héritage, maître García vous tiendra au courant. Une dernière chose encore, je charge Gabriel de veiller sur les études de Halim et Halima, mes enfants. Il sait ce que j'attends de lui, il n'a qu'à faire ce dont nous étions convenus. Quant à Kenza, qu'il veille à ce qu'elle reçoive bien sa part de l'héritage.

Miguel monte dans le bateau sans l'aide de personne, salue le capitaine, fait le baise-main à Toutia et s'en va se reposer sur une chaise longue à l'ombre de l'arbre. C'est là qu'il entend une voix lui murmurer : *Tu es dans un monde où les passions éteintes portent les traces d'un grand amour qui scintille encore dans l'obscurité à côté des fleurs que tu aimais tant, des fleurs qui portent la vie pleine de souvenirs débordants de partout.*

Kenza arrive seule, radieuse. Tout habillée de blanc, les cheveux lâchés, elle ne parle avec personne, mais on la sent heureuse, délivrée. Le temps a fait son travail. Le printemps a laissé derrière lui un peu de sa poussière. La vie de Kenza a été secouée et des souvenirs en sont tombés. Des bons et des mauvais. Elle n'a pas eu la force de faire le tri. Elle aura le temps pour mettre de l'ordre dans tout cela. Elle ne s'inquiète plus, elle se sent soulagée, légère comme le jour de ses premières règles, elle courait dans les rues en imitant le vol de l'hirondelle. Ce matin elle éprouvait la même sensation. C'était si bon. Changer de corps, prendre quelque distance avec le monde et ses malheurs, enjamber cette douleur immense et ne pas étouffer de honte dans son sommeil. Apaisée, Kenza monte dans le bateau, un matelot l'installe dans une jolie cabine. D'ici, lui dit-il, tu verras la mer, et ces dauphins qui nous escortent, ils sont intelligents, ils discutent entre eux et on les comprend, ils viendront te saluer, ne t'inquiète pas si parfois des requins les font fuir et les remplacent quelque temps. Repose-toi, tiens, voilà un thermos de thé et quelques biscuits. Kenza s'endort rapidement, sereine, heureuse de rentrer à la maison. Toutia se penche sur elle et caresse doucement son visage froid. Elle l'embrasse sur le front et remonte la couverture sur ses épaules.

Soumaya, la belle Soumaya, celle qui croyait tout ce que lui disaient les hommes, celle qui se donnait à eux sans retenue, Soumaya, perdue et retrouvée, arrive sur le pont, couverte de la tête aux pieds. Personne n'ose lui parler. Elle porte le haïk blanc des paysannes du Rif et cache son corps qui en quelques années a perdu tous ses charmes. Victime d'elle-même, elle a suivi l'appel et la voilà à son tour sur ce bateau. Soumaya n'est pas devenue une sœur musulmane, si elle ne retire pas son voile c'est parce qu'elle ne veut pas qu'on voie son visage, dont la joue droite est tailladée ; elle cache aussi sa bouche parce qu'elle a perdu quelques dents. Je suis une accidentée, raconte-t-elle, quand on l'interroge, oui, un horrible accident de la route entre Madrid et Tolède, il conduisait comme un fou, il avait bu, un camion en face nous a foncé dessus et puis je ne me rappelle plus rien, plus tard quand je me suis réveillée, je me suis regardée dans la glace et j'ai poussé un hurlement. J'étais défigurée. L'assurance m'a donné de l'argent et le médecin m'a dit : Va, rentre chez toi, il y a un bateau qui t'attend à Tarifa, tu verras, tu ne seras pas la seule à y monter, c'est un bateau magique, à bord, la vie te paraîtra belle et le soleil brillera toujours pour toi, va, ma beauté fatiguée... J'ai pris la route enveloppée dans le haïk de ma grand-mère, c'était son linceul, mais comme elle est morte à La Mecque j'en ai hérité, c'est du coton d'Égypte, très doux, très solide, personne ne m'a remarquée, c'est un linceul où je disparais, c'était idéal pour traverser le pays sans être inquiétée, sans que la police ne me pose de questions, j'ai béni ma grand-mère d'avoir eu la bonne idée de mourir à La Mecque, on m'a dit qu'elle est morte étouffée dans une bousculade, là où on lapide le diable, ça arrive souvent, il paraît, les gens ne se contrôlent plus, piétinent les vieilles personnes, les faibles. Mais on dit aussi que mourir là-bas, c'est le paradis garanti ! Moi, je n'ai pas envie de mourir, je suis encore jeune, j'ai envie de fonder une famille, d'avoir des enfants et de leur raconter des histoires...

Quand Flaubert arrive tout en sueur, personne ne fait attention à lui. Il a couru, persuadé qu'il raterait le bateau. Grand, svelte, les yeux brillants, il ne tient pas en place et parle fort. Le jour où j'ai appris que le bateau du retour attendait à Tarifa, j'ai tout lâché et pris la route. Cela fait une bonne semaine que je marche. J'ai dû courir, j'ai perdu quelques kilos, mais je me sens bien. Où allons-nous, alors ? Pourquoi personne ne répond ? Il cherche des yeux des visages connus. Chacun est dans son monde. Il ne lui reste plus qu'à faire de même. Mais Flaubert a une idée : et si ce bateau n'était qu'une fiction, un roman flottant sur les eaux, un roman en forme de bouteille jetée à la mer par tant de mères éplorées et fatiguées d'attendre ? Si mon hypothèse est juste, je comprends enfin à présent pourquoi mes parents m'ont appelé Flaubert. Il ne me reste donc plus qu'à entrer dans le roman. Mais comment devient-on un personnage de fiction ? Comment se faufile-t-on entre les pages et s'installe-t-on confortablement au milieu du plus beau chapitre d'une histoire d'amour et de guerre ? *Madame Bovary*, il n'y a plus de place pour moi, c'est complet, de toute façon il n'y a pas de nègre dans cette histoire... Où vais-je pouvoir me trouver une place, une planque ? Il me reste toujours *Autant en emporte le vent*, mais qui voudrait s'y voir ? Si seulement je le trouvais, ce roman dont je serais le personnage, je n'aurais plus besoin de travailler, le romancier me prendrait en charge, me donnerait un rôle, m'installerait dans une histoire, me ferait vivre, aimer, crier, me ferait mourir à la fin parce qu'il ne saurait plus comment terminer son histoire. Mais je n'ai pas envie de mourir, même en personnage de papier, n'ai pas envie de brûler ou de finir au pilon, ça arrive très souvent, les romans qui n'ont pas trouvé leurs lecteurs, on les envoie dans une usine à papier où on les écrase, les réduit à des bouts de papier mâché avec lequel on fabrique ensuite les emballages. Tu t'imagines, mon personnage, multiplié en milliers d'exemplaires et puis jeté finalement dans une machine broyeuse, qui une fois m'écrase la tête, une autre fois les couilles, l'autre les pieds, bref, qui en quelques minutes m'éparpille en millions de petits cotillons, et tout ça pour des confettis ! finir en papier à lettres ou en affiche de cinéma ou même en papier hygiénique. Non, laisse tomber, vaut mieux chercher un roman-fleuve en train de s'écrire, s'insérer entre des personnages importants, être par exemple gardien de musée, assister aux ébats amoureux de l'héroïne et de son amant, un diplomate persécuté par sa femme qui le trompe avec le chef du protocole... Et si je demandais à cette Anglaise qui a écrit ce livre que tout le monde lit en ce moment, il parle d'un personnage magique, lui, c'est sûr, son livre ne connaît pas le chemin du pilon! Ça, ça me convient, le problème, c'est que le roman a déjà été écrit, comment en faire une nouvelle version où j'apparaîtrai? Ne dois-je pas commencer d'abord par le lire? Il doit bien se trouver quelqu'un dans ce bateau qui le possède, il s'en est vendu des millions d'exemplaires, alors, je suis sûr que les rats en ont un dans leur tanière pour les mauvais jours d'hiver, c'est certain, les rats font provision de romans l'été pour les longues nuits d'hiver. La seule différence avec nous, c'est que les rats ne lisent pas, ils bouffent le papier dont l'encre est bourrée de vitamines. C'est ce que m'a dit un jour mon cousin Émilzola, bibliothécaire à Douala. Quand j'y pense, devenir un personnage de roman, c'est ce qui pouvait m'arriver de mieux. Les cousins et les autres du Ndé ne vont pas me croire, ils penseront que je suis devenu fou à cause de l'exil, si terrible. Je les vois en train de rigoler. Flaubert? Ah oui! Il s'est échappé! Il n'est plus de ce monde! Il s'est trouvé un emploi fictif dans une fiction, il se balade dans des livres, se couche dans des pages que des femmes parfumées ouvrent délicatement pour les lire. Tu te rends compte, la journée il dort dans le sac d'une superbe femme, il la suit partout, même quand elle prend son bain, elle le lit, il la mate, se régale alors qu'ici on l'attend toujours pour savoir ce qu'on fait avec l'héritage... Sacré Flaubert, il a trouvé ça pour ne pas affronter la réalité, oui, la vraie réalité, celle qui nous colle à la peau et nous fait mal. Lui, il est pénard, il est tranquille, il est posé sur l'étagère d'une bibliothèque et il attend qu'une main se tende vers lui, l'ouvre, le feuillette puis décide de le remettre à sa place parce que c'est un roman sans sexe, sans érotisme, un roman politique qui n'intéresse pas grand monde, enfin c'est ce qu'on dit.

Flaubert trouve, à son tour, une petite place à côté du citronnier et s'endort comme un enfant, bercé par les parfums subtils que l'arbre dégage. Au bout de quelques instants à peine, l'odeur des fleurs du citronnier le transporte jusqu'aux terrasses de la vieille ville de Fès où les femmes étalent dans un grand drap blanc les fleurs parfumées des agrumes et du jasmin afin qu'elles sèchent avant de les passer encore à la vapeur pour en extraire l'essence qui fera les meilleurs parfums.

Le capitaine est assis dans un grand fauteuil en osier. Il fume la pipe et lit un vieux journal qui relate le débarquement en Normandie. Avec un éventail de Séville, Toutia éloigne les mouches et le rafraîchit. De temps en temps, à l'aide d'une sorte de goupillon d'argent elle l'asperge d'eau de rose. Il ne lève les yeux du journal que pour compter les arrivants. Le bateau partira quand les vingt-cinq passagers seront là, trois manquent encore à l'appel. Arrive soudain un gros bonhomme qui prétend s'appeler M. Panza. Le capitaine, après s'être concerté avec Toutia, lui demande : Où est Don Quichotte, ton maître ? Il arrive, il arrive, capitaine, il a été retardé à la police des frontières parce que ses papiers n'étaient pas en règle, en vérité, de papiers il n'a point ! En outre, la douane lui a confisqué son épée à laquelle il tient tant, alors, voyez-vous, les choses ne sont pas simples... Mais ne vous inquiétez pas, je lui fais confiance pour se dépêtrer de tout ça.

Le capitaine s'étonne. Votre maître voyage donc comme au seizième siècle, sans passeport, sans laissez-passer, mais où se croit-il ? Et toi, comment as-tu donc fait pour passer ? Je leur ai dit que je venais vous prévenir que mon maître était retenu.

Flaubert, qui ne dormait que d'un œil, se réveille quand il entend Panza s'approcher :

— Flaubert, pour vous servir !

— Ne vous dérangez pas, s'excuse M. Panza, dites-moi seulement avec quels documents vous êtes monté à bord.

— Avec quels documents ? Je m'appelle Flaubert et cela suffit. Ici pas besoin de papiers. Nous sommes les hôtes de la destinée. Alors à quoi serviraient des documents ? Va, va chercher ton maître, dis-lui que Flaubert l'attend de pied ferme et l'œil vigilant, l'esprit vif, la tête bien rétablie et surtout fin prêt à l'aventure sur les mers !

Le capitaine ne dit mot, il continue à fumer sa pipe et regarde de temps en temps l'horizon avec ses vieilles jumelles. Flaubert demande à Toutia de lui prêter son éventail. Elle ne répond pas. Quand apparaît Don Quichotte, du moins celui-ci prétend s'appeler ainsi, le capitaine se lève et se met au garde-à-vous :

— Bienvenue, monseigneur ! Nous n'attendions plus que vous pour appareiller. Vos désirs sont des ordres.

— Merci, gentilhomme ! Cependant, il me semble qu'il nous manque encore une personne, ou plutôt, dirais-je, un personnage. Ce bateau a été conçu tout spécialement pour cette mission et comporte vingt-cinq places exactement, il ne partira pas tant qu'il manque encore un seul passager.

Le capitaine consulte ses listes et en convient.

— Attendons donc les passagers de la dernière chance.

Quelques heures plus tard, juste au moment où le soleil glisse doucement sur l'horizon, les passagers voient apparaître deux hommes en tenue militaire qui portent à bout de bras une grande caisse qui a tout l'air d'un cercueil. Ils la déposent sur le quai puis partent sans se retourner. Bientôt, un homme ou plutôt un arbre s'avance et contourne la caisse. Derrière un trou percé dans l'écorce, on distingue un visage, tandis que des bras mobiles sortent du tronc. Au moment où l'homme-arbre ou l'arbre habité par un homme s'apprête à monter dans le bateau, surgissent deux agents de la Guardia Civil qui l'en empêchent.

— Halte-là ! Tu te crois où ? Dans un zoo ou un cirque ? Tes papiers !

L'arbre se secoue, des feuilles tombent de ses branches, ce sont des feuilles encore vertes, des cartes d'identité de plusieurs pays, des cartes de toutes les couleurs, des passeports, des papiers administratifs et quelques pages d'un livre écrit dans une langue inconnue. De ces pages des milliers de syllabes sortent soudain, volent en direction des yeux des agents et finissent par les aveugler. Puis les lettres forment ensemble une banderole sur laquelle on peut lire « *La Liberté est notre métier* ». Sans attendre la réponse des agents, l'arbre monte dans le bateau et vient s'installer aux côtés de Don Quichotte, à qui le capitaine demande à voix basse qui est ce personnage.

— Lequel ? Celui dans l'arbre ou celui dans le cercueil ?

— Non, celui dans l'arbre. Le cercueil, mes

hommes vont le monter. On doit le livrer aux autorités à notre arrivée, mais comme je n'ai aucune idée du temps et encore moins de l'espace, je ne peux rien garantir. Alors dites-moi qui se cache derrière cet accoutrement.

— Il se fait appeler Moha, mais avec lui rien n'est jamais sûr. C'est l'immigré anonyme! Cet homme est celui que j'ai été, celui qu'a été ton père, celui que sera ton fils, celui que fut aussi, il y a bien longtemps, le Prophète Mohammed, nous sommes tous appelés à partir de chez nous, nous entendons tous l'appel du large, l'appel des profondeurs, les voix de l'étranger qui nous habite, le besoin de quitter la terre natale, parce que souvent, elle n'est pas assez riche, assez aimante, assez généreuse pour nous garder auprès d'elle. Alors partons, voguons sur les mers jusqu'à l'extinction de la plus petite lumière que porte l'âme d'un être, qu'il soit d'ici ou d'ailleurs, qu'il soit un homme de Bien ou un être égaré possédé par le Mal, nous suivrons cette ultime lumière, si mince, si fine soit-elle, peut-être que d'elle jaillira la beauté du monde, celle qui mettra fin à la douleur du monde.

Tanger-Paris
septembre 2004-novembre 2005

DU MÊME AUTEUR

Aux Éditions Gallimard

PARTIR, 2006 (Folio n° 4525)

GIACOMETTI. LA RUE D'UN SEUL *suivi de* VISITE FANTÔME DE L'ATELIER, 2006 (Folio n° 6224)

LE DISCOURS DU CHAMEAU *suivi de* JÉNINE ET AUTRES POÈMES, 2007 (Poésie / Gallimard n° 427)

SUR MA MÈRE, 2008 (Folio n° 4923)

AU PAYS, 2009 (Folio n° 5145)

MARABOUTS, MAROC, 2009, avec des photographies d'Antonio Cores et Beatriz del Rio et des dessins de Claudio Bravo

LETTRE À DELACROIX, 2010 (Folio n° 5086), précédemment paru en 2005 dans *Delacroix au Maroc* aux Éditions F.M.R

JEAN GENET, LE MENTEUR SUBLIME, 2010 (Folio n° 5547)

BECKETT ET GENET, UN THÉ À TANGER, 2010

HARROUDA, *nouvelle édition précédée d'une note de l'auteur*, 2010 (première édition en 1973, Éditions Denoël, repris en Folio n° 1981 ; avec des illustrations de Baudoin, Bibliothèque Futuropolis, 1991)

L'ÉTINCELLE. RÉVOLTES DANS LES PAYS ARABES, 2011

PAR LE FEU, 2011

QUE LA BLESSURE SE FERME, 2012

LE BONHEUR CONJUGAL, 2012 (Folio n° 5688)

LETTRE À MATISSE ET AUTRES ÉCRITS SUR L'ART, 2013 (Folio n° 5656)

L'ABLATION, 2014 (Folio n° 5922)

POÈMES, PEINTURES, 2015

LE MARIAGE DE PLAISIR, 2016 (Folio n° 6385)

ROMANS, 2017

LA PUNITION, 2018

Aux Éditions Denoël

LA RÉCLUSION SOLITAIRE, 1976 (Folio n° 5923)

Aux Éditions du Seuil

LA PLUS HAUTE DES SOLITUDES, 1977 (Points-Seuil)

MOHA LE FOU, MOHA LE SAGE, 1978 (Points-Seuil). Prix
des Bibliothécaires de France, prix Radio-Monte-Carlo, 1979

LA PRIÈRE DE L'ABSENT, 1981 (Points-Seuil)

L'ÉCRIVAIN PUBLIC, 1983 (Points-Seuil)

HOSPITALITÉ FRANÇAISE, 1984, nouvelle édition en 1997
(Points-Seuil)

L'ENFANT DE SABLE, 1985 (Points-Seuil)

LA NUIT SACRÉE, 1987 (Points-Seuil). Prix Goncourt

JOUR DE SILENCE À TANGER, 1990 (Points-Seuil)

LES YEUX BAISSÉS, 1991 (Points-Seuil)

LA REMONTÉE DES CENDRES, *suivi de* NON IDENTI-
FIÉS, édition bilingue, version arabe de Kadhim Jihad, 1991
(Points-Seuil)

L'ANGE AVEUGLE, 1992 (Points-Seuil)

L'HOMME ROMPU, 1994 (Points-Seuil)

ÉLOGE DE L'AMITIÉ, Arléa, 1994 ; réédition sous le titre
ÉLOGE DE L'AMITIÉ, OMBRES DE LA TRAHISON
(Points-Seuil)

POÉSIE COMPLÈTE, 1995

LE PREMIER AMOUR EST TOUJOURS LE DERNIER,
1995 (Points-Seuil)

LA NUIT DE L'ERREUR, 1997 (Points-Seuil)

LE RACISME EXPLIQUÉ À MA FILLE, 1998 ; nouvelle édition, 2009

L'AUBERGE DES PAUVRES, 1999 (Points-Seuil)

CETTE AVEUGLANTE ABSENCE DE LUMIÈRE, 2001
(Points-Seuil). Prix Impac 2004

L'ISLAM EXPLIQUÉ AUX ENFANTS, 2002

AMOURS SORCIÈRES, 2003 (Points-Seuil)

LE DERNIER AMI, 2004 (Points-Seuil)

LES PIERRES DU TEMPS ET AUTRES POÈMES, 2007 (Points-Seuil)

L'ISLAM EXPLIQUÉ AUX ENFANTS (ET À LEURS PARENTS), 2012

Chez d'autres éditeurs

LES AMANDIERS SONT MORTS DE LEURS BLESSURES, Maspero, 1976 (Points-Seuil). Prix de l'Amitié franco-arabe, 1976

LA MÉMOIRE FUTURE. ANTHOLOGIE DE LA NOUVELLE POÉSIE DU MAROC, Maspero, 1976

LA FIANCÉE DE L'EAU *suivi d'*ENTRETIENS AVEC M. SAÏD HAMMADI, OUVRIER ALGÉRIEN, Actes Sud, 1984

LA SOUDURE FRATERNELLE, Arléa, 1994

LES RAISINS DE LA GALÈRE, Fayard, 1996 (Folio n° 5824)

LABYRINTHE DES SENTIMENTS, Stock, 1999 (Points-Seuil)

AU SEUIL DU PARADIS, Éditions des Busclats, 2012

UN PAYS SUR LES NERFS, Éditions de l'Aube, 2017

Composition Firmin-Didot
Impression Novoprint à Barcelone,
le 5 juin 2019
Dépôt légal : juin 2019
Premier dépôt légal dans la collection : mai 2007

ISBN 978-2-07-034769-8 / Imprimé en Espagne.

356849